설룡 新무협 판타지 소설

死神
사신

사신 3

설봉 新무협 판타지 소설

초판 1쇄 찍은 날 § 2002년 4월 30일
초판 1쇄 펴낸 날 § 2002년 5월 10일

지은이 § 설봉
펴낸이 § 서경석

편집장 § 문혜영
편집책임 § 장상수
편집 § 박영주 · 김희정 · 권민정 · 이종민
마케팅 § 정필 · 강양원 · 김규진 · 안진원

펴낸곳 § 도서출판 청어람
등록번호 § 제1081-1-89호
등록일자 § 1999. 5. 31
어람번호 § 제2-0088호

주소 § 경기도 부천시 원미구 심곡동 350-1 남성B/D 3F (우) 420-011
전화 § 032-656-4452   팩스 § 032-656-4453
http://www.chungeoram.com
E-mail § eoram99@chol.net

ⓒ 설봉, 2002

값 7,500원

ISBN 89-5505-348-7 (SET)
ISBN 89-5505-351-7 04810

※ 파본은 본사나 구입하신 서점에서 교환하여 드립니다.
※ 저자와 협의하여 인지를 붙이지 않습니다.

설봉 新무협 판타지 소설

死神
사신

3 애막조지(愛莫助之)

도서출판
청어람

◇ 목
　차

第二十三章　재회(再會)　　　/ 7
第二十四章　소고(少孤)　　　/ 31
第二十五章　요술(妖術)　　　/ 61
第二十六章　주종(主從)　　　/ 95
第二十七章　초출(初出)　　　/ 117
第二十八章　연수(聯手)　　　/ 147
第二十九章　초보(初步)　　　/ 175
第三十章　　방향(方向)　　　/ 209
第三十一章　공존(共存)　　　/ 239
第三十二章　위기(危機)　　　/ 269
第三十三章　인정(認定)　　　/ 293

◆第二十三章◆
재회(再會)

하남(河南)은 중원인의 자존심이다.

은(殷)의 도읍이 하남이었고 은의 뒤를 이은 주(周) 나라의 도읍도 하남이었다. 춘추전국시대(春秋戰國時代) 역시 하남을 중심으로 펼쳐졌다.

하남성은 서부의 산지(山地), 동부의 평원(平原)으로 나누어진다.

즉, 서부는 북서부의 태행산맥(太行山脈), 서부 진령(秦嶺)의 복우산맥(伏牛山脈), 남부의 동백(桐柏), 대별산맥(大別山脈)으로 이루어지고, 평원은 북부의 황하(黃河), 회하(淮河)에 의한 화북평원(華北平原)과 남부의 한수(漢水)에 의한 남양평원(南陽平原)으로 대별된다.

삼도산(三涂山)은 서부인 하남성(河南省) 하남부(河南府) 숭현(崇縣)에 있는 산이다.

북으로는 고도천(高都川), 동남으로는 이수(伊水)가 흘러 풍광이 좋으며 오밀조밀하고 아름답기로 회자되곤 한다.

하지만 삼도산을 찾는 사람은 많지 않다.

북으로 여인산(女儿山)이 있고 남으로는 복우산이 있기 때문이다.

적지인살은 삼도산에 여장(旅裝)을 풀었다.

구맥과 모진아는 여행을 하는 동안 상당히 가까워졌다.

일방적인 핍박을 가했고 당했던 사람들이지만 한 부족을 이끄는 족장이었다는 점이 그들을 가깝게 만들었다.

"모진아, 내가 상전이면 내 어머니도 당연히 상전이야. 앞으로는 말을 높이도록 해!"

어린이 앙칼지게 말했지만 모진아도 구맥에게만큼은 존대를 붙일 수 없는 모양이다.

"제가 모시는 주인님은 종리추 한 분뿐입니다. 마님 역시 엄밀히 따지면 아직 혼인을 하지 않았으니 제 주인은 아닙니다. 만약 돼지를 주지 않았다면 제게 경을 쳤을 겁니다. 홍리 족장에 대한 예우는 혼인이 완성된 다음부터 드리도록 하겠습니다."

"뭐야!"

"……."

"그렇단 말이지? 좋아. 토끼 고기가 먹고 싶어. 토끼 좀 잡아와."

남만인은 참 묘했다.

'노예'란 것이 어떻게 길들여졌는지 적지인살과 종리추가 좋게 타이르고 윽박지르기까지 해도 말버릇이나 행동은 좀처럼 고쳐지지 않았다. 어린은 다른 사람에게는 밝고 상냥하게 대하면서도 노예인 모진아와 유구, 유회에게는 신처럼 군림했다.

더욱 기가 막힌 것은 당하는 모진아도 당연하게 받아들이고 있으니

할 말이 없지 않은가.

"그렇게 하자. 예우는 혼인이 완성된 다음에 받아도 늦지 않아."

결국 구맥이 나선 다음에야 서로 온대를 하는 선에서 적당히 타결되었다.

모진아에게도 노예가 생겼다.

대놓고 노예라는 말은 하지 않지만 하는 행동으로 봐서는 영락없는 노예였다.

비부… 그는 재수없게 걸렸다.

"나도 어린이랑 혼인할 거니까 어린의 노예면 내 노예야. 모진아, 알았어?"

"예."

모진아는 순순히 대답했다.

"좋아."

"저… 그런데……."

"뭐?"

"혈서(血誓)까지 해야 하는지요?"

"혈서? 아! 혈서. 해야지. 해봐."

"그럼 가시죠."

"……?"

유구가 옆에서 거들었다.

"혈서는 사람이 안 보는 곳에서 해야 되는데… 모르십니까?"

"아, 알지."

비부는 순진하게 모진아를 따라 숲으로 들어갔다.

그날 밤부터 비부는 모진아의 노예가 되었다.

그때까지만 해도 암연족에게는 혈서라는 것이 있는 줄 몰랐던 적지인살 가족과 홍리족은 비부의 꼬리 내린 모습을 보았을 때에야 상황을 짐작했다.

모진아는 참으로 독하게 때린 듯 비부는 사흘 동안이나 일어나지 못했다. 겉으로는 상처 하나 없이 멀쩡했는데 피똥을 줄줄 흘렸다. 식은 땀이 이불을 적시고 '잘못했어요. 노예가 될게요. 열심히 모실 게요.'라고 헛소리까지 했다.

비부의 상처는 모진아가 고쳤다.

"일어낫!"

비부는 벌떡 일어났다.

세상 날씨가 남만처럼 이글거리는 줄만 알았던 남만인들에게 산악(山嶽)의 겨울은 매서웠다.

구맥, 어린, 비부는 물론이고 무공을 익힌 역석, 유구, 유회도 꼼짝을 하지 못했다. 적지인살까지 상대할 수 없는 고수 모진아도 삼도산의 겨울에는 혀를 내둘렀다.

"중원 날씨는 남만하고 정반대네. 남만은 지겹게 더운데 여긴 지독히 추워."

"그래도 눈이란 게 너무 예쁘지 않아요? 어쩜 하늘에서 이렇게 고운 가루가 쏟아질까. 남만에서는 비만 쏟아지는데… 에췻!"

"그래도 여기가 목적지라니 얼마나 다행이니. 북으로 더 올라갔다가는 얼어 죽을 뻔했어. 에구~ 너무 추워서 안 되겠다. 안으로 들어가자."

"가가가 아직 밖에 있는데……."

"우리하고는 체질이 다른 거지. 안으로 들어가자."
구맥은 어린을 억지로 잡아끌고 안으로 들어왔다.
나무를 잘라 얼기설기 지은 집은 보기보다는 훈훈했다. 남만인들은 뭐 이런 집이 다 있나 싶었지만 지금에 와서 보니 아주 훌륭했다. 밖에는 살을 엘 듯한 강풍이 몰아쳤지만 안은 훈훈한 열기로 가득했다.
"이런 날씨에 웃통을 벗어 던지고 산을 뛰어다니다니……. 어휴!"
비부가 자신도 모르게 말을 불쑥 내던지고는 얼른 모진아의 눈치를 살폈다.
무공을 익힌 사람이라면 한기(寒氣)쯤은 얼마든지 견딜 수 있다. 정작 견디려고 하면 삼도산의 추위가 아니라 북해(北海)의 추위라도 견뎌낼 수 있다.
견뎌내기 싫은 것뿐이다. 따뜻한 날씨에 길들여진 사람들이기에 추운 날씨라는 자체가 싫은 것이다.
"주인님께서는 요즘 차 맛에 푹 빠지신 것 같아. 수련을 하고 돌아오시면 차부터 찾으시니… 달콤하지도 않고 떨떠름하기만 한 것을 뭐 하러 드시는지……."
유구가 유회에게 들으라는 듯 말했다. 그러자 비부가 벌떡 일어나 찻물을 끓이기 시작했다.
그들의 지시는 늘 이런 식이었다.

종리추 역시 추위가 싫었다.
그는 중원에서 나고 자랐지만 뼈마디가 자라고 굳어지는 거의 모든 시기를 남만에서 보냈다.
추위는 종리추도 익숙하지 않았다. 옛날에는 익숙했지만 지금은 전혀 낯선 기후가 되어 전신을 얼렸다.
 '아버님이 원하는 것은 살수… 살수는 어떤 환경에도 적응할 수 있어야 돼.'
 종리추는 아직도 잊지 않고 있다.
 모물촌에서 돼지 똥을 뒤집어쓰고 누워 있던 기억은 영원히 지워지지 않을 것 같다. 질퍽한 돼지 똥이 옷을 뚫고 살갗까지 적셔댔다. 살이 무르고 피부병이 생기는 듯 근질거려 견딜 수 없었다.
 그러나 더러운 느낌보다 더 미치게 하는 것은 냄새였다.
 처음에는 더러운 돼지 똥 속에 누워 있다는 것이 미칠 것 같았지만, 나중에는 머리까지 욱신거리게 만드는 냄새 때문에 견딜 수 없었다.
 적지인살은 나뭇잎을 콧속에 넣어주었다.

 "나뭇잎을 세상에서 가장 좋은 향기라고 상상해라. 상상은 사람의 감정을 조종할 수 있어."

 적지인살은 나뭇잎도 필요없다는 듯 돼지 똥 속에 얼굴을 묻었다.
 '아버님은 살수였어. 무인은 높은 무공을 추구하지만 살수는 극기(克己)를 추구해. 서로 가는 길이 달라.'
 종리추는 내공을 끌어올리지 않고 의지로만 한기를 이겨냈다.
 한 길이 넘게 쌓인 눈 속을 내공조차 끌어올리지 않고 뛰어다닌다는 것은 여간 고역스럽지 않았다.
 살이 벌겋게 상기되다가 파랗게 죽어갔다.
 '아버님이 돌아오시면 소고를 만나게 될 거야. 소고… 훗! 생전 보지도 못한 놈에게 평생 수족 노릇을 하라니……. 아버님, 참 무거운 짐

을 주십니다.'

 종리추를 정말 견디지 못하게 만드는 것은 바로 이것이었다.
 십 년 동안 편히 잠 한 번 못 자보고 무공을 수련했는데, 그게 오로지 생면부지의 타인에게 목숨을 내맡기기 위해서였던가.

"네가 바칠 수 있는 모든 것을 바쳤으면 한다. 모진아가 네게 하듯이, 아니, 그보다 더 말이다."
"소고가 악인이면 어쩌죠?"
"네 팔자지."
"아버지를 죽이라고 하면요?"
"망설이지 마라."
"여자를 죽이라고 하면요?"
"죽여야지."
"갓난아기를 죽이라고 하면요?"
"소고의 입에서 나온 말은 천명(天命)이다."
"에구! 난 신을 안 믿는데······."

 아버지 앞에서는 싱겁게 대꾸했지만 속마음은 결코 편하지 않았다.
 종리추는 달리고 또 달렸다.
 눈밭이 앞을 가로막으면 주먹으로 내려쳐 길을 뚫었다.
 산정으로 올라갈수록 바람이 더욱 세차게 불었다.
 살점이 떨어져 나가는 것 같았다. 아니, 살갗의 감촉마저 없어져 버렸다.
 산정은 기대처럼 시원한 느낌을 주지 않았다.

산에 올라서면 탁 트인 전망을 볼 수 있을 줄 알았는데, 눈보라에 가려 사방 서너 장 정도의 널쩍한 바위밖에 보이지 않았다.
눈보라는 왜 이리 세차게 날리는가.
종리추는 바람에 떠밀려 휘청거렸다.
내력을 일절 사용치 않고 있는 지금 그는 어느 평범한 사람과 다를 바 없었다. 무공으로 다져진 건강한 신체를 제외하고는.
'아아아아아……!'
목청껏 고함을 질렀다.
마음속으로만 질렀다. 세상이 떠나가라 고함을 지르고 싶지만 그랬다가는 산 중턱에 있는 오두막까지 쩌렁 들릴 터이고, 어머님이 걱정을 하시리라.
'소고……'
종리추는 털썩 주저앉아 눈을 감았다.

"소고의 나이는 너보다 두 살이 많다. 금년 스물넷이야. 이번 겨울이 지나면 스물다섯이지. 무공도 너보다 훨씬 높을 게다."
"그건 모르죠."
"무공이란 사부의 능력도 무시할 수 없는 거다. 대형에 비하면 나는 피라미에 불과해. 그동안 소고는 대형에게 직접 하사받았고 넌 우둔한 나에게 전수받았어."
"맞아요. 아버지는 엉터리였어요."
"진지하게 들어라."
"……"
"설혹… 그럴 리는 없지만 네 무공이 더 낫다 해도 충성을 바쳐라.

죽을 때까지. 이 아비에게 맹세해 다오."

"……."

"맹세하지 않는다면… 길을 떠날 수 없다."

"아버지, 소고가 아버지에겐 어떤 존재예요?"

종리추는 처음으로 진지하게 물었다.

"자식이다."

"저는요?"

"너 역시 자식이다."

"아뇨. 같은 자식이라면 열 손가락 깨물어 안 아픈 손가락 없다고…… 제게 이러실 수 없어요. 전 어떤 존재죠?"

"백 번 천 번을 되물어도 같은 대답…… 자식이다."

"풋! 좋아요. 맹세하죠."

"……."

"……."

"금제(禁制)가 가해질 게다."

"……."

"금제는 걱정하지 않는다. 나는… 이 아비는… 네 자존심이 누구보다 강하다는 사실을 알고 있다. 너는 부드러운 듯 보이지만 실은 누구보다 강해. 네가 정 견딜 수 없을 때는… 검을 바꿔 들지 말고… 자진해 다오."

"……."

"약속하겠니?"

"오늘은 약속이 많군요. 남은 게 몇 개나 되죠? 입 아프게 여러 번 하느니 모두 말하세요. 한꺼번에 약속드릴게요. 죽을 때까지 충성해

라. 비위가 틀리면 자진해라. 모두 약속하죠."

"……."

적지인살은 아무 말도 하지 않았다.

그가 왜 종리추의 섭섭한 심정을 모르겠는가. 알아도 너무 잘 알고 있다.

소고는 대형의 제자다. 또한 살혼부 고수들의 공동 제자다.

적지인살도 소고를 가르쳤다. 하지만 그 기간은 겨우 이 년 남짓에 불과하다.

종리추와는 장장 십 년을 같이 보냈다. 울고 웃으며, 힘들고 괴로운 시간을 함께 보냈다.

정리로 보면 단연 종리추이다.

종리추야말로 진짜 자식이다.

그런 자식에게 평생 복종을, 죽으라는 소리까지 하고 있다.

적지인살은 눈물을 흘렸다. 자신도 모르는 새에 주르륵 쏟아져 나온 눈물이었다.

"아버지……."

"……."

"됐어요. 아버지 말씀대로 평생 복종할게요. 변하지 않고. 여자를 죽이라면 여자를 죽이고, 갓난아기를 죽이라면 죽이죠. 아버지를 베라면 벨게요. 됐어요. 아버지의 마음을 알았으니… 됐어요."

"추아야."

"에이, 남자의 눈물은 천금이랬는데, 오늘 수천 금은 벌었네. 안심하시고 다녀오세요. 오늘 번 돈으로 술이나 진하게 같이 마셔요."

"네 이놈! 아비와 대작을 할 참이냐!"

"뭐 어때요? 전 돼지까지 받은 몸인데."
"하하하!"
아버지는 웃으셨다. 그리고 먼 길을 떠나가셨다.
홀가분한 마음으로… 편하게 보내드리고 싶었다.

'이제 내 운명은 정해졌어. 그래, 괴로워 말자. 정해진 운명은 따라야지. 후후! 마두, 영웅, 살인마… 내가 무엇이 될 거냐는 모두 소고의 손에 달렸군.'
종리추는 비로소 진기를 끌어올렸다.
천폭에서 수련하던 것처럼 종금수의 내력을 먼저 끌어올렸다.
그는 가부좌를 틀고 앉은 채 눈 속에 파묻혀 갔다.

2

　종리추가 산정에서 눈보라를 맞으며 번민과 싸울 무렵, 적지인살은 삼백육십여 리나 떨어진 남양부(南陽府) 방성산(方城山)의 산자락에 있는 다루(茶樓)에서 차를 마시고 있었다.
　"내년에는 풍년이 들 모양일세. 눈이 무척 많이 와."
　"내년에 풍년이 들면 뭐 하나? 당장 굶어 죽을 판인데. 나도 이제 그만 짐 꾸리고 집에나 틀어박혀 있을까 봐. 이거 백날 쏘다녀 봤자 다리 품도 나오지 않으니."
　"집에 있다고 뾰족한 수 있나. 되나 안 되나 돌아다녀 봐야지."
　"에이! 빌어먹을 세상! 콱 화적 떼나 되어버릴까 보다."
　행상(行商)인 듯한 사람들이 값싼 차를 홀짝거리며 투덜거렸다.
　하남은 백 년 이래 처음이라는 극심한 흉년에 아사자(餓死者)가 속출했다.

극심한 가뭄이 농사꾼들의 애간장을 녹였다. 비가 와서 다행이다 싶었더니 폭우로 이어져 황하가 범람했다. 가을에는 난데없이 나타난 메뚜기 떼가 남은 몇 알의 알맹이마저 싹 쓸어버렸다.

민심은 흉흉했다.

산에는 도적들이 들끓고 마을에서도 약탈이 끊이지 않았다. 살인도 심심찮게 벌어졌다. 한적한 곳에 알몸으로 죽어 있는 시신은 거의 대부분 돈푼깨나 있다고 거드름 피우던 사람들이었다.

부자들은 가급적 문밖 출입을 삼가했고 나올 경우에도 호위를 하는 무인을 대동했다.

적지인살은 인정이 말라붙은 중원 땅을 밟은 것이다.

"이보게, 여기 차 좀 주세."

점소이가 적지인살의 몸부터 재빨리 훔쳐보았다. 돈을 낼 수 있는 사람인가 없는 사람인가…….

인심은 정말 너무 많이 변했다.

"헤헤, 무슨 차를 드릴깝쇼?"

말투가 간사했다. 돈을 낼 수 있는 사람인 걸 알아본 게다. 돈을 낼 수 있는 사람에게는 간이라도 빼줄 것같이 살랑거려도 부족할 판이다.

"용정차(龍井茶) 있나?"

적지인살의 말은 다루에 있는 사람들의 이목을 집중시켰다.

용정차는 절강성(浙江省) 항주(杭州) 서남쪽 풍황령(風篁嶺)의 남녘 기슭에서 산출된다.

시중에는 용정차를 모방한 차들이 종종 나돌지만 적지인살의 말투는 풍황령에서 재배된 용정차를 찾는 게 분명했다.

"쳇, 이런 판국에 팔자 좋은 인간도 있군."

행상 중 한 명이 투덜거렸다.

이 정도면 다행인 셈이다. 나무뿌리조차 남아나지 못하는 형편이니 적지인살의 말투 정도면 배알이 뒤틀리기에 충분했다.

'하필이면 흉년이 들어가지고…….'

풍황령의 용정차는 귀하기는 하지만 찾는 사람이 전혀 없는 것은 아니다. 다루라면 입맛이 고급스런 사람을 위해 진귀한 차를 준비해 놓는 것이 상례이기도 하다.

흉년이 들지 않았다면 아무 문제가 되지 않을 주문이지만 지금은 문제가 되고 있다.

"헤헤, 용정차는 없습죠. 아시다시피 요즘은 워낙 물자 사정이 나빠서."

"그럼 무슨 차가 있는가?"

"산현(汕縣)에서 재배한 추차(秋茶)가 제일 좋습죠."

"그걸로 주게."

"예, 예."

점소이는 한달음에 달려갔다.

"가지가지 찾는구먼. 누구는 죽 한 그릇 못 먹고 나뒹구는데 좋은 차나 찾고 앉아 있으니……. 에잇! 퉤!"

누군가가 가래침을 뱉는 소리가 들렸다.

적지인살은 못 들은 척 방성산 산자락에 눈길을 주었다.

워낙 차를 좋아해 밥은 안 먹어도 차는 마셔야 되는 사람들이 중원인이지만, 요즘 같은 세월에 다루를 찾는 사람들은 그래도 좀 여유가 있는 사람들이었다.

그들 눈에도 적지인살이 호사스럽게 보인 겐가.

적지인살은 다음날 같은 시각, 다루에 들어섰다.
점소이는 한눈에 알아봤다.
"아이구, 어서 오십시오. 마침 좋은 자리가 비어 있습죠."
점소이는 창가로 안내했다.
눈보라가 몰아쳤지만 화로(火爐)에서 이글이글 타오르는 불꽃이 추위를 말끔히 씻어주었다.
겨울의 차가움과 화로의 따스함을 동시에 느끼며 방성산을 감상하니, 자리 중에는 좋은 자리였다.
"용정차 있는가?"
"아이구, 또 용정차를 찾으시네. 그게 어디 하루 이틀 사이에 구할 수 있는 겁니까요? 더군다나 눈보라에 길이 막혀 있으니…… 어떻게 추차라도 올릴깝쇼?"
"그거라도 주게."
"퉤! 눈꼴 시려서……."
다루에서 차를 마시던 장한이 어제 행상이 그랬던 것처럼 투덜거리며 침을 뱉았다.

사흘째 되는 날, 적지인살은 같은 시각에 다루에 들렀다.
점소이는 어제와 똑같은 자리로 안내한 후 먼저 입을 열었다.
"헤헤! 손님, 오늘도 용정차는 없습니다요."
"그럼 어제 마시던 걸로 주게."
"그럽죠."
오늘은 손님도 없었다.

삼십여 명은 앉을 수 있는 자리에 한겨울의 매서운 찬바람만 휑뎅그렁하니 스쳐 갔다.

날씨가 더욱 추워져 길손들이 객잔에서 꼼짝하지 않는 탓이다.

"손님, 방성산에는 무슨 일로 오셨는지요? 유람차 오신 분 같지는 않고……."

이번에는 점소이 대신 다루 주인이 직접 차를 들고 나와 공손히 따라주며 물었다.

"친구를 만나러 왔소. 눈보라가 거세져서 발걸음이 늦어지는 모양이오."

"그랬군요. 용정차를 즐기시는 모양입니다."

"친구가 좋아하는 차요."

"그럼 손님은 어떤 차를 좋아하시는지……."

"나는 녹차(綠茶) 중에서 볕에 말린 일쇄차(日晒茶)를 즐긴다오."

"제가 다루를 운영한 지 여러 해지만 손님과는 같이 차를 즐길 수 있겠군요. 안으로 드셔서 한담(閑談)이나 나누는 게 어떻습니까? 저 역시 일쇄차를 즐기는데, 좋은 차가 있습니다."

"고맙소."

적지인살은 주인을 따라 안채로 들어섰다.

안채로 들어선 다루 주인은 기민하게 움직였다.

"빨리 바닥에 엎드리시지요."

적지인살은 바닥에 바짝 엎드렸다. 그러자 이미 바닥에 엎드려 있던 초로의 노인이 몸을 일으켰다.

노인과 적지인살의 풍채는 비슷했다.

키도 입고 있는 의복도…….

다루 주인은 한겨울 매서운 북풍이 휘몰아치는데도 창문이란 창문은 모두 활짝 열어젖혔다.

"차를 끓이겠습니다. 우선 앉으시지요."

"그럽시다."

초로의 노인은 적지인살과 비슷한 어조로 말했다.

차를 끓이러 가던 다루 주인의 발길에 물 항아리가 툭 걸렸다. 아마도 좋은 물을 받아놓은 항아리인 듯싶었다.

스르릉…….

바닥이 조용히 움직이며 캄캄한 동혈이 모습을 드러냈다. 사람 하나 간신히 기어 들어갈 수 있을 만큼 작은 구멍이었다.

적지인살을 빨려들듯 안으로 기어 들어갔다.

스르릉…….

뚜껑이 다시 덮였다.

"일쇄차를 왜 좋아하는지 여쭤봐도 되겠습니까?"

닫힌 뚜껑 너머로 다루 주인의 음성이 들려왔다.

지난 삼 일 동안 다루 주인은 부지런히 움직였다.

주변에 낯선 사람이 서성이지는 않는지, 주목할 만한 무림인은 없는지… 긴장을 늦추지 않을 일은 수없이 많다.

모든 것이 안전하다는 판단이 내려질 때까지 안채에 들이지 않는다. 이틀이 아니라 이 년 동안 같은 행동이 반복되더라도 주변에 미심쩍은 사람이 있으면 들여놓을 수 없다.

적지인살은 벽을 더듬어 횃불을 찾아낸 후 불을 붙였다.

동혈은 바람이 통하지 않아 후텁지근했다. 퀴퀴한 냄새도 심하게 풍겼다.

적지인살은 열 걸음 정도 나아간 후 우측으로 방향을 꺾었다.

급하게 꺾인 암굴 저쪽에는 이미 횃불이 밝혀져 있었다. 그리고 난생처음 보는 사람이 있었다.

"이, 이게……!"

"후후! 오제, 오랜만이군."

"이, 이 목소리는!"

"벌써 잊었는가?"

"이, 잊다니요, 이형(二兄)……. 정말 이형이십니까?"

"좀 많이 변했지? 자네는 변하지 않았군. 후후, 우리들 중 누가 가장 나은가 하는 문제로 참 많이도 다퉜지. 이제 증명된 셈인가?"

적지인살은 목이 메어 말을 잇지 못했다.

횃불이 켜진 곳이 있는 사람들은 난생처음 보는 사람들이었다.

그들의 모습…….

그들은 또 십 년 동안이나 떨어져 있었지만 한시도 잊어버릴 수 없었던 사람들이다.

이형 소천나찰은 내공이 깊어 오십을 훌쩍 넘긴 나이에도 사십 대 장한처럼 보였던 분이다. 그런 분이 지금은 제 나이보다도 십 년은 더 늙어 보인다.

소천나찰의 인상은 온후하고 부드러웠다. 누가 봐도 호감을 느낄 만한 인상이었다.

지금은 쇄혼수(碎魂手)에 당한 듯 얼굴 살점이 뭉텅 떨어져 나가 있다. 왼쪽 머리 위에서 오른쪽 아래 턱까지 길게 그어진 다섯 줄기의 상처가 그의 코와 입술을 문질러 버렸다. 눈도 한쪽은 파열된 듯하다.

　소천나찰은 또한 몸집이 좋고 혈색이 붉었었다. 누가 봐도 이웃집 아저씨처럼 훈훈한 모습이었었다.

　하지만 지금은 마를 대로 말라 비루먹은 망아지보다도 못하다. 다리도 한쪽은 의족(義足)인 듯싶다.

　이게 이형 소천나찰의 모습이란 말인가!

　다른 의형들도 형편이 나아 보이지 않았다.

　삼형 비원살수는 원래가 마른 체격이었다. 거기에 팔과 다리가 유난히 길어 걷는 모습을 보면 금방이라도 쓰러질 듯 불안해 보였었다.

　하지만 이제 삼형 비원살수는 키가 가장 작아졌다.

　그의 두 다리는 허벅지 윗부분에서 깨끗이 절단되었다. 축 늘어뜨리면 무릎까지 내려오던 긴 팔도 한쪽 팔만 남았다.

　변하지 않은 게 있다면 두 눈에서 뿜어져 나오는 살광이다.

　갈색으로 퇴색된 듯한 눈에서는 전보다도 훨씬 강렬한 살기가 줄기줄기 뻗쳐 나왔다.

　"우린 네가 오지 않아서 당한 줄 알았다. 용케 왔구나."

　"삼… 형… 삼 형… 님."

　"하하! 우리 형제가 다 모였어. 이제는 받은 대로 돌려줄 때가 온 거지. 내 작은 뱀은 독사가 되었어. 잔뜩 독이 올라 있지. 어느 놈이든 걸리는 놈은 불행할 거야. 지독히 불행한 놈이지."

　비원살수의 말을 듣다 보면 마치 검이 저며오는 듯한 느낌이 들었다. 옴짝달싹할 수 없이 꽁꽁 묶여 있는데, 악마가 이빨을 드러내며 조롱하는 느낌이었다.

　"하하! 적사만 독사가 된 줄 아십니까?"

사형 미안공자, 그 역시 폐인이 되었다.

그는 기루에만 가면 어떤 기녀라도 품에 안을 수 있을 만큼 뛰어난 미공자였다. 손가락 하나 움직이는데도 기품이 배어 나와 여인들의 방심을 설레게 하곤 했다.

이 자리에 예전의 미안공자는 없다. 이리저리 찌그러진 얼굴에 목에까지 검을 맞아 음성까지 탁하게 변질된 추한 사내만 있을 뿐이었다.

도대체 어떻게들 당했단 말인가.

"혀, 형님들……."

적지인살은 통곡이라도 하고 싶었다.

제일 마지막으로 육제 공지장이 도착했다.

"대형께서는 어떠신가?"

모두의 입에서 거의 동시에 같은 소리가 터져 나왔다.

"건강하십니다. 식사도 잘 하시고… 요즘은 남달리 활기에 차 계십니다."

"소고는?"

"무공을 완성했습니다."

"휴우!"

"아!"

일제히 안도의 한숨을 불어냈다.

적지인살도 깊은 한숨을 내쉬었다.

그리고 보니 모두 같은 심정이었던 것 같다. 데리고 간 아이들이 너무 뛰어나 오히려 소고가 걱정이 되는.

"형님들, 너무 고생하셨습니다."

공지장의 눈에서 눈물이 글썽거렸다.

의형들의 몰골은 지난 세월이 얼마나 험난했는지 여실히 말해 주었다.

"자! 형님들, 오랜만에 만났으니 오늘은 실컷 취해봅시다."

공지장이 술 항아리를 가져왔다.

십 년 전 십망이 선포되기 직전에 준비해 두었던 술 항아리다.

감회가 새로웠다.

십 년 전 이 술 단지를 준비할 때 느꼈던 감정이 소록소록 되살아났다.

살아서 마실 수 있을까.

술 난시를 열 때 몇 명이나 살아남아 같이 잔을 기울일 수 있을까.

모두 살아남았다.

형편없이 구겨지고 찢겨졌지만 모두 함께 모여 잔을 기울인다.

"이 술을 마시게 되리라고는 생각 못했어."

소천나찰이 축축이 젖은 눈으로 중얼거렸다.

◆第二十四章◆
소고(少孤)

"하하하! 소림 땡중들하고 부딪쳤을 때는 아찔했지. 이건 도대체 상대가 안 되는 거야. 계란으로 바위 치기라는 말 있지? 실감나더군. 도저히 어떻게 해볼 도리가 없었지."

"하하, 그래서요?"

"그래서는 뭐가 그래선가. 꽁지가 빠져라 도망치는 수밖에 더 있는가? 휴우, 지금 생각해도 온몸에 소름이 돋네. 가는 곳마다 귀신처럼 알고는 불쑥불쑥 나타나니……."

화제는 십 년 전으로 거슬러 올라갔다.

소천나찰은 소림의 추적을 뿌리치고 하남성을 벗어나기까지의 과정을 생생하게 들려주었다.

적지인살이 생각한 대로 소천나찰은 서쪽으로 방향을 잡았다.

하남성을 벗어나 협서성을 가로질러 청해에 도착했다.

싶망이 탄생한 이후 한 번도 성공한 적이 없는 '청해성으로의 도주'를 성공한 것이다.

소천나찰의 이야기 중 백미(白眉)는 단연 지략 싸움이었다.

소림과 그리고 후에는 소림, 청성파의 연합과 쫓고 쫓기는 싸움에서 간발의 차이로 위기를 벗어날 수 있었던 것은 모두 그의 뛰어난 머리 덕분이었다.

무공이 아니었다. 두뇌 싸움이었다.

철저히 싸움을 피하고 오로지 '도주' 한 가지에만 목적을 맞춘 혈로(血路)였다.

"청해에 도착하니 긴장이 탁 풀어지더군. '아! 이제 살았구나' 하는 느낌이 들면서 안 아픈 데가 없는 거야. 무려 일 년이나 쉬었네. 마음 같아서는 당장 수련을 시작하고 싶었지만 몸이 안 따라주었지."

어찌 그렇지 않겠는가.

모두들 경험한 일이니 그 심정을 잘 안다.

세상을 얻은 것 같은 기쁨, 새 생명을 얻은 기쁨…….

"야이간을 곤륜 문하로 집어넣는 데 성공했네. 원래 무재(武才)이고 워낙 약삭빠른 아이라 쉽게 성공했지. 그래, 휴우! 야이간은 내공을 익히지 않았어. 야이간은 곤륜 문하일세. 야이간이… 살수행을 걷는다면……."

소천나찰은 마지막 말을 잇지 않았다.

무거운 침묵이 흘렀다.

야이간이 살수행을 할 경우 곤륜파는 야이간을 파문할 것이다. 그리고 그 순간부터 야이간은 곤륜파의 제거 대상이 된다. 곤륜파의 명예를 걸고 달려들 테니… 곤륜파가 남느냐, 야이간이 남느냐 하는 싸움이 되리라.
 승산이 없다.
 무엇보다 야이간이 안정된 곤륜 문하라는 자리를 버리고 중원 전 무림인이 죽이려고 하는 살혼부의 살수가 되리라는 보장이 없다.
 소천나찰은 야이간을 너무 크게 키워놓았다.
 "야이간은 지금 어디 있습니까?"
 적지인살이 답답한 심정으로 물었다.
 탈출을 하고, 무공을 가르치고, 소고의 수하로 들여보내면 깨끗이 끝날 것 같았는데 일이 이상한 방향에서 꼬이고 있었다.
 "중원에 들어오긴 왔네만… 소고의 수하가 될지는 의문이네."
 "어느 정노입니까?"
 공지장이 물었다.
 "완벽하네. 곤륜의 무공과 내 경륜을 배웠네. 무공이야 하루아침에 높아질 수 없는 것이니까 그렇다 해도 도망치는 재주만은 천하제일이라고 자부할 수 있네. 십망이 다시 선포된다 해도 야이간을 쉽게 잡을 수 없을 거네. 도주한다면."
 소천나찰이 자신있게 말했다.
 모두 고개를 끄덕였다.
 야이간의 약삭빠른 눈동자가 생각나는 것은 우연일까? 그가 이형의 병략(兵略)까지 완벽하게 습득했다면 문파 하나쯤은 혓바닥을 놀리는 것만으로도 없앨 수 있으리라.
 '도주한다면… 종리추도 잡을 수 없을 거요.'
 적지인살은 종리추를 생각하지 않을 수 없었다.
 도주하는 능력, 천지만물을 모두 이용하는 그의 도주를 어떻게 막을 것인가.

"솔직히 말하겠네. 야이간은 살혼부를 보고 판단할 걸세. 기대에 미흡하다면… 곤륜으로 돌아가겠지. 기대에 흡족하고 살혼부를 움켜쥘 수 있다면 남을 걸세."

원래 영웅이니 호걸이니 하는 쪽과는 거리가 먼 아이들이었다.

야이간이 곤륜의 무공을 배웠으면서도 소천나찰을 따라 중원으로 들어선 것은 소천나찰과의 정리보다는 살혼부에 대한 호기심 때문이라고 해도 과언이 아닐 것이다.

'자식… 나는 자식을 키웠어.'

적지인살은 다시 종리추가 생각났다.

종리추는 살혼부가 무엇인지도 모른다. 단순한 살수 집단 정도로만 생각하고 있다. 그러면서도 싫다는 말 한마디 하지 않고 따라왔다. 아버지가 가고자 하는 길이기에.

종리추와 도주할 때, 그가 영웅은 되지 못할 것이라고 생각한 적이 있었다. 잘해야 효웅, 아니면 간웅이 될 것이라고. 지금은 아니다. 종리추는 자식이다. 부모의 말이라면 거역을 못하는 미련한 아들이다.

적지인살은 괴로웠다.

"전 화산파와 부딪쳤죠."

비원살수는 역시 생각한 대로 산서성을 넘었다.

그럴 수밖에 없었으리라. 몽고인인 비원살수가 세상에서 가장 편히 쉴 수 있는 곳은 역시 몽고밖에 없을 테니까.

"화산파의 매화검수(梅花劍手)는 소문 이상으로 무서웠죠. 후후, 계란으로 바위 치기라고 했습니까? 제가 그랬죠. 평소에는 '매화검수쯤

이야 하는 생각을 가졌지만 막상 부딪쳐 보니… 처절한 심정으로 도주하지 않았다면 오늘 이 자리에 있지 못했을 겁니다."

비원살수는 미련하게도 화산파와 정면으로 부딪쳤던 것 같다.

비원살수의 성격이라면 당연한 행동이다. 검으로 부딪치고 안 되면 죽는다는 것이 그의 신조였으니.

사실 비원살수가 살아 있으리라고는 생각하지 못했다. 다른 사람들은 전부 살아남아도 비원살수는 죽었을 줄 알았다. 그는 도주하고 싶어도 그의 성격이 죽음으로 몰아넣을 테니까.

그런 그가 자존심을 굽히고 도주했다.

"실망을 당했을 대형이 생각나서 살자는 생각을 굳혔습니다."

"잘했네."

"이 복수는 반드시 한다. 오늘 나에게 검을 쑤셔박은 인간들… 살려두지 않는다 하고 다짐하면서."

비원살수의 입에서 핏물이 뚝뚝 흘러내렸다.

말을 하다 보니 분기가 솟구쳐 입술을 물어뜯은 것이다.

"적사는 내만(乃蠻) 족장님의 은덕을 입어 축혼팔도(蹙魂八刀)를 익혔지. 축혼팔도를……."

모두 침묵했다.

비원살수 역시 소천나찰처럼 적사를 너무 강하게 키웠다.

그가 말한 축혼팔도… 어떤 무공인지는 모르지만 한두 번쯤은 들어본 적 있다.

내만족은 몽고족들 가운데서도 금(金) 나라로부터 대왕(大王)의 칭호까지 받을 정도로 가장 융성했던 부족이다.

내만족의 강성함은 성길사한(成吉思汗:징기스칸)이 나타나 몽골고원을 통일할 때까지 삼백 년 동안 이어졌다.

그들이 지배하던 몽골고원은 성길사한의 셋째 아들에게 넘겨졌지만, 그들의 문자는 몽골 문자의 기원이 되었다.

내만족은 원(元)이 무너지고 명(明)이 들어선 오늘날까지도 명맥을 이어오고 있다. 비록 옛날의 강성함은 찾지 못하고 있지만 몽골고원을 지배했다는 자긍심만은 살아 있다.

그들에게 살아 있는 것이 또 있다.

축혼팔도라는 가공할 무공이다.

성길사한과의 싸움에서 패배하고 족장이 전사하여 부족의 존폐가 염려될 지경에서도 족장의 아들이 서요(西遼)로 도주하여 요(遼)의 왕이 된 데는 축혼팔도라는 무공이 있었기에 가능했다는 일설도 전해진다.

비원실수는 내만족이다. 그는 같은 몽고인이면서도 원에 대한 감정이 좋지 않았다.

적사가 한때는 몽골을 지배했던 비원실수의 부족 최고의 무공인 축혼팔도를 익혔다고 한다.

그것은 적사가 내만족의 일원으로 받아들여졌다는 것을 의미한다. 그리고 그대로 눌러앉으면 몽골고원을 놓고 패권을 다투는 전혀 색다른 싸움을 하게 될 것이다. 왕이 되느냐, 족장이 되느냐 하는.

비원실수… 소천나찰… 그들은 너무 강하게들 키웠다.

강하게 키우는 것은 상관없지만 아이들의 입지를 너무 크게 넓혀놓았다.

선택의 여지는 없었을 게다. 무공이 약한, 세력이 없는 실수의 종말을 뼈저리게 겪었으니 수단과 방법을 가리지 않고 강한 자로 양성하는

데만 급급했으리라.

"적사가 죽이고자 한다면 예전의 살혼부쯤은 감쪽같이 지워 버릴 수 있어. 장담하는데 이건 한 올의 과장도 없어. 화산파의 매화검수들도 적사를 조심해야 할 거야."

비원살수가 끈끈한 살기를 토해냈다.

그가 그렇다면 그런 거다.

그는 살기가 진득하게 묻어나는 게 흠이지 현실을 파악하는 감각은 무척 뛰어나다.

모두 짙은 피 냄새를 맡았다.

'종리추 역시 마찬가지. 죽이고자 한다면… 우리가 예전의 무공을 잃지 않았어도 상내할 수 없어.'

직접 시험까지 해봤다.

자신이 당했고 모진아가 당했다. 유구와 유회는 그렇다 쳐도 모진아는 자신보다 뛰어난 고수다. 살혼부 모두가 함께 움직였던 구지신검의 살수를 맡겨도 해낼 것 같다. 종리추라면.

적지인살은 자신도 모르게 섬뜩한 충격을 받을 때마다 종리추와 비교했다.

"적사는… 중원에 왔습니까?"

공지장이 물었다.

비원살수가 왔으니 그도 왔으리라. 비원살수가 적개심을 드러내고 있으니 적사도 살검(殺劍)을 갈고 있으리라.

공지장이 묻는 의미는 소고의 수하가 되는 데 지장이 없겠냐는 뜻이다.

"적사도 화산파에 원한을 갖고 있지. 매화검수는 어린아이에게조차 검을 들이댔어. 정수리부터 미간까지… 일직선으로… 죽이려고 했던 거지. 그 아이도 알아."
"중원에 왔습니까?"
공지장이 다시 물었다.
"……."
비원살수는 쉽게 대답하지 못했다.
화산파에 원한은 있지만 소고의 수하까지는…….
얼굴에 드러난 번민의 흔적만으로도 마음을 쉽게 읽을 수 있었다.

"난 항주로 갔죠."
미안공자는 역시 항주였다.
"세상 인심이라는 것이 쫓기는 팔자가 되니까… 문화를 아는 사람이나 미개인이나 똑같더군. 모두 현상금에 눈들이 어두워져서……."
미안공자는 아는 사람들을 가장 많이 죽였다.
친구를 죽이고 동생을 죽이고… 현상금에 눈이 먼 자들을 죽이면서 달아나야 했다.
아는 사람이라고 찾아간 것이 잘못이었다.
피를 나눈 형제 간에도 어려웠을 때 손을 내밀어주는 형제가 있는가 하면 냉정하게 등을 돌리는 형제가 있다. 잘 먹고 잘 살 때는 그렇게도 화목하던 형제들이 어려워지면 싹 돌아선다.
세상은 비정하다.
더럽고 추잡한 꼴을 보지 않으려면 어려워져서는 안 된다. 쫓겨서는 더 더욱 안 된다.
미안공자는 형제 복이 없다. 인복(人福)이 없다고 하는 편이 더 어울릴까?

"결국… 어산열도(魚山列島)로 가서 어산적(魚山賊)에 몸을 의탁했죠."

소천나찰이 답답한 듯 술잔을 단숨에 들이켰다.

살수일망정 미안공자는 풍도를 지켰다. 살수도 깨끗했고 목표 이외에는 건드리지 않았다.

어산적은 사납기로 소문난 해적이다. 중원에 녹림(綠林)이 있다면 동해(東海)에는 어산적이 있다.

그들은 물건만 빼앗는 것이 아니라 사람 목숨까지 거둔다. 절대 살려두는 법이 없다. 당연히 당하는 쪽에서는 필사적으로 항전하지만, 어산적은 오히려 그런 짐을 즐긴다.

하남성 사람들조차 미개인이라고 부르는 미안공자가 그들 틈에 섞여 살았으니 얼마나 마음의 고통이 심했을까.

"어산적이 그렇게 행패를 부리는데도 수군(水軍)은 손을 쓰지 못했어요. 왜 그런 줄 압니까? 어산적이 물길을 잘 아는 것도 한몫을 했지만, 어산적 수령의 무공이 소제도 넘볼 수 없을 만큼 강했기 때문입니다."

"그, 그럴 수가!"

"어떻게 일개 해적의 무공이!"

이거야말로 금시초문이었다.

녹림이나 해적의 무리란 것이 요즘처럼 극심한 흉년이 들 경우 먹고 살기 힘들어서 모인 사람들의 집단에 불과하다. 그들 중 더러는 해적을 하다가 죽고, 또 더러는 흉년이 지나면 다시 돌아오지만 해적질에 맛이 들려 남는 자들도 있다.

어산적은 남은 자들이 모인 무리다.

물길을 잘 안다는 것은 이해할 수 있지만, 그들이 무인도 넘보지 못할 만큼 강한 무공을 지녔다는 것은 믿을 수 없다.

"자, 자네는 뭣을 했는가?"

소천나찰이 놀란 눈으로 물었다.

어산적에 몸을 의탁했다는 말을 들었을 때만 해도 수령을 죽이고 어산족을 이끌었다는 말로 받아들였다. 하지만 지금 말을 들어보니 그게 아니지 않은가.

"어산적에는 소두목이 일곱 명 있습니다."

"그럼 자네는……?"

"소두목이었습니다."

서로들 얼굴을 마주 보았다.

이렇게 기가 막힌 일이 있을 수가!

"수, 수령은 도, 도대체 어떤 자이기에……?"

"명유마괴(冥幽魔魁)."

"며, 명유……!"

"녹림마왕(綠林魔王)! 음… 그렇군. 녹림마왕이 중원에서 밀려나 어산적 해적을 이끌고 있었군."

소천나찰도, 다른 사람들도 비로소 고개를 끄덕였다.

녹림마왕은 공동파의 기명 제자다.

후기지수(後起之秀) 가운데서도 단연 두각을 나타내 공동파의 장래를 짊어진 청년 협객(俠客)으로 촉망받았었다.

그런 그에게도 숨겨진 비밀이 있으니 남색(男色)을 즐긴다는 사실이다.

그는 여인에게는 흥미를 느끼지 못했다. 천하 절색의 미녀가 눈앞에 있어도 눈길 한번 주지 않았다. 그런 점이 그를 더욱 협객다운 협객으로 비추게 만들었다.

그러나… 꼬리가 길면 잡히는 법, 그의 남색 행각은 오래 이어지지 못했다.

공동파에서는 문파의 체면을 생각해 종신 폐관 수련을 명령했지만 녹림마왕은 듣지 않았다. 그는 공동산을 벗어나 녹림으로 숨어들었고, 장강수로십팔채(長江水路十八寨)를 하나로 일통(一統)시켰다.

녹림 사상 그 누구도 하지 못한 일을 해낸 것이다.

장강을 거점으로 각기 독자적인 세력을 가지고 노략질을 일삼던 수적들이 거대한 하나의 세력으로 뭉쳤디. 도저들의 수령은 채주(寨主)가 되었고 녹림마왕은 총채주(總寨主)가 되었다.

그때부터 그는 녹림마왕, 혹은 명유마괴로 불리게 된다.

장강수로십팔채는 당연하지만 중원무림인의 주목을 받게 되었고, 뒤늦게 총채주가 공동파 출신으로 파문당한 자임이 밝혀지면서 공격이 시작되었다.

장강수로십팔채는 결성된 지 일 년 만에 와해되었다.

소문에는 녹림마왕 역시 죽었다고 알려졌는데…….

"어산적 수령이 명유마괴인 것을 알게 되자 망설일 필요가 없었죠. 무당 말코도사들에게 쫓겨 이 지경이 되었는데… 익혀봤자 이런 꼴이 될 무공을 뭐 하러 전수합니까."

'무당!'

적지인살은 멍해졌다.

개방에 쫓긴 다음 당연히 무당파가 나섰어야 한다. 지리적인 여건상 적지인살이 가는 길목에는 무당파가 자리했다. 하지만 그때 무당파는 미안공자를 쫓고 있었다.

'어쩐지… 추적을 너무 쉽게 뿌리쳤다 했는데, 역시 십망에 구멍이 뚫려 있었어.'

"적각녀는 더 이상 존재하지 않아요. 저는 그 아이에게 소여은(召麗澱)이란 이름을 지어주었어요. 천하제일미녀에게 어울리는 이름을 주고 싶어서. 앞으로도 적각녀는 없습니다. 소여은이에요. 천하제일미녀이자 천하제일살수죠. 여자는 몰라도 사내라면… 알면서도 죽을 수밖에 없을 겁니다."

미안공자의 음성은 잘게 떨렸다.

'사형……! 저, 적각녀를 사랑하고 있어! 도대체 어떻게 키웠기에… 사십 년… 사십 년 나이 차를 넘어서 사랑하고 있어. 이런 일이… 세상에 이런 일이…….'

그 어떤 여인에게도 정을 주지 않았던 미안공자다.

세상의 여인들을 마음껏 희롱하면서도 버릴 때는 냉정하게 버렸던 미안공자.

그가 사랑에 빠졌다.

좌중에 앉아 있는 사람들은 미안공자의 얼굴에서 눈길을 떼지 못했다. 그리고 소여은이라는 적각녀에 대해 호기심이 치밀었다. 도대체 어떻게 성장했기에.

미안공자는 애잔한 음성으로 말을 이었다.

"내가 여은이에게 물려줄 수 있는 것은 아무것도 없었죠. 겨우 독심술(讀心術) 정도……."

미안공자는 '겨우 독심술'이라고 말했지만 그것은 그의 전부였다.

그가 여인들을 마음껏 희롱할 수 있었던 것은 그의 빼어난 용모 때문이 아니었다. 여인의 마음을 읽고 화응해 주었기 때문이다. 여인이 그의 모든 것을 물려받았다면 아무리 목석 같은 사내라도 견뎌낼 수 없을 것이다. 미인계를 펼친다면, 빼어난 미모까지 겸비했다면 더 더욱.

"여은이는… 녹림마왕의 모든 무공을 이어받았어요. 녹림마왕은 남자에게만 관심이 있지만……."

미안공자는 갑자기 말끝을 흐렸다.

흉한 몰골이기는 하지만 눈썰미가 있는 사람이라면 예전의 아름다웠던 미안공자의 본바탕을 읽어낼 수 있을 것이다. 녹림마왕이 관심을 가진 사람은 미인공자였다. 어쩌면… 미안공자는 녹림마왕과 동침을 했을지도 모른다. 아니, 그랬을 것이다. 녹림마왕이 관심없는 여자에게, 소여은에게 무공을 전수했다면 그만한 대가를 받았을 테니까.

"녹림마왕의 무공은 모두 공동파의 진산비기(眞山秘技), 여은이는 공동파의 무공을 정통으로 익혔어요. 야이간이 곤륜 무공을 익혔고, 적사가 축혼팔도를 익혔다지만 여은이의 상대는 되지 못할 겁니다."

모두들 침묵했다.

사실이 아닐지라도 반박하고 싶지 않았다.

인정해 줌으로써 미안공자의 지난 세월을 감쌀 수만 있다면 그렇게 해주고 싶었다.

"어떻게… 녹림마왕의 손에서 벗어났는가?"

소천나찰은 그 말밖에 묻지 못했다.

"……."

"……."

한참 만에야 미안공자가 입을 열었다.

"후후, 죽였죠."

"여은이가 죽였는가?"

"……"

미안공자는 대답하지 않았다.

'형님이 죽였어, 형님이……. 지난 십 년 세월… 형님에게는 억겁(億劫)이었겠구려.'

적지인살의 머리 속에 남색을 당하는 미안공자의 모습이 그려졌다.

다른 의형들도 같은 생각을 하고 있을 것이다. 하하! 어쩌다가 살혼부 살수들이 이런 모습이 되었는가.

마지막에는 녹림마왕의 심장을 찢어발기는 모습이 보였다. 생생하게. 사람을 암습하는 데는 가장 깨끗한 솜씨를 지녔지만 녹림마왕만은 편히 죽지 못했으리라.

"흠! 오형께서는 어떻습니까? 종리추란 아이… 뛰어난 아이였죠?"

좌중 분위기가 기묘하게 흐르자 공지장이 화제를 바꿨다.

적지인살은 떠나올 때 종리추가 당부했던 말을 떠올렸다.
"부탁이 있어요."
"말해 봐라."
"충성을 맹세했으니… 저에게도 자유를 주세요."
"……?"
"아버님께서 가시는 일… 소고와 무관하지 않을 거예요. 그렇죠? 지난 세월, 회포도 푸시겠지만 앞으로의 일이 더 중요할 거예요. 만약 저에 대해 이야기가 나오면 결과가 미비하다고 말씀해 주세요."
"이유를 물어도 되겠느냐?"
"저 역시 그렇지만… 살아 있다면… 적사, 야이간, 적각녀… 서로 한 치도 지기 싫어할 거예요. 혈기(血氣)가 강한 나이잖아요. 당연히 경쟁도 심할 테고… 은덕을 베푸셨지만 사실 보지도 않은 소고에게 충성하라는 말씀은 받아들이기 어려워요."

"음……!"

"다른 친구들도 그럴 거예요. 왜 표정이 굳어져요?"

"……."

"걱정 마세요. 충성한다고 했잖아요."

"네 걱정은 하지 않는다."

"그럼 됐어요. 전 필요없는 신경전을 벌이고 싶지 않아요. 제가 신경을 쓰이게 할지도 미지수지만 경계하고 경계받고… 얼마나 피곤하겠어요?"

"이유가 그것뿐이냐?"

"절 모르세요?"

"알지. 음흉한 놈이라는 것."

"아버지를 닮아서 그래요."

"하하하!"

"소제는… 죄송합니다. 적사, 야이간, 적각… 소여은. 형님들의 말씀을 듣고 보니 전 너무 태만했습니다. 추아를 뛰어나게 키우지 못했어요."

적지인살은 의형들에게 거짓말을 했다.

"종리추란 아이, 크면 가장 클 아이였는데… 그 나이로 살천문의 암습까지 피해낸 아이가 아니었나?"

이형 소천나찰이 믿을 수 없다는 듯 되물었다.

"전 개방의 추적을 받았죠."

적지인살은 십망을 받고 뇌옥 같은 동혈을 떠날 때부터 이야기를 풀어 나갔다.

 금종수를 익힌다고 무덤과 씨름했던 이야기는 했지만 암연족과의 전투 이야기는 생략했다. 나이 어린 아이가 암연족 전사를 서른두 명이나 죽였다면 당연히 주목받을 게다.

 그는 종리추의 말대로 조그만 자유를 주고 싶었다.

 모진아와의 인연도 빼놓았다.

 오독마군의 전인(傳人)이 모진아고, 모진아가 종리추에게 무공을 전수했다면 그 역시 주목받을 만한 사건이다.

 '형님들, 죄송합니다. 하지만… 전 추아를 믿습니다. 소고에게 절대 해를 끼치지 않을 거예요.'

 대형이 전수한 무형필실 삼십육초천풍선법을 익힌 이야기는 약간 가감을 해서 풀어놓았다.

 천풍선법을 익힌 이야기는 했지만 천풍선법의 묘미를 깨우친 이야기는 하지 않았다.

 적지인살의 말을 종합해 보면 평범한 살수를 양성한 데 지나지 않는다.

 모두 이상하게는 생각하지 않았다.

 십 년이 지났을 때 그들이 기대한 수준이 그 정도에 불과했다.

 야이간, 적사, 소여은이 기대 이상의 성과를 거두었을 뿐이다. 뜻밖의 기연(奇緣)이 그들 앞에 모습을 드러냈을 뿐 소천나찰이나 비원살수, 미안공자도 적지인살처럼 남만으로 흘러가 아무 기연 없이 지냈다면 평범한 살수 이상을 만들어내지는 못했을 것이다.

 평범한 살수는 아니다. 자질이 뛰어난 아이들이었으니 뛰어난 살수가 되었을 게다. 지금처럼 놀랄 만한 정도는 아니지만.

"소고에게 충성을 바친다는 맹세도 순순히 했습니다."
마지막 말에서는 모두들 눈빛을 반짝였다.
그들의 가장 큰 고민은 바로 이 문제였다.
소천나찰, 비원살수, 미안공자… 그들 중 누구도 떠나올 적에 충성을 맹세받지 못했다.
"아닙니다. 종리추도 무형필살 삼십육초천풍선법을 삼성이나 익혔다니 뛰어난 건 사실입니다. 아직 나이가 있지 않습니까. 앞으로 십 년 정도만 지나면 초일류 고수의 반열에 들어설 겁니다."
공지장이 적지인살의 무안함을 비켜주려는 듯 위안했다. 그리고 계속 말을 이었다.
"대형께서는 지금과 같은 경우도 예상하셨지요. 소고에게 복종하라는 말이 먹히지 않을 수도 있다고. 원래 뛰어난 아이들이었으니 그럴 경우 형님들의 짐을 덜어주라고 하셨습니다. '소고에게 굴복하지 못하는 자, 삼이도(三易島)에서 승부를 가리는 것이 좋겠다' 라고."
"대형께서 그렇게 말씀하셨단 말인가?"
비원살수가 한숨 덜었다는 듯 황급히 되물었다.
"하하! 대형께서는 이미 예측하고 계셨습니다. 누가 안 그렇겠어요. 뛰어난 놈들만 추렸는데. 형님들, 저한테는 고맙단 말 안 하십니까? 그 놈들 제가 고른 놈들입니다. 하하!"
"하하하! 고맙네."
"엎드려 절 받는군요. 하지만 기분은 좋습니다. 하하하!"
오랜만에 통쾌하게 웃었다.
모두들 마음이 한결 가벼워졌다.

소고는 무공을 완성했다. 자신들이 데려간 아이들도 무공을 완성했다. 대형의 뜻은 서로 무공을 완성한 아이들을 고립된 섬에 집어넣어 스스로 일을 풀어 나가게 만드려는 것이다. 주종 관계가 되든 예전의 살혼부가 그랬듯이 의형제가 되든.

마음껏 웃고 난 후 공지장이 다시 말했다.

"결전 방법은 살수로 양성된 아이들이니 살수로 합니다. 상대는 가리지 않습니다. 죽여도 좋고 살려도 좋습니다. 어차피 완전한 굴복이 아니면 오히려 짐만 되니까. 우리는 가장 나중까지 살아남는 자에게 힘을 보태줍니다. 소고도 예외는 없습니다. 똑같은 조건에서 똑같이 결전을 벌입니다."

적지인살은 혀를 내둘렀다. 종리추도 같은 말을 했다.

"백부께서 양성한 제자이니 충성을 바쳐라, 이건 말이 안 되죠. 얼빠진 놈인지 바보인지도 모르는 자에게 어떻게 충성합니까?"

"너는 했잖느냐?"

"아버지가 강요했잖아요!"

"끄응!"

"이 앓는 소리 하지 마세요. 강요할 때는 언제고……. 제 생각에는 백부님께서는 아마도 모두를 한자리에 모으실 거예요. 죽이 되든 밥이 되든 너희들끼리 알아서 해라 하고. 이건 아버님 말씀대로 소고가 천하제일의 무공을 익혔을 때 가능한 방법이죠. 모두들 보아라. 상대할 수 있으면 하고 그렇지 않으면 주종이 되든 의형제를 맺든 함께 손을 잡고 살혼부를 키워보자, 이렇게 말이에요."

"음……"

"두 가지 결과가 나올 거예요. 하나는 백부님의 기대대로 소고가 대형이 되는 것이고, 다른 하나는 오직 한 사람이 살아남을 때까지 죽고 죽이는 혈전이 벌어질 거예요. 모두 소고의 무공이 얼마나 강하냐에 따라 달라지겠죠. 엄청나게 차이가 난다면 전자가 될 것이고 차이가 미약하다면 후자가 될 거예요."

"너는 어떻게 할 생각이냐?"

"충성을 바치라고 했잖아요. 이게 모두 살혼부에 대어(大魚)가 덥석 물 만한 미끼가 있을 때 가능한 이야기인데, 살혼부에 그만한 미끼가 있기는 있는 거예요? 보통 미끼로는 안 되는데……."

종리추가 말한 데서 한 치도 어긋남이 없다.

"금제 방법에 대해서는 말씀이 없으셨나?"

소천나찰이 물었다.

"……."

"……."

공지장은 쉽게 입을 열지 못했다.

"이 사람, 답답하네. 어서 말씀하시게."

"금제 방법은… 없습니다."

"뭐, 뭣?!"

소천나찰이 놀라서 외쳤다.

"아니, 그런! 대형께서는 분명히 금제를 가하겠다고 하시지 않았는가?"

미안공자도 놀라서 물었다.

모두들 화혈단(和血丹)을 생각했다.

화혈단은 독의 일종으로 복용하면 삼십 일 동안은 아무 증세도 나타나지 않는다. 다른 어떤 독보다 잠복기(潛伏期)가 긴 편이다. 하지만 삼십 일이 지나면 독성이 폭발하여 전신 혈맥을 타고 번져 나간다.

제일 먼저 나타나는 증세가 사지 마비다.

이상을 느꼈을 때는 이미 늦어 세상의 어떤 약으로도 치유할 수 없다. 사전에 알았다 해도 치유할 방도가 없는 것은 마찬가지지만.

사지가 마비되고, 신경이 마비되고, 폐가 굳어지면서 혈류(血流)가 중단된다.

이상 증세를 느끼고 오공에 피를 쏟으며 죽기까지 꼭 한 시진이 걸린다.

무공으로는 어쩔 수 없는 절대고수를 암살하기 위해 만들어진 독이지만 근래에는 누구를 암살하기 보다는 사파(邪派)에서 문도를 장악하기 위해 충성의 표시로 화혈단을 복용시키곤 한다.

치유할 수 있는 방법은 오직 같은 종류의 화혈단을 복용하는 방법뿐이다. 같은 종류의 화혈단을 복용하면 먼저 복용한 화혈단은 흔적없이 소멸되고 나중에 복용한 화혈단이 체내에 잠복하게 된다.

일단 중독되면 깨끗이 치유할 수 있는 방법은 영원히 없다. 오직 죽는 날까지 삼십 일에 한 번씩 화혈단을 복용하는 수밖에는.

세상에 나도는 화혈단의 종류는 수를 헤아릴 수 없이 많다. 식물에서 독을 추출한 것도 있고 전갈 같은 종류의 독을 혼합한 것도 있다.

그중에 어떤 성질의 화혈단을 복용시켰느냐는 오직 시전한 사람밖에 모른다.

혹 다른 종류의 화혈단을 복용하게 되면 독성이 즉각 번지게 된다. 서로 다른 화혈단이 상충(相衝)하며 독성을 최고조로 뿜어내기 때문에 죽어가는 모습을 보는 자체가 고통스럽다.

너무 뛰어나 통제할 수 없는 아이들, 그들을 장악하는 길은 화혈단밖에 없다고 생각했다. 다른 사람들뿐만이 아니라 적지인살도 그렇게 생각했다. 그래서 종리추에게도 금제 이야기를 꺼냈다.

적지인살은 종리추가 또 떠올랐다.

"금제는 있을 수 없어요. 단약요? 아버지께서는 지금 화혈단을 말씀하시는 것 같은데 그걸로 충성을 받아낼 수 있겠어요? 입장을 바꿔놓고 생각해 보세요. 아버지가 화혈단을 복용하셨다면 충성을 바치시겠어요? 차라리 그럴 바에는 일가 붙이를 어떻게라도 찾아내서 그들 목숨으로 협박하는 게 낫죠."

"그렇다고 천방지축(天方地軸) 어디로 튈지 모르는 아이들을……"

"아버지."

"……?"

"잘못 아셨어요."

"……!"

"저흰 아이들이 아니에요. 검 한 자루 가지고 한 문파를 세울 수 있는 나이에요. 누구에게 복속되느니 낭인(浪人)이 되어 천하를 떠돌고 싶은 나이, 결코 아이가 아니에요."

"음!"

"마음으로 굴복시키는 수밖에 없어요. 세상에 사람을 움직이는 건 세 가지에요. 돈, 권력, 여자. 하지만 사내, 특히 무인에게는 하나가 더 있죠. 의(義). 아버지가 저를 사랑하면서도 백부님과의 정리를 우선 생각하는 것도 의, 소고가 색깔이 다른 자들을 수하로 거두려면 무공 못지 않게 인간적인 매력도 풍겨내야 될 거예요. 아마도 백부님께서는 소고에게 그런 수련도 시켰겠죠? 너무 걱정 마세요."

"도대체… 금제 방법이 없다면 무얼로 그 아이들을……."
비원살수의 눈에서 살기가 터져 나왔다.
세월이 흐르고 만신창이가 되었지만 그의 눈빛만은 여전했다.
"소고 자체가 금제 방법입니다."
"소… 고가?"
"형님들, 소고는 이미 스물네 살입니다. 아십니까? 옛날의 소고가 아닙니다."
"그럼……?"
"사형(四兄)께서는 소여은이 천하제일미녀라고 하셨지만, 소고를 보고 난 다음에는 말씀을 바꾸셔야 할 겁니다."
"……?"
"소고가 천하제일미녀입니다."

"소고가 천하제일미녀입니다."

공지장의 말에 좌중에 있던 사람들은 활짝 웃었다.
깜찍하고 총명하며, 재지가 발랄하던 아이 소고.
모두들 사무령이라는 말에 절박한 환경에 묻혀 사느라 소고가 얼마나 예쁘게 자랐을지 생각하지 못했다. 문득문득 생각나지 않는 것은 아니지만 그저 예쁘게 자랐겠지 하는 선에서 머물렀지 구체적으로 생각할 여유가 없었다.

소고(少孤) 55

그렇다. 소고는 여아(女兒)였다.

영영이 열여섯에 낳은 아이 우건문, 그리고 우건문이 열다섯에 낳은 자식 우완금.

그녀가 소고였다.

세상 사람들이 아는 것처럼 손자가 아니라 손녀였다.

"그렇게 예쁘게 자랐는가?"

"말로 표현하지 못할 정도입니다."

공지장이 활짝 웃으며 말했다.

"하하! 소여은과 소고라…… 빨리 보고 싶네, 그 아이들."

"소고는 복면을 하고 삼이도에 갈 겁니다. 용모를 보여주기 전에 무공으로 완벽하게 제압할 겁니다."

"……"

아무 소리도 나오지 않았다.

그들의 얼굴에 떠오른 빛은 한결같이 불신이었다. 과연 그럴 수 있을까 하는.

"소고가 익힌 무공은……."

마른침을 삼켰다.

"혈암검귀의 무공인 혈뢰삼벽입니다."

"뭣?!"

비원살수가 놀란 빛을 감추지 않았다. 소천나찰, 미안공자, 적지인살도 격동하지는 않았지만 놀란 표정만은 역력했다.

일 대 일의 비무에서는 진 적이 없는 혈암검귀의 무공 혈뢰삼벽.

그것이 어떻게 대형에게 이어졌단 말인가.

"안심하고 최강으로 키우게. 세상의 어떤 무공을 익혀도 소고의 수하가 될 수밖에 없을 걸세. 수하가 되지 않는다면 죽겠지. 안심하고 최강의 무인으로 키우게."

대형은 자신있게 말했다.
이제야 그 말의 뜻을 알 것 같다.
"혈뢰삼벽이라면… 적사도 무시 못해."
비원살수가 중얼거렸다.
"허허! 야이간 그놈, 혼쭐깨나 나겠군."
소천나찰도 한숨을 쉬었다.
"……"
미안공자는 말이 없었다. 하지만 그의 마음속에서 일어나는 말은 모두에게 들렸다.
'비무를 시키고 싶지 않아. 삼이도에 보내고 싶지 않아. 여은이가 다치면… 그럴 리 없겠지만 혈뢰삼벽이라면 다칠 수도 있어. 여은이가… 안 돼!'
미안공자는 어쩌려고 뒤늦게 사랑을 알아버린 것일까.
"소고는 대형이 우리에게 했던 것처럼 아이들을 감싸 안을 겁니다. 무공으로, 인품으로. 우리의 모든 힘이 소고에게 집중되었습니다. 소고는 사무령이 될 겁니다. 사무령… 그 자체만으로도 벗어나지 못할 유혹입니다."
적지인살은 고개를 끄덕였다. 결국 종리추가 말한 대로다.

"넌 살혼부에 미끼가 있어야 한다고 했다. 어떤 미끼면 덥석 물겠니,

너라면?"

"제 입장에서 자유롭게 생각하라면… 그래요. 저는 무림 문파를 세울 수 있어요. 그만한 무공은 지녔다고 생각하니까요. 살수가 되라고 하면 그것보다 나은 보상이 있어야죠?"

"사무령이면 어떠냐?"

"사… 무령……!"

"네가 지닌 모든 것을 버리고 미끼를 물 수 있겠니? 사무령이라면 네 말대로 일파를 세울 만한 무공을 지녔으면서도 소고의 수하가 될 수 있겠니?"

"사무령이었나요?"

"그렇다. 내 꿈도, 대형의 꿈도 사무령이었다."

"……"

"소고 역시 사무령이 된다는 일념으로 무공을 수련했을 게다."

"놀랍군요."

"미끼를 물겠니?"

"아뇨."

"……?"

"저라면 안 물어요. 전 쫓기지 않을 각오로 무공을 수련했어요. 다시는 쫓기지 않겠다고. 지겨울 만큼 쫓겨봤으니까요. 이제야 알았어요, 쫓기지 않는 방법을요."

"그게 무어냐?"

"싸우지 않는 거요."

"……"

"사무령은 천하제일인을 뜻해요. 누구의 눈치도 볼 것 없이 죽이고 싶으면 죽이고, 살리고 싶으면 살리고, 여자를 능욕하고 싶으면 하는 것이고, 아니면 아닌 거고."

"사무령은 그런 것이 아니라……."

"아뇨, 그런 거예요. 무림인이 말하는 천하제일인은 무공이 제일 높은 사람이죠. 누구도 넘볼 수 없는 무공을 지닌 사람. 하지만 근본 바탕에는 협(俠)을 깔고 있어야 해요. 협이 없으면 천하제일인이라고 하지 않죠. 마두라고 하죠. 가공할 마두."

"음!"

"살수는 늘 쫓기는 팔자죠. 그래서 생각해 낸 것이 사무령, 마음껏 죽여도 쫓기지 않는 신세. 하하! 사무령은 존재할 수 없어요. 무인이란 무인을 모두 죽여 버린다면 모를까."

"사무령은 존재한다. 우리는 못했지만 너희들은 반드시……."

"아버지, 물 거예요."

"……?"

"제가 물지 않는다고 다른 사람도 그렇겠어요? 적사, 야이간, 적각녀… 살혼부에 사무령을 만들 힘이 있다면 미끼를 물 거예요. 놓치지 않으려고 꽉 물 거예요. 사무령이 된다는 것은 자유인이 된다는 의미이니까요. 사람을 마음껏 죽일 수 있는 자유인, 살혼부에서 사무령을 만들 수 있다는 증거를 보여주기만 하면 모일 거예요."

"삼이도에 모이는 날짜는 정월 초하루입니다. 괜찮겠습니까?"
"괜찮네."
"나도 괜찮네."
모두들 고개를 끄덕이면서도 불안한 신색을 감추지 못했다.

그들은 소고가 다치는 것을 바라지 않는다. 또 자신들이 양성한 제자가 다치는 것도 바라지 않는다.

서로 원만하게 타결되기를 바라지만 그게 쉽지 않다.

가슴속에 납덩이가 들어 있는 듯 답답했다.

결과가 어떻게 끝날지⋯⋯.

◆第二十五章◆
요술(妖術)

　종리추는 가급적 사람들과 많이 접촉하려고 애썼다.
　남만에 있는 동안은 사람들을 잊고 지냈다. 어쩌다 보는 사람들도 햇볕에 그을린 사람들뿐이었는지라 몇 달 동안 햇볕이라고는 구경도 해보지 못한 것 같은 중원인들이 낯설었다.
　중원인들은 오늘도 바쁜 삶에 시달렸다.
　폭설이 쏟아지고 있건만 노점(路店)은 여전히 성행했다.
　장사를 하는 사람도, 물건을 사는 사람도, 종리추처럼 그냥 구경이나 하고자 하는 사람도 많았다.
　주루(酒樓)에는 사람들이 가득했다. 하나같이 값싸고 독한 화주(火酒)를 마셔대며 유쾌한 표정으로 낄낄거린다.
　'예전과 달라진 게 하나도 없어.'
　중원은 그대로였다.

변한 건 없었다. 변했다면 어린아이에 불과하던 종리추가 훤칠한 성인으로 성장했다는 것뿐이다.

아! 변한 건 또 있었다.

"어멋! 잘생긴 공자님, 길고 추운 밤이 고적하지는 않으시우?"

"이리 와요. 내가 잘해줄게."

중원을 떠나기 전에는 문가에도 어슬렁거리지 못하게 하던 기녀들이 먼저 소매를 잡아당겼다.

종리추는 모든 게 좋았다.

이들 모두에게서는 인간의 냄새가 난다.

변하지 않은 것은 곳곳에서 발견되었다.

저녁놀이 지기 무섭게 오가는 사람들의 발걸음이 끊어지는 한적한 농촌도 그대로였다. 밥 짓는 연기가 구수하게 피어나고 불이 밝혀진 방 안에서는 정다운 소리가 새어 나온다.

얼마나 부러워하던 광경인가.

"나중에 크면 애 잘 낳는 색시를 얻을 거야."

"애 잘 낳는 색시? 예쁜 색시가 아니고?"

"응. 형은 예쁜 색시 얻어."

"도대체 애를 몇 명이나 낳으려고?"

"열 명."

"열 명?"

"응. 난 시끄러워서 잠을 잘 수 없을 만큼 많이 낳을 거야."

"정말 시끄러워서 잠도 못 자겠다."

"그래도 좋아. 말하는 모습만 봐도 귀여울 것 같애."

"쬐그만 놈이."

가족이 있으면 얼마나 좋을까. 자식들이 재롱 떠는 것을 보면 하루 종일 논에서 시달려도 피곤한 줄 모를 거야.

종리추는 돈을 벌 욕심도, 형처럼 장사꾼으로 크게 성공할 욕심도 없었다. 그의 욕심은 오직 하나, 애를 많이 낳아 시끌벅적한 가정을 갖는 것이었다.

'후후, 내 소원과는 점점 멀어지는군.'

"여보시오! 여보시오!"

종리추는 놀라지 않을 만큼 적당히 큰 소리로 사람을 불렀다.

"뉘시오?"

안에서 부스럭거리는 소리가 들리더니 호롱불을 든 중년인이 모습을 보였다.

"하룻밤 신세 좀 졌으면 합니다."

종리추는 될 수 있는 한 공손히 청했다.

"예서 조금만 더 가면 객잔(客殘)이 나오는데……."

"객잔에서 쉴 형편이 못 돼 그렇습니다. 먹는 것은 괜찮으니 하룻밤 재워주시기만 하면 감사하겠습니다."

"들어오시오."

중년인을 따라 안으로 들어서자 예전에 머물렀던 농가와 다름없는 풍경이 펼쳐졌다.

피골이 상접한 아이들이 풀기 죽은 얼굴로 쳐다본다. 온종일 산을 뒤지며 나무뿌리를 찾았을 아낙네가 피곤한 몸을 일으켜 주방으로 들어간다. 아마도 나무뿌리 삶은 물을 한 대접 가져올 게다.

어쩌면 이들 가족은 올 겨울을 넘기지 못할지도 모른다.

가슴이 튀어나온 계집아이라도 있다면 팔아버릴 생각을 할지도 모르고.

종리추는 행낭을 풀었다.

눈들이 반짝인다.

도읍에서 사가지고 온 쌀과 고기를 내놓자 눈동자가 더할 나위 없이 커진다.

"이걸로 요기 좀 했으면 하는데 준비해 주실 수 있겠습니까?"

중년인의 눈에서 경계의 빛이 새어 나왔다.

"다른 뜻은 없습니다. 수상한 사람도 아니고……."

이럴 경우 사람들은 한 가지 행동만을 취한다.

"잠시만 기다리시우. 금방 요리해 오겠소."

중년 부인이 빼앗듯 낚아채 주방으로 들어갔다.

이들은 너무 굶주렸다. 쌀과 고기를 본 게 정말 오랜만일 게다.

"보아하니 행채(行債)도 넉넉한 분 같은데… 쫓기는 중이오?"

중년 사내가 물어왔다.

"아닙니다. 솔직히 말씀드리자면 황량한 객잔보다는 말이나 나눌 수 있는 곳이 좋아서 들렀습니다."

종리추는 금종수의 내공을 익히면서부터 직감이 남달리 강해졌다. 상대방의 마음속에 어떤 감정이 떠오르면 분명한 색깔이 되어 뇌리 속에 박혔다.

중년 사내는 호의를 가지고 있다.

'휴우!'

한숨이 절로 새어 나왔다.

사람은 거짓말을 하지 않는데 돈이 거짓말을 한다고 한다. 그와 비슷한 맥락으로 사람은 나쁘지 않은데 환경이 나쁘게 만든다는 말도 있다.

먹고 살기 힘든 사람들은 때때로 도적으로 변하곤 한다.

사람과 이야기를 하고 싶어 들른 농가에서도 그런 일은 왕왕 벌어진다.

좋게 이야기하고 밥상까지 걸쭉하게 차려주고는 침상에 누워 눈을 붙이기 무섭게 칼을 들고 덤벼들기 일쑤다. 특히 종리추처럼 행채가 넉넉해 보이면 틀림없이 그와 같은 일이 벌어진다.

종리추는 그런 칙칙한 색깔을 느낄 수 있다. 그래서 그런 경우에는 밥을 먹기가 무섭게 농가를 나와 버린다.

다행이도 중년 사내는 악의가 없었다.

"한가한 젊은이군. 이런 세상에 말이나 나누자니."

"말씀을 안 하셔도 좋습니다. 전 그냥 이렇게 같이 있는 것만으로도 좋습니다."

중년 사내는 별 이상한 사람 다 봤다는 눈빛을 흘렸다.

"아무튼 덕분에 우리도 쌀밥과 고기를 먹을 수 있게 되었으니 고맙수. 아비가 되어가지고 자식들을 굶기고 있으니. 휴우!"

주방에서는 고기를 요리하는 구수한 냄새가 흘러나왔다.

아이들의 눈빛이 연신 주방으로 향했다.

종리추는 이른 새벽, 중년 부부가 깨어나기 전에 조용히 농가를 빠져나왔다.

그들은 탁자에 놓인 돈을 보고 무슨 생각을 할까?

설마 그 돈이 사람을 죽인 대가로 받은 돈이라고는 생상도 못할 것이다.

살혼부가 청부금으로 받은 돈은 막대하다.

살천문처럼 가리지 않고 살인을 한 것이 아니라 하나같이 고급 청부만 받았으니.

청부 한 건의 가격은 대저택 한 채를 살 만하다. 최소한이 그렇다. 살혼부가 받아들인 대부분의 청부는 청부금만 하더라도 논 천 석은 살 수 있을 정도다.

청면살수는 그 돈을 감쪽같이 숨겼다.

사무령을 만들어줄 수 있는 힘 중에 하나는 바로 금력(金力)이다.

무수(舞水)는 대도읍인 무양(舞陽)을 지나지만 길이로 치면 겨우 백팔십여 리밖에 되지 않는다. 충조(沖兆)에서 발원(發源)하여 무양을 지나 여수(汝水)와 만나는 데까지가 무수다.

어촌은 그래도 농촌보다는 사정이 한결 나았다.

어민들 역시 찢어지게 가난한 것은 사실이지만 그래도 끼니 걱정은 하지 않았다. 하다못해 어죽이라도 쑤어 먹으면 되니까.

종리추는 너무 낡아 뜰 수 있을까 염려되는 배를 향해 다가갔다.

"이 배 탈 수 있습니까?"

사공은 칠순에 가까운 노인이었다.

그래서 찾아왔다. 노인이 뱃전에 앉아 그물을 다듬는 모습이 너무도 평화롭고 조용해 보여서.

"탈 수는 있지. 타려고?"

"예, 태워주시겠습니까?"

"강을 건널 생각인가? 그럼 닷 푼만 내게."
"삼이도라는 곳을 가려고 합니다."
"삼이도? 이 늦은 시각에?"
"예."
"거긴 민가도 없어. 지금 가면 얼어 죽기 딱 알맞아."
"하하, 내일 친구들을 만나기로 했는데 하필이면 삼이도로 약속 장소를 정했지 뭡니까."
"쯧!"
노인은 한심하다는 듯이 혀를 찼다.
"타게. 한 냥일세. 정월맞이도 좋지만 굶어 죽는 사람들이 널려 있는 판에……. 쯧!"
"죄송합니다. 어렸을 때 한 약속이라……."
종리추는 본의 아니게 거짓말을 했다. 그런 핑계라도 대야만 노인에게 덜 미안할 것 같았다.
삐이걱! 삐걱……!
배는 위태롭게 흔들거리며 나아갔다.
"돌아올 때는 어쩌려는가?"
'돌아올 때… 죽었을지 살았을지…….'
종리추는 대답하기가 곤란했다.
"삼이도에서는 하루도 견디기 힘들어. 객기도 부릴 때 부려야. 쯧! 내일 아침에 배를 대줄까?"
"아뇨, 모레 아침이 좋겠습니다."
'하루는 걸릴 거야.'
삼이도가 아스라이 보이기 시작했다.

요술(妖術) 69

옛날… 극적으로 개방의 포위망을 빠져나갈 때 보았던 산 그림자 같이.

삐이걱! 삐이걱……!
종리추를 삼이도에 내려놓은 사공이 천천히 노를 저어 사라져 갔다.
사공은 친절하게 부러진 노를 건네주었다.
"젊은 사람이 고집하고는……. 저녁이 되면 내 말이 생각날 걸세. 자, 이거라도 가져가게. 화섭자는 있는가? 삼이도에는 불 피울 것도 없어. 쯧! 한겨울을 강 한복판에서 맞겠다니."
종리추는 웃는 얼굴로 받았다.
어렸을 적에는 어른들이 무조건 무서웠다. 조금 더 세월이 지난 다음에는 안심해도 될 사람과 안심해서는 안 될 사람으로 구분되었다.
지금은 눈에 보이는 모든 사람이 포근하고 다정했다. 그렇지 않은 사람을 보아도 애써 부드러운 면을 찾았다.
종리추는 사람들 속에서 잃어버린, 앞으로도 계속 잃어버려야 할 꿈을 찾았다.
삼이도는 무수 한가운데 떠 있는 섬이다.
배를 댈 만한 모래사장은 있지만, 섬 전체가 바위로 이루어진 바위섬인지라 사람이 살 곳은 못 되었다.
하지만 삼이도에도 생물은 있다.
바위 틈을 비집고 자라는 잡초도, 그 틈을 비집고 알을 낳는 물새도 있고, 개구리도 있으며 뱀도 있다.
공지장은 삼이도에 흰 천막을 쳐놓았다.
군(軍)에서나 사용하는 대형 천막이다. 안에는 추위를 녹일 수 있도록 모닥불도 피워져 있고, 긴긴 밤을 따스하게 보낼 수 있도록 장작도 많이 준비되어 있다.

"잡고 잡히는 싸움이다. 무공을 겨루는 비무가 아니라 죽고 죽이는 싸움이다. 죽지 않고 잡혔다면 흰 천막으로 들어가야 한다. 장막을 들추고 안으로 들어서는 순간부터 소고의 수족이 되는 것이다."

종리추는 천막으로 뚜벅뚜벅 걸어갔다.
'하나……!'
종리추는 흔적을 잡아냈다.
백색 천막에서 사 장(四丈) 정도 떨어진 곳에 움푹 꺼진 구덩이가 보인다. 하기야 바위 섬 전체가 울퉁불퉁하니 어디가 꺼진 곳이고 어디가 솟은 곳인지 구분할 수도 없지만.
종리추는 충격을 받았다.
그는 날카로운 직감보다도 마음을 고요한 바다처럼 잔잔히 가라앉힐 심법(心法)이 필요했다. 이 순간 이후, 한 인간의 영육(靈肉)이 다른 인간에게 조종을 받게 되는데 어찌 편안할 수 있을까.
변검 양부가 가르쳐 준 내공심법은 이럴 때 상당히 유용했다.
백회혈을 통해 쏟아져 들어온 맑고 청령한 진기가 마음의 밭인 중전(中殿)을 차분하게 보듬어 감싸 안는다.
날카로운 진기는 중전으로 밀려 들어왔다.
날카롭다는 말 정도로는 표현이 되지 않는 폭풍 같은 진기였다. 밤바다가 폭풍우를 동반하고 몰아치는 것 같은 어둡고 거센 진기다. 앞을 가로막는 것은 모두 부숴 버리겠다는 의지가 넘쳐흐르는 진기다.

'적사…….'

종리추는 움푹 꺼진 곳에 누가 숨어 있는지 알아냈다.

적사는 아직 경솔하다.

그는 충분한 자신이 있을 것이다. 실수가 아니라 결투를 벌여도 절대 지지 않는다는 자신감으로 팽만해 있을 것이다. 그러기에 이토록 강한 진기를 쏘아낸 것이다.

그렇다. 그는 자신의 존재를 과시하고 있다. 올 테면 오라고 당당하게 선전포고(宣戰布告)를 하고 있다. 아직 내공이 미약해서 들킨 것이 아니라 일부러 진기를 쏘아내고 있는 것이다.

적사는 아직 어리다.

그는 자신의 존재가 드러나는 순간 목숨의 절반 정도는 타인의 손에 거둬졌다는 진리를 모른다. 호랑이가 토끼를 잡을 때도 최선을 다하는데, 적사는 평생이 걸린 일에 어찌 최선을 다하지 않는가. 어찌 그리 자신만만한가.

'일 다경…….'

종리추는 적사를 해치울 수 있는 시간을 계산했다.

지금부터 몸을 숨기고 근접하여 해치울 시간, 계산대로 된다면 적사는 일 다경 안에 목숨을 내놓아야 한다.

파아앗……!

또 다른 진기가 밀려왔다.

이번에도 폭풍같이 쏟아져 들어오는 진기이나 적사의 것과는 사뭇 다르다. 금방이라도 폭발할 것 같은 진기다. 아직 폭발하지는 않았으나 건드리기만 하면 무서운 힘으로 터져 나올 것이다.

더군다나 중전을 슬쩍 스치고 지나간 진기는 흔적을 보이지 않는다. 분명히 있기는 한데 원래부터 없었던 것처럼 잠잠하다.

'거센 기운을 숨긴 채 은밀히 웅크리고 있다. 숨으려고 하는군. 사람을 많이 죽여봤어. 목숨이 귀한 줄 알아. 싸울 때는 자존심이고 뭐고 필요없다는 사실도.'

적사의 뒤다.

종리추는 한 여인을 떠올렸다.

"풋! 대가리에 피도 안 마른 놈이 주둥이만 살아가지곤……."

'적각녀라고 했나? 거칠게 자랐군.'

적각녀는 강한 인상을 주었다.

종리추는 어린 소녀의 입에서 그토록 거친 말이 튀어나오는 것을 뇌옥에서 처음 들었다.

'풋! 적사, 임자 만났군.'

적각녀를 해치우려면 어떻게 해야 할까?

'숨어 있기는 하나… 반 각이면 충분해.'

적사를 노리는 사람은 또 있다.

왼쪽으로 이십여 장 떨어진 곳, 흐르는 강과 삼이도가 접한 곳, 모래사장이 있고 잡초가 무성하게 자라 있는 곳.

죽음처럼 음침하면서도 끈끈한 기운이다.

변검 사부가 가르쳐 준 내공심법에는 걸려들지 않았던 기운.

삼이도에 이미 친구들이 와 있는 것을 알아차리고 오진기(五眞氣)를 모두 끌어올리자 비로소 정체를 드러낸 진기다.

오진기를 모두 끌어올리는 방법은 근래에 들어서야 깨달은 새로운 운공 방법이다.

도가의 무공이며 상단전을 단련시키는 금종수의 운공 심법, 중단전을 단련하는 변검 양부의 운공, 하단전 정중앙 토기를 관장하는 대연신공, 상부 화기를 관장하는 무형초자의 천풍선법신공, 하부 수기를 관장하는 혈염옹은 혈염무극신공.

모두 단련시키는 곳이 다르다는 생각에서 주화입마를 각오하고 다섯 진기를 일시에 이끌어보았는데… 결과는 훌륭했다.

금종수의 진기는 미간을 통해 들어온다. 변검 양부의 외부 진기는 백회혈을 통해, 다른 세 진기는 비공(鼻孔)을 통해 외부 진기를 받아들인다.

일시에 받아들이는 곳이 세 군데다.

가장 우려한 것이 진기가 경맥을 흐를 때 충돌하는 것인데, 다섯 진기는 같은 혈도를 흐르더라도 선후를 두었다.

어느 진기를 먼저 수련해야 할지 고민할 필요가 없게 되었다.

또한 오진기를 동시에 끌어올리면 전신의 모든 감각이 극도로 열리며, 한 번의 수련으로 각각의 내공 수련을 다섯 번 한 것 같은 효과를 불러왔다.

종리추는 생각할 필요가 있을 때는 금종수의 내공심법을 조금 더 강화했다. 마음의 평정이 필요할 때는 변검 양부의 진기를 강화했다.

그것으로 충분했다.

한 진기만 끌어올리면 나머지 진기는 스스로 살아 움직였다.

이번 경우도 마찬가지다.

마음에 울림이 있자 전신 감각이 일깨워졌다. 그리고 무의식적인 반응으로 다섯 진기가 한꺼번에 끌어올려져 전신을 휘돌기 시작했다.

회색 빛으로 물든 진기는 머리 속 이환궁을 흔들었다.

감각을 자극하는 진기다.

상대는 무공을 익힌 것이 아니라 살공(殺功)을 익혔다.

처음 기본 공을 배울 때부터 사람을 죽인다는 일념으로 배운 무공이다.

'야이간이겠군. 지독하게 변했군. 소리장도(笑裏藏刀)의 전형이야. 웃고 있으되 믿지 마라. 후후, 야이간의 웃음은 조심해야겠군. 야이간은 검보다 마음이 무서워. 가장 나중까지 모습을 보이지 않을 거야. 이런 성격은 어부지리(漁父之利)를 좋아하니까. 좋아. 너는 한 시진, 한 시진으로 하지, 해치우는데……'

종리추는 세 친구의 위치를 간파했다. 위치뿐만이 아니라 성격도, 무공이 지닌 특성도 파악했다.

무공으로 견준다면 누구도 승부를 장담할 수 없는 강자들이다.

종리추 본인 역시.

종리추는 세 친구의 위치를 파악하고 해치울 시간까지 설정했지만 걸음을 멈추지 않았다.

뚜벅. 뚜벅.

그는 계속 천막 쪽으로 걸어갔다.

마치 아무것도 느끼지 못하고 아무것도 보지 못한 사람처럼.

'아버님께서 바라시는 일……'

그는 살수가 싫다.

녹요평에서 암연족 전사를 죽인 후 구역질을 했다. 사람을 죽인다는 게 어떤 것인지 그처럼 잘 아는 사람이 또 있을까? 열 살에 칼을 틀어박고 쫓기는 신세가 되었으며 어린 나이에 서른두 명을 죽이기까지 했으니.

하지만 아버님이 가야 하는 길이라고 말했으니 간다.

나름대로는 누구에게 쫓기지 않을 무공을 지녔다고 자부한다. 소고가 혈뢰삼벽을 익혔다지만 무공으로 겨룬다면, 아니, 살수로 겨뤄도 지지 않을 자신이 있다.

아버지가 바라는 것은 소고의 수하다.

그래서 싸우지 않는다.

무의미한 싸움이다.

종리추는 장막을 걷고 흰 천막 안으로 들어섰다.

적사는 도(刀)를 꺼내 마른 헝겊으로 닦았다.

월광(月光)에 어우러진 도에서 심장을 얼릴 듯한 도기(刀氣)가 풀풀 피어났다.

"……."

그는 일체 입을 열지 않았다.

숨을 쉬고 있는지 쉬지 않는지… 그는 고요했다.

철썩! 처얼썩……!

강물이 부서져 나갔다.

잠잠할 것 같던 두 눈이 부릅떠진 것은 그때였다.

어둠을 헤치고 배 한 척이 다가오고 있다.

그들은 약속이나 한 듯이 어민들이 고기나 잡는 허름한 배를 이용했다.

이번에 오는 자도 강심(江心)으로 나오기에는 위태해 보이는 낡은 배를 이용하고 있다.
 적사의 눈길은 뱃전에 서 있는 자를 향했다.
 "소… 고……!"
 신음처럼 흘러나온 말이었다.

 소여은은 편하게 누워 전신을 이완(弛緩)시켰다.
 그녀가 녹림마왕에게 무공을 배우고 해적질을 하는 동안 배운 것이 있다면 힘이란 쓸 때가 따로 있다는 것이다.
 '사람을 죽일 때……'
 그녀의 지난 세월은 사람을 죽일 때 외에는 긴장하지 않으려고 노력한 세월이라고 해도 과언이 아니다.
 '긴장은 나를 노출시킬 뿐이야. 단 한 번이면 족해. 한 번만 긴장하면… 죽일 때……'
 철썩! 철썩……!
 뱃전에 서 있는 모습이 유난히 뚜렷하게 보였다.
 하얀 무복(武服)을 입고 있어 숨기려고 해도 숨을 수 없는 차림새였다.
 '소고… 숨을 필요가 없다는 거지. 살수로 겨룬다 했는데 죽일 테면 죽여보라는 배짱. 좋아, 죽여주지.'
 소여은은 하얗게 웃었다.

 야이간은 잡초 사이에 몸을 숨기고 움직이지 않았다.
 '미련곰탱이, 이런 싸움은 강하다고 이기는 것이 아냐. 더군다나 넌 네가 생각한 것처럼 강하지도 않아. 일 대 일로 싸운다면 승부를 장담할 수 없을지 몰라도 둘이 손을 잡는다면 넌 죽어. 알아, 이 곰탱아? 죽을 수도 있는 위험에 자신을 노출시키는 것처럼 미련스런 짓은 없는 거야.'

야이간은 적사를 적으로 간주하지 않았다.

축혼팔도에 대해서는 들어봤다.

한때는 몽고를 지배했던 내만족의 무공으로 공격이 시작되면 피를 보기 전에는 거둬지지 않는다는 죽음의 도공(刀功)이다. 오죽하면 도공 이름이 축혼팔도이겠는가.

문제는 축혼팔도를 적사 같은 미련곰탱이가 익혔다는 것이다.

강한 나무는 부러진다. 강한 바람에도 견딜 수 있을 만큼 굳건하면 된다고들 하지만 모르는 소리, 무림이 어떤 곳인가? 초일류 고수만 추려도 머리가 복잡해진다.

'곰탱이… 내 장담하지. 여기선 살아 나갈지 모르지만 넌 오 년을 넘기지 못해. 오 년을 넘기면 열 손가락에 장을 지지지.'

야이간은 자신을 드러내지 않은 채 소여은의 기척을 탐지하기에 부심했다.

그때, 소리가 들려왔다.

철썩! 처얼썩……!

'응? 곰탱이가 또 있네?'

야이간은 웃음이 실실 나오는 것을 억지로 참아냈다.

삼이도에 올 때만 해도 힘든 싸움이 될 것이라고 생각했는데, 이건 너무 싱겁지 않은가.

'소여은, 그 계집만 찾아내면 되는데…….'

야이간은 소고에게서 눈을 떼고 소여은의 행방을 탐지했다.

모습을 드러낸 자, 그는 이미 적이 아니었다. 죽이려고만 하면 언제든지 죽일 수 있는 걸어다니는 시신에 불과했다.

적사는 앉은 자리에서 일어섰다.

처음부터 숨을 생각은 추호도 없었다. 강바람이 매서웠고, 싸우기 전에 몸이 어는 것을 방지하고자 구덩이 속에 들어가 있었을 뿐이다.

적사의 눈길이 흰 천막으로 향했다.

'사부님은 가장 경계해야 할 자로 종리추를 꼽았다. 하지만 놈은… 싸우지도 않고 소고의 수족이 되어버렸어. 죽는 게 두려웠거나 무공에 자신이 없다는 말. 쓸개 빠진 놈.'

적사는 월광에 반짝반짝 빛나는 대도를 축 늘어뜨린 채 성큼성큼 걸었다.

소고가 모래사장에 발을 내딛는 모습이 보였다.

"……."
"……."

소고와 적사는 누구도 먼저 입을 열지 않았다.

첫 대면.

적사는 무표정한 얼굴에 눈빛만 살아서 움직였다.

육 척 장신에 근육으로 뭉쳐진 체구, 이목구비가 선명하면서도 각이 진 얼굴, 불길처럼 쏟아져 나오는 눈빛.

강한 사내의 모습이었다.

도를 들고 있지 않아도, 살기를 쏟아내지 않아도 웬만한 사내들은 시비를 걸 엄두도 내지 못할 만큼 위풍당당했다.

다듬지 않아 거칠게 자란 수염은 그를 더욱 사납게 보이도록 만들었다.

반면에 소고의 몸매는 여리게 보일 만큼 날씬했다.

무복을 입고 있지만 아름다운 육체의 곡선은 숨길 수 없었다. 옷을 벗어 던지고 나신(裸身)이 된다면 가장 완벽하고 아름다운 몸이 드러날 것 같은 몸매였다.

복면을 하고 있지만 영롱하게 반짝이는 눈빛도 숨기지 못했다.

투지도, 적의도 담겨 있지 않은 청초하면서도 맑은 눈빛이다.

'이런 여자를 상대하려고······.'

적사는 힘이 빠지는 것을 느꼈다.

소고는 이상하게도 보호해 주고 싶은 충동을 느끼게 한다. 도를 들고 공격하면 겁에 질려 바들바들 떨 것만 같다. 소고의 티없이 맑은 눈빛이 그렇다.

"가, 다른 놈들을 먼저 상대해 봐."

적사는 한 걸음 옆으로 물러섰다.

"스물둘이지? 아니, 새해를 맞았으니 스물셋이겠군. 난 스물다섯이야. 말 좀 올릴래?"

소고는 대뜸 하대로 시작했다.

'뭐 이런 여자가······.'

적사는 멍하니 소고를 바라보다 상대할 필요도 없다는 듯 등을 돌려 버렸다. 순간.

페에엑······!

등 뒤에서 이상한 기음이 터져 나왔다.

'암습까지! 죽이지 않으려 했건만!'

적사의 반응은 매우 신속하고 빨랐다. 그는 등을 돌림과 동시에 대도를 전개했다.

퀘에엑……!

대도에서 거석(巨石)도 잘라 버릴 것 같은 경기(勁氣)가 일어났다. 허공을 가르는 도는 분명 하나인데 수십 명이 일시에 쳐낸 것처럼 거센 경풍이 일었다.

타앙!

검과 도가 중간에서 부딪치며 맑은 울림을 토해냈다.

"어차피 내 수족이 될 사람인데 다치면 안 되지. 살살하겠어."

여인의 눈빛이 살랑 물결쳤다.

'뭐 이런 여자가……'

적사는 자신이 같은 말을 되풀이하고 있다는 사실을 몰랐다.

여인은 그가 늘 보아오던 여인들과는 사뭇 달랐다.

몽고의 여인들은 사내 뺨치도록 억세다. 사내가 방목을 하고 여인이 요리를 하지만, 필요하면 여인도 일손을 돕는다. 말도 잘 타고 사슴도 잘 잡는다.

그녀들 중에도 보호 본능을 불러일으키는 여인은 있다. 미모가 뛰어나도록 빼어난 여인도 있다. 하지만 이 여자처럼 지독하지는 않다.

소고는, 이 여자는 축혼팔도 중 일도를 막아낸 사실조차도 잊게 만든다. 얄밉게 말하고 있지만 전혀 얄밉지가 않다. 귀엽다는 느낌이 옳을까? 감싸 안아주고 싶다는 표현이 옳을까.

'사공(邪功)이닷! 지독한 사공이야!'

적사는 진기를 끌어올려 마음을 진정시켰다.

소고는 물론 아름답다. 얼굴은 보지 못했지만 호리호리한 몸이며 맑은 눈망울, 깨끗한 손만 보고도 알 수 있다. 하나, 그 정도에 미혹되어 도결을 제대로 풀어내지 못한다면 죽어도 진작 죽었다. 그 정도에 불과했다면 중원에는 들어오지도 못하고 초원 한구석에 백골이 되어 나뒹굴고 있으리라.

'정신을 제압하고 있어!'

적사의 손목에 굵은 핏줄이 불거져 나왔다. 얼굴도 붉어졌고 이마에는 땀방울까지 흘렀다.

소고는 난생처음 접하는 강적이다.

인정하고 싶지 않지만 인정해야 한다. 다시 한 번 조금 전과 같이 방심하면 큰 곤욕을 치를 것이다.

"차앗!"

적사는 필생의 대적을 대한다는 심정으로 전신 진기를 모두 모아 도에 밀집했다. 그리고 번개처럼 축혼팔도를 전개했다.

페에엑! 쐐엑……!

적사는 성난 들소였다.

소고의 가녀린 몸뚱이가 가랑잎처럼 팔랑거렸다. 무지막지하게 돌진해 오는 들소의 뿔에 받혀 피투성이가 되어 나뒹구는 모습이 선명하게 보였다.

'이건 너무 심해.'

적사는 자신도 모르게 진기를 회수했다.

그는 조금 전 소고가 축혼팔도 중 일도를 막은 사실을 새까맣게 잊어버렸다. 그의 머리 속을 휘젓는 생각은 그녀가 어쩔 수 없이 소고가 되었을 거라는, 관심도 없는 무공을 익히느라 모진 고생을 했을 거라는 동정이었다.

　세상에는 하고 싶지 않아도 등을 떠밀려 해야만 하는 경우가 있다.
　모두들 열 살 안짝에 살혼부 고수들의 눈에 띠어 지금까지 지내왔으니…….
　소고 역시 그렇지 않았겠는가.
　단지 자신들은 무공이 좋아 열심히 익혔지만, 소고는 어쩔 수 없이 익혔고, 무공을 배웠던 것처럼 등을 떠밀려 삼이도까지 오게 되었다.
　불쌍한 여인이다.
　죽일 필요는 없다. 단지 검만 떨구고 물러서게 하면 된다. 검만 떨구고.
　처음 적사의 도공은 회색 빛으로 물든 성난 바다였다. 그러나 지금은 잔물결만 찰랑이는 정도에 지나지 않는다. 순간.
　쒜에엑……!
　한 자루의 시퍼런 장검이 힘을 잃은 축혼팔도의 틈바귀를 파고들며 요악한 웃음을 토해냈다.
　사라라라랑……!
　"헉!"
　적사는 헛바람을 토해냈다.
　'물러서야 해. 또 걸렸어!'
　하지만 요악한 검날은 그가 물러서는 것을 용납하지 않았다.
　"사내라면 깨끗이 승복해."
　소고의 맑은 눈이 애원을 하는 듯 물기를 머금었다.
　"이, 이런!"
　적사는 탄식을 토해냈다.

시퍼런 장검이 목젖을 겨누고 있다.

소고가 조금만 더 힘을 가했다면 목이 꿰뚫렸을 것이다.

"그만 승복해."

"졌소."

적사는 승복했다.

"그럼 수하가 되어야지?"

심신이 동요되는 것을 막기 위해 눈을 쳐다보지 않았다. 그러자 이번에는 음성에서 촉촉한 물기가 묻어난다.

'부탁이에요. 제발 저를 도와주세요. 저는 당신처럼 든든한 사람이 필요해요. 무림이란 곳으로 뛰어들어야 하는데 불안해서 견딜 수 없어요.'

촉촉한 음성은 현실과는 전혀 다른 요상한 말을 했다. 절대 잊을 수 없을 것 같은 향기로운 물기를 물고 귓전에서 속삭였다.

'사공이야! 요술(妖術)이야! 호호, 요술이면 어떻고 사공이면 어떠랴. 진 것을……. 나는 졌어.'

적사는 고개를 끄덕였다.

"수하가 되겠소."

'둘 중에 하나다. 무극(無極)에 도달했거나 사공을 익혔어.'

소여은은 적사가 패하는 것을 보았다.

곁에서 보기에는 너무 싱거웠다.

적사는 축혼팔도를 전개하지도 못했고 자신의 강력한 기운을 쏟아내지도 못했다. 도를 쳐 나가다가는 진기를 빼버리고, 다시 전신 진기를 쏟아 붓는가 싶더니 어느새 물러서 버렸다.

요술(妖術)

적사는 내만족 족장의 은덕을 입은 사람이다.

몽고에 머무른다면 족장의 위치도 넘볼 수 있다. 혈통이 달라 족장은 되지 못한다 해도 대초원에서 축혼팔도를 절정으로 익힌 적사를 무시할 자는 없으리라.

그런 그가 중원으로 들어왔다.

사무령? 좋은 말이다. 사무령이 될 수만 있다면 얼마든지 도와줄 수 있다. 사무령은 혼자만 되는 것이 아니니까. 종국에 가서 사무령끼리 선후 다툼만 벌이면 된다. 중원무림인의 눈치를 볼 필요가 없는데 무엇을 염려하랴.

하지만 구파일방의 한마디에 허겁지겁 십망을 받은 살혼부에 사무령을 만들어줄 만한 힘이 있다고는 보지 않는다.

무림의 태산북두인 소림사나 무당파에서도 사무령은 꿈도 꾸지 못하는데 일개 살혼부에 그런 거력이 어디 있으랴. 그런 힘이 있다면 청면살수가 사무령이 되었겠지.

적사가 중원에 들어선 것은 사부의 평생 소원을 들어주기나 하자는 심산이었으리라. 오랜만에 중원도 들러보고 소고라는 계집도 만나보고……

몽고로 다시 돌아가기 위해서는 절대 사정을 봐줘서는 안 되는 싸움이다.

그런데 졌다. 힘없이, 정말 싱겁게…….

소여은은 무극을 생각했다.

─무검(無劍)이나 유검(有劍)이다. 유살(有殺)이나 무살(無殺)이다. 살(殺)은 없고 조화(造化)만 있다.

무검이나 유검이다. 검을 들지 않았으나 검을 든 것과 진배없다. 유살이나 무살이다. 사람을 죽였으나 죽은 사람이 없다. 육신을 죽이지 않고 마음을 죽였다는 말이다. 투지를 죽였다는 말이다. 살은 없고 조화만 있다. 싸울 필요조차 없다. 모두들 싸울 마음이 없으니 모두 고개를 숙인다.

소림사에 무학을 전파한 달마대사(達磨大師), 무당파를 창건(創建)한 장삼봉(張三峯) 조사(祖師) 등등 장구한 무림 역사상 무극의 경지에 오른 사람은 몇 되지 않는다.

그렇다면 사공을 익혔다는 말이 된다.

혈뢰삼벽이라 했는데… 혈뢰삼벽이 사공이었던가?

좌우지간 적사는 지닌 바 능력을 최대한 펼치지 못했다. 아니, 반의 반도 펼치지 못했다.

'사공이라 한들 암습에는 어떻게 해볼 도리가 없겠지.'

소여은은 뱀이 기어가듯 바위 그늘을 골라 천천히 다가갔다.

삼이도에는 그녀 말고도 야이간이 있다.

그녀는 야이간이 먼저 공격해 주기를 바랐다.

싸움이란 적게 할수록 좋다. 완벽한 기회를 잡지 못했다면 공격하지 않는 것이 좋고, 상대할 수 없을 만큼 강한 자를 만나면 물러서는 것이 좋다.

그녀 역시 어산적이 기다린다.

녹림마왕이 암살당한 후 어산적은 지리멸렬했다. 하지만 그녀는 자신만만했다. 동해로 돌아가기만 하면 어산적을 다시 규합하여 무궁한 대해를 누빌 자신이 있었다.

무림에는 뜻이 없다.

바다를 보며 마음껏 노략질하며 사는 삶이 좋다.

소고는 반드시 꺾어야 할 여자다. 그래야 동해로 돌아가 어산적을 만날 수 있다.

'빌어먹을 자식, 먼저 움직이지 않겠다 이거지.'

한참을 기다려도 야이간은 공격하지 않았다.

적사는 흰 천막으로 들어갔고, 소고는 싸움에는 관심없는 듯 검은 강물만 바라보고 있다.

등을 돌린 채 완전히 무방비 상태로.

웬만해서는 무시당했다는 느낌이 들 터인데도 야이간은 꼼짝도 하지 않았다.

'능구렁이 같은 자식, 십 년이 지나더니 더 능구렁이가 되었어. 좋아. 난 어차피 저 계집만 꺾으면 되니까.'

공동파의 무공 중 뛰어난 것은 역시 복마검법(伏魔劍法)이다.

복마검법은 공동파에 갓 입문한 제자들부터 장문인(掌門人)까지 고루 익힌다. 갓 입문한 제자가 검을 하사받아 제일 먼저 배우는 무공이 복마검법이며, 장문인이 사파(邪派) 마두(魔頭)를 상대로 펼치는 절정 무공도 복마검법이다.

복마검법은 수련도에 따라서 절정 무공도 될 수 있고 삼류 무공으로 전락할 수도 있다.

스르릉—

소여은은 검을 뽑아 들었다.

그제야 솜털까지 팽팽히 곤두서는 긴장감이 몰려왔다.

지금까지는 이완되어 있었지만 이제는 사람을 칠 순간이다. 당연히 긴장해야 한다.

슈우욱!

소여은은 검을 찔러냈다. 공기를 가르는 소리도 없이 조용히 내뻗은 암검(暗劍)이었다.

'앗!'

소여은은 등줄기에서 식은땀이 흘렀다.

무방비 상태로 고개를 돌린 소고, 애원하는 듯 물기에 젖은 눈망울, 암습을 할 수 있느냐는 듯 질책까지 담긴 눈길… 투지를 빼앗아 버린다.

'역시 사공이야! 놀라워. 이래서 적사가 당했어.'

소여은은 흐트러지는 진기를 간신히 가다듬었다.

같은 여자이지만 소고의 눈길은 정말 매혹적이었다. 그녀의 몸에서 풍기는 방향(芳香)도 풋풋하고 달콤했다. 소고는 호기심을 느끼고 말을 걸 여자지 검을 맞댈 여자가 아니었다. 그러나 그것 자체가 그녀의 무공인 것을.

'흥! 어림없어! 몸에 대한 의식을 없앤다! 망형(忘形)!'

복마검법의 '복마'는 만마(萬魔)를 제압한다는 뜻이 있다. 검로(劍路)가 깨끗하면서도 빠르고 변화를 종잡을 수 없어 귀신이라 해도 빠져나가지 못한다고 해서 붙여진 이름이다.

쒸이익—

전력을 다한 일검이 소고에게 쏘아졌다.

창! 창! 창!

연거푸 검과 검이 부딪치며 빨간 불통을 튕겨냈다.

소고가 느닷없이 몸을 빼 뒤로 물러서며 말을 꺼냈다.

"동생은 정말 예쁘네. 시숙(四叔)께서 동생을 뭐라고 소개했는지 알아? 천하제일미녀랬어. 사내라면 알면서도 웃으며 죽음을 받을 수 있는 여자라고. 내가 사내였다면 동생에게 반했을 거야. 정말. 동생이 죽이려고 한다면 웃으면서 죽을 수 있을 것 같아."

'이 여자가 지금……'

소여은은 진탕되는 심기를 가라앉히기 위해 자신과 싸워야 했다.

소고의 말속에는 진정이 담겨 있다. 그녀는 정말 놀란 듯 눈빛이 흔들리고 있다.

싸우고 싶지 않다. 검을 놓고 정답게 정담을 나누고 싶다.

'도, 도대체 이게 무슨 사술……'

소여은은 아랫입술을 질끈 깨물었다.

아릿한 통증과 함께 찝찔한 핏물이 혀를 적신다.

"동생, 난 사무령이 될 수 있어. 도와주지 않을래?"

'난 바다가 좋아. 흩어진 여산적이 어디 있는지 알아. 그들을 모으면 바다의 왕이 되는 거야. 난 해적이야! 명(命)에 대한 의식을 없앤다. 망명(忘命)!'

"차앗!"

소여은의 머리 속은 하얗게 탈색되었다.

육신을 잊었으니 죽음이 두렵지 않고, 목숨이 없으니 죽을 게 무엇이겠는가. 아무 생각도 하지 않고 몸도 마음도 무아지경(無我之境)에 이르러 절대 무심무욕(無心無慾)의 상태로 검을 쳐내는 것, 복마검법의 절대 사초(死招)였다.

쩌엉……!

검과 검이 부딪쳤는데 철판끼리 부딪친 듯한 소리가 퍼져 나왔다.

"동생, 진심이야. 이러지 말고 도와줘."

소여은은 전신에 힘이 쭉 빠졌다.

복마검법을 제대로 펼치지 못했다.

그녀의 경지가 무심무욕, 무아지경에 이르지 못한 탓도 있지만 절대 사초를 펼치기 이전에 이미 마음이 흔들리고 있었다. 평정되지 못한 상태에서 완벽히 평정되어야 펼칠 수 있는 무공을 펼쳤으니 제 위력이 나올 리 없다.

절대 무심의 평정 상태에서 복마검법을 펼쳤다면 소고인들 이렇게 쉽게 막을 수는 없었으리라.

"졌… 어요."

소여은은 더 이상 싸워봤자 무의미하다는 것을 알았다.

한번 겪어봤으니 다음에는 당하지 않도록 파해법(破解法)을 연구하겠지만 지금은 졌다.

"동생, 진심이었어."

"……?"

"동생은 정말 예뻐. 눈빛 하나만으로도 사내를 뇌살시킬 수 있는 여자가 있다면 바로 동생이야. 이건 진심이야."

소여은은 혼란스러웠다.

소고는 어디까지가 요술(妖術)이고 어디부터가 진심인가.

'다음에… 다음에는 꼭 이길 수 있어. 이런 요사한 술법은 반드시 깨지게 되어 있어. 그때가 되면 비참하다 못해 처참해질 거야.'

소여은은 소고를 힐끔 쳐다본 후 흰 천막으로 향했다.

"거 찬바닥에 오래 누워 있었더니 허리가 다 아프네. 누님이 소고시죠? 사부님께 귀가 따갑도록 말씀 들었습니다. 반갑습니다."

야이간이 잡초 더미에서 몸을 일으키며 반색했다.

"야이간? 아님 종리추?"

"제가 바로 야이간입니다. 종리추란 자는 벌써 천막 안으로 들어갔죠. 아마 제 기억으로는 제일 먼저 들어간 것 같은데……."

"천막 안으로? 벌써?"

"처음부터 수하가 되겠다고 자처한 자 아닙니까? 그놈은 오자마자 들어갔어요."

소고와 야이간은 거의 동시에 사부로부터 들은 말을 떠올렸다.

"종리추는 소고의 수하가 되는 것도 동의했습니다."

"내 기억으로는 너도 싸우겠다고 한 것 같은데… 지금 보니 싸울 의사는 없는 것 같고… 싸울 건가?"

'싸우다니, 난 그렇게 무모한 놈이 아니오. 당신의 사공을 봤으니 파해법을 생각할 동안까지는 몸을 사려야겠지. 괜히 싸워서 내 무공만 선보일 필요도 없고. 소고… 당신은 적사보다도 명줄이 짧을 것 같구만. 적사는 무공이라도 강하지, 당신은… 위력을 발휘할 때는 엄청나게 강해 보여도 깨지기 시작하면 삼류 무인한테도 형편없이 깨지는 것이 당신 같은 사공이지. 후후!'

"전혀! 싸울 생각이 싹 가셨습니다. 때를 잘 파악하는 자가 준걸(俊傑)이라고 하던데, 아마도 제가 준걸인 모양입니다."

야이간은 변죽이 좋았다.

야이간은 육각 방망이를 앞에서 본 얼굴 형이다.

이마가 좁고, 광대뼈가 나왔고, 턱이 좁다. 그러면서도 각이 졌다. 눈은 가늘고 코가 크며 입술이 두툼하다.

냉철하면서도 자신이 원하는 것은 반드시 손에 넣는 집요한 성격의 소유자라는 게 얼굴에 잘 드러나 있다.

"좋아. 그럼 천막 안으로 들어가지."

'어쩐지 손 한번 못 써보고 푹푹 나가떨어지더라니……. 싸우지 않기를 잘했어. 음성에 요기가 섞여 있어. 단지 목소리만 듣고도 마음이 이렇게 진탕되니. 후훗! 얼굴도 예쁘면 좋으련만.'

"제가 앞장서죠."

야이간은 앞장서서 흰 천막의 장막을 걷었다.

적사는 한쪽 귀퉁이에 웅크리고 앉아 두 무릎 사이에 머리를 처박고 있다. 옛날 뇌옥에 있을 때와 하나도 다르지 않은 모습이다.

소여은도 옛날과 같은 모습이다. 천막 한 귀퉁이에 다리를 쭉 뻗고 앉아 있다. 졸린 듯 반쯤 눈을 감고.

'저, 저, 저게 적각녀! 음… 천하제일미녀라기에 허풍도 심하다 생각했는데… 예뻐졌군. 미인이야.'

소여은의 모습은 한눈에 반하기에 충분했다. 오뚝한 코, 붉고 두툼해 꽉 깨물어주고 싶은 입술, 이지적으로 부드럽게 휘어진 눈썹… 이목구비를 하나하나 뜯어봐도 예뻤고, 전체적으로 스쳐 보기만 해도 예뻤다.

활달하면서도 사나워 보이고, 사내를 유혹하는 듯한 도발적인 면까지 고루 갖춘 보기 드문 미녀다.

'중원에 들어오자마자 선물을 받았군. 좋아, 넌 내가 차지하지.'
　야이간은 소여은에게서 눈을 떼지 못했다.
　그녀는 여자를 좋아하는 야이간이 보아왔던 숱한 여인들 중 가장 예뻤다.
　한편 소고는 종리추를 보고 있었다.
　"드르렁! 쿨……!"
　종리추는 코까지 골아대며 깊은 잠에 빠져 있었다.

◆第二十六章◆
주종(主從)

'놀라운 무공이다!'

종리추는 큰 충격을 받았다.

무공이라면 누구에게 뒤지지 않을 정도로 익혔다는 자만심도 어느 정도는 있었다.

소고, 적사, 야이간, 소여은…….

그들 중 누구도 자신의 상대가 될 수 없을 것이라는 자신감이 마음속 깊숙이 자리했다.

흰 천막의 장막을 걷기까지 얼마나 갈등했던가.

아버지의 뜻에 따르기로 작심했으면서도 억울하다는 마음이 문득문득 고개를 쳐든 것은 잘못일까?

이들은 모두 큰 산이 되어가고 있다.

조금 더디고 빠른 느낌은 있지만 향후 십 년이 지나면 무림 일각을 차지하는 패주(覇主)가 되어 있을 것이다.
 소고의 무공은 더욱 놀랍다.
 소고는 이미 무형(無形)의 기(氣)를 싸움에 응용하는 단계에 이르렀다.
 적사와 소여은은 알지 못할 힘에 진기가 흩어지는 느낌을 받았을 것이다. 그것은 태산처럼 거대한 위압감을 발휘하는 것일 수도 있고, 바다처럼 장대한 포용력으로 나타날 수도 있다.
 무형의 기는 사람마다 색깔이 다르다.
 똑같은 무공을 익혀도 사람마다 받아들이는 것이 다르듯이 무형의 기 역시 사람마다 다른 색깔로 나타난다.
 소고는 어떤 색깔을 지녔을까?
 어쨌든 적사와 소여은은 무형의 기에 전신이 친친 옭아매여져 옴짝달싹하지 못했다.
 '소고가 들고 있는 검에 현혹되어서는 안 돼. 소고를 이기기 위해서는… 전신을 옭아매는 무형의 기부터 쳐 나가야 돼. 그러나 보이지 않는 것은 칠 수 없다. 그렇다면 나 역시 무형의 기로 맞서야 하는데… 내게 그런 능력이 있나?'
 종리추는 고개를 흔들었다.
 무형의 기로 사람을 살상하는 것을 외기격인(外氣擊人), 혹은 격공격인(隔空擊人)이라고 한다.
 세상에 아무런 힘을 가하지 않았는데도 그냥 쓰러지는 물체는 없다. 물체가 쓰러지기 위해서는 그에 합당한 힘을 가해줘야 한다.
 삼사 장 정도의 거리를 두고 서서 손가락 하나 건드리지 않고 쓰러뜨려야 한다면 도대체 얼마만한 힘을 사용해야 하는 것일까?

진기를 끌어올려 육신에, 혹은 병장기에 집중시키는 것은 가능하지만 그것을 사람을 살상할 정도로 강한 힘을 지닌 채 외부로 발출한다는 게 가능한 일일까.

종리추는 시도해 본 적도 없고, 시도할 생각도 하지 않았다.

그것은 무극의 경지에 이르러 싸움이라는 자체가 필요하지 않은 절대고수나 가능한 무공이다.

소고도 외기격인을 사용하지는 못한다. 하지만 기를 방출해 냄으로써 감정에 영향을 미치고 있다.

인간의 정서는 희(喜), 노(怒), 우(愚), 사(思), 비(悲), 공(恐), 경(驚)의 칠정(七情)으로 이루어져 있다. 적사나 소여은처럼 극심한 정신적인 타격을 받으면 칠정에 변화가 생기고 음양(陰陽)이 무너지며 장부(臟腑)는 기혈(氣血)의 조종 능력을 상실하게 된다.

내상(內傷)이다.

치료할 필요가 없을 만큼 미미하지만 분명히 내상은 내상이다.

정신적 자극이 노함에 미치면 토혈(吐血), 비혈(鼻血)을 하게 된다. 기쁨을 자극하면 기가 이완되어 집중력을 상실하게 된다. 슬픔을 자극하면 기가 소침(消沈)하고, 공포를 자극하면 신기(腎氣)가 망실되어 대소변을 흘리게 되며 허리가 무력화된다.

소고는 내기를 방사(放射)하여 인체에 타격을 가하지는 못했지만 정신에 충격을 준 것만은 틀림없다.

적사는 어리석었다. 어리석지 않은 사람이 어리석었다. 우(愚)에 자극을 받아 싸움터에서 여인의 미모에 현혹되는 어리석음을 저질렀다.

그래서는 싸움이 안 된다.

일심(一心)으로 집중해도 모자랄 판에 산란해진 마음으로는 고도의 진기를 모을 수 없다.

그의 공세가 중도에서 흩어진 것이 그 증거다.

소여은 역시 마찬가지다.

그들은 모두 싸움도 시작하기 전에 자신도 모르는 사이 선공(先攻)을 받았다.

'어떤 느낌이었을까? 내 감정을 타인이 건드리는 느낌이……'

종리추는 한 가지 사실만은 인정했다.

소도는 외기격인을 향해 한발 앞서 나가고 있다.

"드르렁! 푸우……!"

종리추의 코 고는 소리만이 흰 천막에서 들리는 모든 소리였다.

소고, 야이간, 소여은, 적사…….

모두들 한자리에 모여 앉았지만 깊은 상념에 잠겨 헤어 나오지 못했다.

소여은이나 적사로서는 자신들이 그렇게 간단히 무너질 줄은 상상도 못했을 것이다.

두 사람은 침묵했다.

야이간 역시 소고와 같은 종류의 무공에는 상대할 수 없다는 좌절감을 맛봤다. 그런 좌절감은 큰 충격이다. 직접 육장(肉掌)을 주고받으며 결전을 벌여 패한 것에 못지 않은.

야이간은 연신 소여은을 흘끔거렸다.

'세상에서 가장 경시받는 인간이 여자에게 사족을 못 쓰는 인간이지. 아무리 뛰어난 자라도 여자에게 사족을 못 쓴다는 인상을 심어주면 존경과는 거리가 멀어지는 법.'

야이간은 지금 이 순간이야말로 자신의 인상을 결정짓는 중요한 순간이라고 판단했다. 또 소여은은 넋을 빼놓을 만큼 예뻤다.

'가벼운 인간으로 보일 필요가 있어.'

하나 그럴 필요는 없었다. 습관적인 행동일 뿐.

"드르렁! 푸우……!"

야이간의 귓전에 코 고는 소리가 들렸다.

'종리추… 정말 잠이 든 건가? 아니지. 아무리 신경이 둔한 자라도 이런 순간에는 잠을 이룰 수 없어. 어쨌든 많이 컸다만 한 수 아래는 여전하군. 자는 척하는 것이라면 쓸데없는 데 심기를 낭비하는 조잡한 수법이고, 정말 잠이 든 것이라면 신경이 우둔한 게지. 언제든지 죽일 수 있는.'

그런데 왜일까? 자꾸 종리추에게 신경 쓰이는 것은…….

한 시진이라는 시간이 무심히 흘렀다.

드디어 소고가 입을 열었다.

"야이간, 찻물을 데워."

'찻물? 하하! 이 야이간이 몸종 노릇이나 할 줄이야. 들어주지. 그런 걸 바란다면.'

"하하, 그러죠. 다구(茶具)가…… 아! 저기 있군. 미리 신경을 썼어야 하는데 미안합니다. 적각녀에게 정신이 팔려서…… 적각녀, 정말 아름다운 미녀가 됐소. 눈이 부셔요."

"……."

소여은은 대답하지 않았다.

야이간이 불을 피워 찻물을 데우며 계속 주절댔다.

"적각녀, 아! 이제는 맨발이 아니니 적각녀라 부를 수도 없고… 뭐 호칭이야 천천히 생각하기로 하고… 그때 한 말 아직도 유효한지 모르겠소?"

"……."

"난 기억력이 유난히 좋아서… 그때 뇌옥에서 몸뚱이가 탐 나면 언제든지 말하라고 한 것 같은데."

소여은의 눈동자에서 살광이 터져 나왔다.

"아, 아, 지금은 아니고. 옛정이 생각나서 농담 한마디 한 걸 가지고 그렇게 눈을 치켜뜨면 민망하잖소. 하하! 농담이 아니군. 그 말은 오히려 적각녀를 무시하는 말이 되지."

야이간은 데워진 찻물을 찻잔에 따라 소고에게 공손히 두 손으로 바쳤다.

"고마워."

"뭘요. 찻물이 적당한지 모르겠습니다. 찻물을 데워보질 않아서."

"따른 김에 모두 따라줘."

"……?"

'이 여자는 정말……!'

야이간 역시 적사나 소여은이 했던 생각과 같은 생각을 하고야 말았다.

소고는 다짜고짜 반말을 해댄다.

아무리 수하라고 하지만 처음 본 사이고, 나이도 비슷하니 있을 수 없다. 소고는 더군다나 여자이지 않은가. 하지만 사근사근 속삭이는 듯한 음성을 듣고 있으면 기분 나쁘다는 감정이 들지 않는다. 그녀가 죽으라고 하면 죽을 수도 있을 것 같다.

소여은은 탁탁 튀는 물고기처럼 싱싱하다. 반면에 소고는 아침 이슬을 함빡 머금은 청초롱처럼 청초하다.

"종리추도 깨우고."

"……."

야이간은 옅은 미소만 지어 보였다.

"어이! 그만 일어나지."

야이간은 잠자는 종리추의 허리께를 발로 토닥거렸다.

소고의 눈빛에 싸늘한 한광이 떠올랐다가 사라졌다. 소여은의 눈에서 비웃음이 번져 나왔다. 적사의 두 눈에서는 뜨거운 불길이 활활 타올랐다.

야이간의 아무렇지도 않은 발길질 속에는 만 근의 거력이 숨겨져 있다. 그리고 곧게 곤추세워진 발끝이 향하는 곳은 정확히 복애혈(腹哀穴)이다. 극심한 충격을 받으면 뱃속이 뒤틀리고 심할 경우에는 사망(死亡)까지도 이른다.

모두 야이간의 발길질을 알아보았다.

야이간은 종리추를 시험하고 있다.

"아함!"

종리추는 늘어지게 하품을 하고 일어났다.

복애혈은 모기에게 물린 것처럼 근지럽다는 듯 쓱 문지르는 것으로 그쳤다.

'역시 지렁이는 아니었어. 오숙이 거짓말을 했군. 왜 그랬을까?'

소고의 눈이 더욱 맑게 빛났다.

소여은은 야이간이 발길질을 함과 동시에 종리추의 양 발끝, 엄지발가락이 한데 뭉치는 것을 보았다. 엄지발가락 옆에 있는 대도혈(大都穴)을 발가락으로 자극한 것이다.

대도혈은 복애혈의 운기회생혈(運氣回生穴)이다.

'오숙의 무공은 뇌인일지공. 정확히 전수받았어. 저런 자가 왜 싸워보지도 않고 수하가 되었지?'

소여은의 눈빛도 빛났다.

적사의 눈빛에 놀람이 떠올랐다가 사라졌다.

야이간의 발길에는 내공이 실렸고, 탄경(彈勁)을 사용했기 때문에 신음이라도 토해내야 옳다. 정면으로 가격당했으니.

적사 자신이라도 복애혈을 순순히 내주는 미련한 짓은 하지 않았을 것이다.

적사의 소감은 간단했다.

'잠룡(潛龍)이군.'

'이자, 무공이 상당해.'

누구누구 해도 제일 크게 놀란 사람은 야이간이었다. 발끝에 전해지는 탄력이라니… 철갑을 두드린 듯 단단하지 않은가!

2

"모두들 십망은 들어봤을 거야. 사숙님들의 십년지약(十年之約)도. 그래서 우리가 이렇게 만났지만……."

소고가 입을 여는 동안 다른 사람들은 차만 홀짝거렸다.

"사부님은 내게 사무령을 원하셔. 살수들의 꿈이지."

소고는 아직도 복면을 벗지 않았다.

모두가 볼 수 있는 곳은 우윳빛을 띤 아름다운 손과 부드러운 목덜미뿐이었다.

"난 사무령이 될 거야. 사부님의 바램이라기보다는 내 바램이니까. 알아들었니? 나 역시 살혼부에 어떤 힘이 있는지는 몰라. 하지만 살혼부의 힘을 얻지 못해도 사무령이 되기 위해 노력할 거야. 무림에서 천하제일인이 된 자는 많지만 사무령이 된 자는 아무도 없어. 단 한 명도. 난 그 한 명이 내가 되고 싶어."

격렬한 말이지만 전혀 격렬하게 들리지 않았다.
소고의 말투는 조용조용하면서도 부드러웠다.
"사무령은 살수에서 시작해야 돼. 살수의 전설이 사무령이니까. 난 살수야."
"……."
"사부님이나 사숙님들께서는 너희들을 준비해 주셨지만 사실 난 필요없어. 나 혼자서도 할 수 있고, 그래야 돼. 사무령은 누가 주는 게 아니잖니. 혼자서 일궈 나가야 되는 거지."
"……."
"여기 들어왔다고 수하가 될 필요는 없어. 돌아가고 싶으면 돌아가. 비무에서 이겼다고 부주(府主)가 되고, 졌다고 해서 수하가 되는 게 우습잖니?"
소고는 자신만만했다.
그녀는 사내도 지니지 못할 배포를 지녔다. 무공에 대한 절대적인 확신이 없으면 나타낼 수 없는 행동이다.
"적사, 의사를 분명히 말해 줘."
"……."
"가고 싶으면 가도 돼."
"아까 비무 때… 사용한 무공이 무엇이오?"
적사의 음성에는 송곳이 들어 있었다. 말 한마디 한마디가 날카롭게 살 속을 파고들었다.
"혈뢰삼벽."
"사공(邪功) 같은데?"
소고는 고개를 내저었다.

"무극이오?"

적사도 소여은과 같은 생각을 했던 모양이다.

소고는 이번에도 고개를 가로저었다.

"사공도 아니고 무극에 이르지도 않았고…… 기가 막히는군. 몽골에서는 무패(無敗)로 소문난 내가 어린애 취급을 받다니."

적사는 비원살수의 기도를 그대로 이어받았다.

시도 때도 없이 살광을 토해내는 눈빛도 그렇고, 듣는 사람으로 하여금 모골이 송연하게 만드는 날카로운 음성도 빼닮았다.

"좋아. 도와주겠소, 한 가지 약조만 한다면."

"……?"

"내년 정월 초하루… 다시 한 번 겨뤄봅시다."

"좋아."

소고는 흔쾌히 대답했다.

"그럼 적사는 남아서……."

"삼초유혼(三招幽魂)."

적사가 소고의 말허리를 잘랐다.

"……?"

"몽골에서 얻은 무명(武名)이오."

"…무슨 말인 줄 알겠어. 삼초유혼이라 불러달라는 말. 하지만 우리는 다시 시작해야 해. 처음부터. 여기는 몽골이 아니니까. 삼초유혼이라는 무명을 듣고 싶으면 여기서도 그렇게 해야지."

적사가 볼을 씰룩거렸다.

"동생, 동생은 어떻게 할 생각이야?"

소고의 눈빛이 소여은에게 향했다.

'어산적에게 돌아갈 수 있어. 동해를 휘저을 수 있어. 동해의 너른 바다가 모두 내 거야.'

"난 동생이 마음에 들어. 동생은… 너무 예뻐. 동생은 어때?"

"넌 너무 예뻐."

"수, 수령님, 수령님은 사내만……."

"흐흐! 나라고 눈이 없는 줄 아니? 계집이 모두 너 같다면 공동파에서 쫓겨나는 일도 없었을 거야. 하긴 거기 있어봤자 고리타분하지만. 자, 옷을 벗어봐."

"사부님, 저는 제자예요."

"그러니까 말을 잘 들어야지. 빨리 벗어."

냄새 나는 혓바닥이 입속을 파고들고, 두꺼비 등처럼 투박한 손이 육봉을 거머쥐고 농락해도 항거할 힘이 없었다.

온몸에 소름이 돋았다.

'널 반드시 죽일 거야.'

속으로는 수천 번도 더 다짐했지만 다짐만으로는 이성을 잃어버린 거친 사내를 막아낼 수 없었다.

고의가 벗겨져 나가고 푸른 하늘 아래 알몸이 되었을 때는 혀를 깨물고 죽고 싶은 생각도 들었다.

그 옛날, 노인의 깡마른 손이 전신을 더듬어올 때보다 더 수치스러웠다.

노인은 힘이 없었다. 발악이라도 할 수 있었다.

녹림마왕은 무공으로 다져진 몸이다. 무공으로는 도저히 녹림마왕을 상대할 수 없다. 상대하여 거부한다 해도 무공을 계속 익힐 수가 없다.

사내의 양물(陽物)이 느껴졌다.

'안 돼! 이렇게 몸을 버릴 수는……! 풋! 이까짓 몸뚱이가 뭐라고……. 그래, 마음대로 해라. 넌 내 손에 죽을 거야. 마음대로 해. 가져. 가져, 돼지 새끼야!'

녹림마왕은 그녀를 갖지 못했다.

남색에 길들여진 그의 양물이 소금에 절인 배추처럼 축 늘어진 채 일어서지 않았다.

'넌 너무 예뻐.'

무수하게 들은 말이다. 그리고 그 말속에 들어 있는 끈끈한 음욕(淫慾)도 잘 알고 있다. 그런 말을 하는 사내치고 눈빛에 혈기(血氣)가 스며 있지 않은 자가 없었다.

녹림마왕, 부수령들, 이제 막 어산적에 발을 들여놓은 햇병아리까지도.

어산적 사내들이 죽음을 무릅쓰고 충성하는 것도 '넌 너무 예뻐'라는 말로 집약될 수 있으리라.

"담을게, 언니. 좋아, 언니라고 부를게. 만약 사무령이 되지 못한다면 죽을 줄 알아."

"그래."

"어차피 죽겠지. 사무령이 되려면 반드시 구파일방과 부딪쳐야 될테니까. 넓고 깊은 강이야. 그 강을 건너지 못하고 빠져 죽는다면… 내 손으로 언니의 목숨을 거둘 거야."

"그래."

소여은의 입가에 옅은 웃음이 매달렸다.

갑자기 천막 안이 환하게 밝아지는 듯하다.

옅은 불빛을 내비치고 있는 모닥불 정도로는 그녀의 웃음을 따라갈 수 없다. 단지 엷게 웃음을 지었을 뿐인데도.

"정말 아름답군."

야이간이 넋 빠진 듯 중얼거렸다.

그는 소고의 부름에 따를 때 외에는 소여은의 얼굴에서 눈길을 떼지 못했다.

야이간은 소여은의 웃는 모습을 처음 봤고, 정말로 욕심이 치밀었다. 큰 야망을 품고 있지만 오늘 이 순간만은 소여은과 육체의 향연을 불사르고 싶었다.

그의 끈끈한 눈길을 의식했는지 소여은이 대뜸 말을 건네왔다.

"너! 나 갖고 싶어?"

옛날 말투였다.

"하하! 당연하지."

야이간도 옛날 말투로 돌아갔다.

"갖고 싶으면 가져, 언제든지."

"내가 아는 적각녀는 그 말 뒤에 무슨 말을 했던 것 같은데? 아마 죽고 싶으면… 이라고 했지?"

"한 가지만 가져오면 돼."

"……?"

"예쁜 보자기."

"보자기? 보자기는 왜?"

"네 목을 담아야 할 것 아냐."

"하하! 그 성미는 변하지 않았군. 살아서 팔팔 뛰니 보기 좋아. 좋아! 내 반드시 보자기를 준비하지. 이래 봬도 난 욕심나는 것을 놓쳐 본 적이 없거든."

"미친놈."

"기왕이면 듣는 사람 기분 좋게 서방님이라고 부르지 그래."

"야이간."

적사가 야이간과 소여은의 말다툼에 끼어들었다.

"……?"

"죽고 싶냐?"

적사도 옛날 말투였다.

"……!"

"죽고 싶냐?"

'적사, 옛날의 내가 아니다. 네놈의 살기가 거세기는 하다만, 오 년을 넘기지 못할 테니 오늘은 내가 양보하지. 가만, 뭐야? 그럼 적사도 적각녀에게 반했다는 거야? 하기는 사내자식이라면 반하지 않는 게 이상하지. 기분 좋군. 내 여자를 탐내는 자가 많으니. 암, 많을수록 좋지.'

"아니."

야이간은 옛날과 똑같은 대답을 했다.

"어쩔 거야?"

소고의 눈빛이 야이간에게 향했다.

야이간의 눈빛은 소여은에게 향했다.

'계집 하나와 곤륜파라…… 좋아, 오 년을 투자하지. 오 년 동안 적각녀 널 잡는다. 오 년이면 충분하지. 그리고 곤륜으로 돌아간다. 난 허황된 꿈에 같이 놀기 싫거든. 사무령? 하하! 아예 죽여달라고 떼를 쓰는 게 낫지.'

"욕심나는 미인이 있으니 차지해야겠어요. 누님, 전 걱정 마십쇼. 어느 놈이든 이름만 대면 당장 목을 쳐오겠습니다."

야이간의 뱀같이 끈끈한 눈길은 다시 소여은에게 향했다.

"종리추, 넌 유일하게 수하가 되는 데 이의를 제기하지 않은 사람이야. 왜 그랬어?"

종리추는 당황했다.

이런 말투로 이렇게 질문하는 여인은 처음이었다.

기분이 묘했다. 누나와 마주 앉아 이야기를 나누는 것도 같고, 소고가 한눈에 반해 추파를 던져 온다는 생각도 들었다.

'이것이었군, 적사와 소여은이 당한 게.'

종리추는 오진기를 끌어올려 전신을 휘돌렸다.

오진기의 수련 방법을 터득한 다음부터 내공이 전보다 두세 배는 강해진 것 같은 느낌이 들었다. 진기가 끊이지 않고 휘돌았다. 사흘 밤낮을 수련해도 피곤하지 않았다. 그런 진기가 의념(意念)이 이끄는 대로 전신을 가로로, 세로로 종횡무진했다.

정신이 맑아지며 세상의 모든 이치가 뚜렷이 보였다.

극히 잠깐이지만 소고의 전신에서 뿜어져 나오는 기의 파장(波長)이 보이는 듯했다. 넓게 확산되어 흰 천막을 가득 메우고 있는 기의 모습이.

"놔준다면… 나는 가겠소."

소고의 눈에 기광(奇光)이 떠올랐다.

소여은, 적사, 야이간도 의아한 표정이었다.

"이유를 물어도 돼?"

"난 살인이 싫으니까. 우린 어울리지 않는 것 같소."

"그럼 무공을 배우지 말았어야지."

야이간이 중간에 끼어들며 빈정거렸다.

"그럴 생각이오. 앞으로 농사나 지으며 살 생각이오. 모두 뜻한 바대로 잘되길 바라겠소."

종리추는 홀가분했다.

평생 짊어지고 가야 할 업보를 단숨에 털어버린 기분이었다.

"아직 대답 안 했는데?"

"……?"

"왜 순순히 수하가 된다고 했지?"

"사부님이 시키셨으니까."

"그것뿐이야?"

"……."

"무림에서 명성을 날린다거나 일파를 세우겠다거나… 그런 욕심은 없어?"

종리추는 일어섰다.

"이야기가 끝난 듯하니 난 그만…….."

일어선다 해도 당장 갈 곳이 없다. 삼이도까지 데려다 준 노인은 모레나 되어야 나타날 것이다. 하지만 사무령이 되기 위해 모인 사람들 틈에 끼어 있을 수는 없다. 배가 올 때까지 머물러도 뭐라고 할 사람들은 아니지만 그래야 할 것 같다.

"아니, 이야기가 끝나지 않았어."

소고는 눈가에 떠오른 기광을 지우지 않았다.

"종리추, 수하가 된다는 말은 함부로 하는 게 아냐. 누구의 입을 통했든 그 말은 내 귀에 들어왔고, 넌 내 수하야. 다른 사람들은 도전을 했지만 넌 포기했어. 앉아."

종리추는 순순히 앉았다.

"순진한 거야, 바보야?"

야이간의 빈정거림이 눈을 감아버린 종리추의 귓가에 울렸다.

아침이 되어 제일 먼저 삼이도를 떠난 사람은 소고였다.

소고는 가장 늦게 도착해서 가장 일찍 떠났다. 그녀를 태우고 왔던 배는 다음날 날이 밝자마자 삼이도에 모습을 드러냈다.

"늦지 마. 늦는 건 짜증나니까."

"누님, 걱정 마십시오. 절대 늦지 않을 테니. 그런데 복면은 벗지 않을 겁니까? 누님도 적각녀에 못지 않은 미녀라 들었습니다만."

"야이간."

"말씀하십시오."

"올 때 선물을 가져와."

"하하! 말씀만 하십시오. 어떤 선물을 원하십니까?"

"소림 장문인의 목."

"……."

야이간은 대답하지 못했다.

"선물을 가져오지 못하겠거든 말을 줄여."

"하하! 한 방 얻어맞았습니다."

야이간은 기분이 나쁘지 않은 듯했다.

소고가 떠난 후 가장 늦게까지 남아 소여은에게 치근거릴 것 같던 야이간이 예상외로 빨리 떠났다.

"난 배를 가져와서……. 같이 갈 사람은 가지. 아무도 없나? 하하! 역시 난 찬밥이군. 그럼 나중에들 보자고."

그는 미련없이 등을 돌렸다.

"야이간이 무섭게 컸군. 눈치만 보던 그 야이간이 아냐."

소여은이 중얼거렸다.

적사는 점심이 넘어서야 떠났다.

그때까지 그는 한마디도 하지 않았다. 종리추도 소여은도… 서로 어색한 분위기 속에서 잔잔하게 흐르는 강물만 쳐다보았다.

"강안(江岸)까지 태워줘."

소여은의 말에 적사는 고개를 끄덕였다.

"종리추, 넌 안 가?"

종리추는 고개를 가로저었다.

내일 노인이 배를 저어 올 것이다. 배를 가져온다고 약속했으니까.

주종(主從) 115

◆第二十七章◆
초출(初出)

"어디 갔다 이제 오는 거야! 눈 빠지는 줄 알았잖아!"

어린은 보자마자 표독하게 쏘아붙였다. 보기도 싫다는 듯 등까지 돌려 버렸다. 하지만 어린의 눈에서 작은 이슬 방울이 흘러나와 볼을 타고 흐르는 것은 숨기지 못했다.

"무공 수련은 많이 했니?"

"흥!"

"들어가자. 날이 춥다."

"흥!"

종리추는 어린의 양 어깨를 움켜잡았다.

어린은 비 맞은 참새처럼 바들바들 떨었다.

중원은 여러 가지면에서 어린 모녀에게 혹독했다. 날씨가 그랬다. 먹는 물도 맞지 않아 부스럼이 생겼다. 그러나 가장 혹독한 것은 역시 사람들이다.

중원인과는 다르게 햇볕에 그을릴 대로 그을린 남만인은 놀림감밖에 되지 않았다. 구맥이나 어린같이 뛰어난 미모를 지닌 경우에는 수작을 부리는 사내들이 특히 많았다.

적지인살과 배금향이 중원 풍습에 대해 세세하게 가르쳤지만 어색하기는 마찬가지였다.

사내들은 그런대로 견딜 수 있지만 구맥이나 어린은 믿을 사람이 적지인살 가족밖에 없었다.

어린에게는 종리추밖에 없었다.

'아무래도 잘못했어. 녹요평에서 데려오는 것이 아닌데……'

어린을 볼 때마다, 그녀가 고생하는 모습을 볼 때마다 후회가 떠올랐지만 이미 늦어버렸다.

"어린아."

"……"

"말 안 할래, 어린아?"

"흥! 말해."

"잘 들어둬. 앞으로는 같이 있을 시간이 더 없어. 난 무인이야. 홍리족으로 말하면 용사. 항상 싸움터에 나가야 하고, 언제 죽을지도 몰라."

"그런 말은 싫어! 듣기 싫어!"

어린이 몸을 홱 돌리며 안겨왔다.

어린은 더 이상 어린애가 아니었다. 봉곳한 가슴의 감촉도 느껴지고 풋풋한 살 내음도 맡아진다.

동생처럼 생각하고 지내면 되지 않겠냐던 생각은 터무니없는 착각이었다.

종리추의 마음속에도 어린이 자리 잡기 시작했다.

삼이도를 다녀오는 도중에도 문득문득 생각이 나곤 했다. 해맑게 웃는 모습이.

아버지도 떠오르고 어머니도 생각났지만 어린이 가장 많이 보고 싶었다.

"어린아, 마음을 굳게 가져야 돼. 알았지?"

"알았어. 알았으니까 그런 소리는 하지 마. 앞으로도 절대 하지 마. 나 무섭단 말이야. 알았지?"

어린은 한없이 안겨들었다.

그간의 이야기를 들은 적지인살은 기대 반 걱정 반의 복잡한 표정을 지었다.

"적사와 소여은이 그렇게 쉽게 무너졌다면……."

"활은 이미 쏘아진 것이죠."

걱정이나 기대는 하나로 모아졌다.

사무령.

소고가 사무령이 될 수 있다는 기대와 이제는 정말 사무령이 되기 위해 피를 흘려야 한다는 걱정이었다.

적사와 소여은을 간신히 상대할 정도라면 기대는 무너졌을 것이다. 반대로 걱정은 다소나마 줄어들 수 있었다. 하지만 기도(氣度)로 공격을 가해 투지를 무너뜨릴 정도라면…….

종리추는 소고가 천막 안에서 했던 말을 조근조근 말해 나갔다.

"우리는 각기 일개 문파를 창건합니다. 일 인(一人)이 한 문파가 되는 거죠. 하남성에 살수 집단 다섯 개가 동시에 창건되는 겁니다."

"음……!"

살수 집단은 두 명이 만들 수도 있고 세 명이 만들 수도 있다. 살인 능력만 뛰어나다면, 그리고 청부를 받는다면 혼자만의 몸이라 해도 청부는 들어오게 되어 있다.

소고는 혼자인 것을 숨기고 집단 형식을 취하라고 했다.

"일단 살천문의 이목을 흐릴 겁니다."

살혼부가 무너진 후 득을 본 곳은 살천문이었다. 사람을 죽이고 싶으나 힘이 없는 사람들, 직접 움직이기 곤란한 사람들은 살천문에 의지할 수밖에 없었다.

우습게도 살수 집단은 무인들도 이용했다.

세(勢)를 넓히는 데 장애가 되는 무인을 죽여야 할 경우, 문파 내에서 실권을 차지하려고 하는 무인들 모두가 살수를 기용했다.

명예에, 권력에 초연한 사람들은 살수 집단의 씨를 말려야 한다는 주장을 했지만 다행스럽게도 그런 사람은 몇 되지 않았다.

소림사에도, 무당파에도, 개방에도 살수 집단과 연을 맺은 사람은 있었다.

그런 연유로 구지신검같이 명망있는 무인이 뚜렷한 흔적을 남긴 채 죽은 경우를 제외하고는 살수 집단의 행태를 묵인하는 게 현재 상황이었다.

강직한 무인이 이를 악물고 살수들의 씨를 말려 버리겠다고 달려들 때는 어쩔 수 없지만.

살천문은 살혼부가 없어진 하남성을 장악했다.

그런 그들이 새로운 살수 집단의 탄생을 묵인할 리 없다.

'살혼부'라는 이름은 사용하지 못한다. 구파일방은 살혼부주가 십망을 받았고 살혼부의 잔당들은 모두 도륙되었다고 공식적으로 선포했다. 오독마군, 혈암검귀에게 그랬듯이.

살혼부와 연관된 사람들은 모습을 드러내는 즉시 주살(誅殺)당한다. 십망에 쫓겼을 때와는 비교할 수도 없는 거센 공격이 시작되리라. 구파일방의 명예가 걸려 있는 문제이기 때문에.

살혼부 고수들은 앞에 나설 수 없다. 지원도 조심스럽게 해야 한다. 살혼부의 지원을 받을 수는 있으나 겉으로 드러나는 날에는 중원 전 무림인의 표적이 된다.

어떤 행동에서 꼬투리가 잡힐지 모르기 때문에 결정적인 사건이 벌어지기 전까지는 숨어 있는 것이 오히려 도와주는 격이다.

소고는 새로운 문파를 창건해야 한다.

"살천문이 가만있지 않을 텐데?"

배금향이 걱정스런 표정으로 말했다.

살혼부는 고급 청부, 살천문은 하급 청부로 대변되던 두 세력이었지만 그렇다고 살천문이 약한 것은 아니다.

살혼부에서 사무령이 되는 데 뒷받침해 줄 것이 있다면 살천문에도 그런 힘이 있다. 더욱이 살혼부마저 없었던 지난 십 년 동안 살천문은 고급 청부도 맡았으며 청부를 완수하기 위해 무공이 강한 고수들을 새로이 영입했다.

십 년 전의 살천문과 지금의 살천문은 천양지차다.

"제게 생각이 있어요. 유구, 유회, 역석을 데려가려는데 괜찮겠습니까? 저는 오히려 이곳이 걱정입니다."

"여기는 걱정 마라. 내 무공도 거의 회복되었으니 웬만한 무인은 상대할 수 있을 게다. 암연 족장도 같이 가지 그러니?"

"아뇨, 암연 족장은 이곳을 지켜야 해요. 살천문이 냄새라도 맡는 날에는 아버지 혼자서는 힘드실 거예요."

모진아가 지킨다면 안심해도 좋다.

모진아의 무공은 크게 발전했다.

그는 대연신공이 토기(土氣)에 바탕을 둔 무공이라는 것을 들은 다음부터 내공 부분을 집중적으로 파고들었다.

구연진해, 아홉 개의 각법… 그것이 하나로 귀합되는 순간 모진아는 천하제일인을 자처해도 되리라. 옛날 오독마군이 그랬듯이.

요즘 들어 모진아는 그 길을 찾은 것 같다. 하루 종일 무공 수련에만 몰두하고 있으니.

"뭐야! 그럼 나는 믿지 못하겠다는 말이냐!"

"아뇨, 믿지 못하기는요. 아버지는 도망치는 데 일가견이 있는 분이 잖아요."

"뭐라구!"

"십망을 빠져나온 분이라면 도망치는 데 일가견있는 분 아닌가요? 흐흐흐! 아마 평생 따라다닐 겁니다. 도망치는데……"

따악!

종리추는 매를 벌었다.

그는 부모님의 마음을 편하게 해드리는 방법을 알고 있었다.

오랜만에 마음껏 먹고 떠들었다.

내일이면 떠날 사람과 남을 사람이 갈라지겠지만 아무도 그런 내색을 하지 않았다.

잠시 잠깐 마을에 다녀오는 나들이가 아니다. 본격적으로 살인을 해야 한다. 평생 살인하는 일을 직업으로 삼고자 떠나는 길이다.

"주공(主公)."

"응? 방금 뭐라고 말했어?"

"주공이라고 했습니다."

"왜… 호칭이 바뀌었지?"

"이곳 중원에서는 모두 주인님보다 주공이 더 높은 사람인 것 같더군요. 그래서 앞으로는 주공으로 바꿔 부르기로 했습니다."

"아이구! 머리 아파."

"주공."

"뭐요, 말할 것 있으면 빨리 말해요. 말이 길어질수록 골치만 아프니까."

"이번에 삼이도에 다녀오면서 아무 일도 없었습니까?"

"……?"

모진아는 능글능글거렸다.

"왜… 그런 웃음을 짓는 거야!"

종리추는 문득 불안해졌다. 또 무슨 말을 하려고…….

"호호호!"

"모진아!"

"주공의 나이가 스물셋인데……."

"그래서 그게 어쨌다고?"

"제가 그 나이 때는 자다가도 벌떡 일어났는데, 주공께서는… 정말 아무 일도 없었습니까?"

종리추는 모진아가 무슨 말을 하고 있는지 비로소 깨달았다.

초출(初出) 125

"모진아, 경고하는데 그만 해."
"주공께서는……."
"그만."
"혹시 고자가 아닌지 몰라."
"그만!"
"하하하!"
"호호호!"
더욱 종리추를 곤란하게 만든 사람은 어린이었다.
"고자는 정말 교합을 못 가져요?"
"……."
"……."

종리추는 취기(醉氣)를 느꼈다.
방 안으로 들어서자 후끈한 열기가 취기를 더욱 부채질한다.
창문을 활짝 열자 차가운 밤 공기가 훅하니 밀려든다.
'시원하군.'
종리추는 편안함을 느꼈다. 삼이도에 다녀오는 동안 느껴보지 못했던 편안함이다. 이것이 집에 돌아온 느낌인가.
암연족은 사주(蛇酒)를 즐겨 마신다. 맹독사를 보면 반드시 산 채로 잡아 술을 담근다. 반면에 홍리족은 유주(乳酒)를 마신다. 부드러우면서도 시큼한 맛이 처음에는 역겹지만 맛이 들리면 그 맛을 잊지 못하게 만드는 술이다.
사주와 유주는 궁합이 맞지 않는다.
사주는 지독해서 조금만 마셔도 취하게 만든다. 더군다나 치아를 삭

히기 때문에 갈대로 빨아 마셔야 한다. 유주는 순해서 대접으로 퍼 마셔야 제격이다.

　삼도산에 터를 잡은 열 사람은 그동안 담가두었던 술들을 모두 바닥냈다.

　사주가 다섯 독, 유주가 스무 독이다.

　살수가 되고자 하는 사람은 반드시 살천문의 허락을 받아야 한다. 허락없이 살행을 자행하다가는 쥐도 새도 모르게 죽고 만다.

　소고가 지시한 일은 살천문과 정면으로 맞서겠다는 말이 된다. 그것도 모두 뭉친 것이 아니라 각기 흩어져서. 다섯 명이 힘을 합친다면 옛날 살혼부의 저력보다 더 강한 힘으로 뭉칠 수 있으나 흩어지면 상당한 위험을 감수해야 한다.

　'모진아가 있어서 안심이야. 훗! 어린은 무공보다는 바느질을 배워야 해. 무공은 젬병이야. 하지만 망아지처럼 펄떡거리는 성격이니 얌전히 앉아서 바느질을 하지도 못할 테고……'

　삼도산의 밤하늘은 맑았다.

　삐익……!

　문 소리가 들리자 종리추는 환상에 누워 얼른 눈을 감아버렸다.

　발자국 소리로 미루어 어린이 틀림없다.

　'분명 같이 가자고 떼를 쓸 테지.'

　"자?"

　"……"

　"자는 거야?"

　"……"

　종리추는 자는 척 거친 숨을 내쉬었다.

초출(初出)　127

'무슨 말을 해도 안 돼. 널 데리고 갔다가는 걱정 때문에 말라 죽을 거다.'

사르르……!

'……?'

종리추는 이상한 느낌에 실눈을 뜨고 어린을 찾았다.

"엇!"

자신도 모르게 터져 나온 경악성이다.

어린이 옷을 벗었다. 건강하고 아름다운 나신(裸身)이 달빛에 비쳤다. 고의마저 벗어버린 완전한 나신이다.

"어린아!"

"……."

종리추는 침상에서 일어나 바닥에 떨어진 어린의 옷가지를 주워 들었다. 그리고 나신을 감싸주었다.

"왜… 이래?"

음성이 가늘게 떨려 나왔다.

어린의 나신은 거부할 수 없는 유혹이었다.

"나 추워."

"어린아."

"부인이 되고 싶어."

"나는……."

갑자기 앵두처럼 붉은 입술이 말을 막았다.

종리추는 입속으로 밀려드는 혀를 받아들였다.

자신이 죽을지도 모른다는 생각도, 어린을 책임질 수 없다는 생각도… 모든 생각을 잊어버렸다. 아무 생각도 나지 않았다. 머리 속이 텅

비었다.
 종리추는 어린의 허리를 으스러지게 껴안고 입술을 빨았다.
 종리추의 옷이 찢기듯 벗겨졌다.
 어린은 다른 홍리족 여인들에 비해 혼기가 많이 늦었다. 그녀 또래의 다른 여인들은 이미 자식이 두셋은 있다.
 어린은 잠자리에서의 일을 많이 들었다.
 남편을 두셋쯤은 거느려야 정상으로 여기는 홍리족이니 잠자리에서의 일이라고 굳이 비밀이랄 게 없다.
 어린은 종리추보다 어른이었다.
 "천천히… 천천히……."
 어린은 여유있게 유도했다.
 종리추는 서둘렀다.
 나이답지 않게 깊은 사고도, 치밀함도, 여유도 보이지 않았다.
 우악스러웠다.
 경험있는 홍리족 여인들은 '부드러운 애무'라는 말을 종종 사용했는데, 종리추는 부드러운 것과는 거리가 멀었다.
 "아! 아파. 천천히…… 아!"
 어린은 몸속 깊숙이 밀려드는 종리추의 분신을 느꼈다.
 아팠다. 미간이 절로 찡그러질 만큼 아팠다.
 이상한 기분도 들었다. 다른 소녀들이 말하던, 처음 남편을 맞이했을 때 이상한 기분이 들었다는 바로 그 기분이었다.
 아픔을 잊게 만드는 이상한 기분은 마음에서부터 일어났다.
 '나는 이 사람에게 몸을 허락했어. 이 사람과 나는… 하나야.'
 숨이 가빠왔다. 몸이 허공에 붕 뜨는 듯 정신이 없었다. 그러나 그런

와중에도 한 가지가 확실해졌다. 막연히 좋아한다, 사랑한다던 감정이 실체가 되어 다가왔다.
종리추가 사랑스러웠다.
작은 숨결 하나도, 손에 닿는 살갗의 감촉도… 모두 사랑스러웠다.
"아! 사랑해!"
"어… 린아!"
어린의 숨결도 가빠지기 시작했다.
처음에는 그녀가 유도했으나 거칠게 밀려드는 폭풍우를 감당할 수 없었다.
어린은 폭풍우에 휘말린 가랑잎처럼 거센 공격에 몸을 내맡겼다.

종리추는 후회했다.
'무책임한 짓을… 내가……'
침상에 묻어 있는 앵혈(鶯血)이 지난밤의 행동을 대변해 주었다.
어린은 처녀였다. 남녀 관계에 대해서는 자식을 갖는 그 이상의, 이하의 의미도 없는 홍리족 여인이 열여덟이 되도록 처녀를 간직하고 있었다는 것은 흔한 일이 아니다.
종리추는 어린의 사랑을 느꼈다.
갓난아기처럼 편안히 잠들어 있는 어린이 사랑스러웠다. 이불 밖으로 살짝 드러난 어깨 살이 또다시 양기를 부추겼다.
칠흑같이 검은 머리칼도 사랑스러웠다. 오뚝한 코도, 긴 속눈썹도… 입을 맞춰주고 싶었다.
'어린아, 살아난다면 같이 살자. 살아난다면……'
사무령을 향해 나아가는 길, 그 길에 보장이란 없다. 살아난다는 보장도 할 수 없고, 언제 끝난다는 보장도 하지 못한다. 어쩌면 삼도산을 하산하는 즉시 살해당할 수도 있고, 늙어 백발이 될 때까지 살인을 하고 있을지도 모른다.

종리추는 조용히 움직였다.

옷을 입고, 수투를 끼고, 특별히 제작한 비수 백 개를 몸 곳곳에 숨겼다. 매미 날개처럼 얇고 자루가 없는… 비수라고 부를 수도 없는 쇠붙이 조각이었다.

연녹색 뱀 가죽으로 만든 채찍도 허리에 둘렀다.

그러는 동안에도 종리추의 눈길은 잠들어 있는 어린에게서 떨어지지 않았다.

준비를 마친 종리추는 침상으로 다가갔다.

편하게 잠든 어린의 모습은 그가 늘 생각하던 부인의 모습이었다.

상상 속의 부인은 늘 이렇게 편안하고 아늑했다. 조금 있으면 열댓 명에 이르는 자식들이 깨어나 아내의 단잠을 깨울 테고, 아내는 부스스 눈을 뜨며 아이들을 보듬어 안을 게다.

'살아난다면… 같이 살자.'

종리추는 비수를 꺼내 손가락을 베었다.

핏방울이 뚝뚝 흘러내렸다, 어린의 앵혈이 묻어 있는 곳에.

삐이걱!

조심스럽게 문이 닫혔다.

"흑!"

어린은 터져 나오려는 오열을 손으로 눌러 막았다.

눈물이 흘러내렸다. 대범하게 보내주려고 했는데… 자꾸 눈물이 흘렀다.
 어린은 종리추가 흘린 피를 만졌다.
 "흑! 흐윽!"
 오열이 더욱 세차게 터져 나왔다.
 문득 어린은 무슨 생각이 들었는지 화급히 일어나 창문으로 다가섰다. 자신이 알몸이라는 생각 같은 것은 떠오르지도 않았다.
 보였다, 종리추의 모습이.
 종리추가 앞에 서고 유구, 유회, 역석이 뒤따르고 있는 모습이.
 '살아 돌아와. 안 그러면 죽을 줄 알아!'
 종리추의 모습이 흐릿해졌다.
 어린은 황급히 손으로 눈물을 훔쳤다. 조금이라도 더 보아야 한다, 사랑하는 사람의 모습을.

하남성은 여덟 개 부(府)로 나뉘어 있다.

종리추는 개봉부(開封府) 양성(襄城)으로 갔다. 하남성 정중앙에 해당하는 성이다.

소고는 살수 집단을 세우라는 말만 했지 어디서 어떤 방법으로 세우라는 말은 하지 않았다.

기한은 정했다.

사월 초파일 이전에 살인 청부를 받을 것이며, 늦어도 초파일까지는 살천문의 이목을 잡아끌어야 한다는 명령이다.

'살수로 이름이 나야 하는데……'

종리추는 저잣거리를 돌아다녔다.

유구, 유회, 역석은 험한 인상을 지으며 뒤에 붙어다녔다.

"유구는 원래 인상이 험악하니 신경 쓸 것 없고… 모두 인상이란 인상은 잔뜩 찌푸려. 망나니도 천하에 다시없는 망나니처럼. 만약 시비를 거는 자가 있으면 마음껏 실력 발휘를 해도 좋아. 죽이지만 말고. 명심해. 죽여서는 안 돼."

유구는 정말 당부할 필요도 없었다.

이마 정중앙에서 오른쪽 눈을 지나 턱 밑까지 그어진 상처는 유구를 세상에서 가장 못된 망나니로 보이게 만들었다.

'큰 고기를 잡으려면 바다로 나가야 한다. 바다로 나가기 위해서는 강을 타야 하지. 강을 타려면 물길을 찾아야 하고. 작은 것부터 시작하는 거야.'

"비켯! 콱 창자를 뽑아내 버릴까 보다. 어디서 길을 막는 거얏!"

유구와 유회, 역석은 혼잡한 저잣거리에서 닥치는 대로 시비를 걸었다.

상인들은 슬금슬금 눈치 보기에 바빴다.

자주는 아니지만 가끔 이런 일이 벌어지곤 한다. 타 지역에서 굴러들어온 파락호들이 어떻게 돈푼깨나 뜯어낼 수 있을까 싶어서 어깨에 힘을 주고 행패를 부린다.

법은 멀고 주먹은 가까운 법이다.

이런 자들은 관아(官衙)에 고변해 봤자 곤장 몇 대 맞고 풀려나기 일쑤다. 그리고 그 다음에는 무지막지한 보복이 이어지고.

그래서 상인들은 돈은 주고 무인을 사거나 지역 패자에게 일정한 금액을 상납한다.

그것이 속 편하다.

"이봐, 어디서 굴러왔어? 꼴을 보니 아래쪽에서 굴러온 것 같은데, 남쪽 섬에서 온 촌놈들인가?"

눈이 위로 쭉 째져 독기가 풀풀 날리는 청년이 다가와 위협적인 말투로 말을 걸었다.

"하! 정말 어이가 없어서. 야, 이 쥐방울 같은 새끼야! 너, 몇 살이나 처먹었는데 헛바닥이 반 토막이냐!"

"응? 기분 나빠? 우리 조용한 곳으로 갈까?"

청년은 말을 걸고 있는 상대가 홍리족 용사 가운데서도 가장 권투를 잘하는 역석이란 사실을 알 리가 없다.

역석은 종리추를 쳐다보았다.

종리추는 이미 저만큼 멀어지고 있었다.

퍽!

"큭!"

번개처럼 날아간 주먹이 청년의 복부에 틀어박혔다.

청년은 답답한 신음을 토해냈지만 그것이 끝이 아니었다.

퍽퍽퍽……!

맷돌처럼 단단한 주먹이 연거푸 터지며 청년의 전신을 난타했다. 옆구리를 막으면 얼굴을, 손을 들어 올려 얼굴을 막으면 복부를……. 역석의 연타에 청년은 속수무책으로 얻어맞기만 했다.

눈 깜빡할 사이에 청년은 피투성이가 되어 나뒹굴었다.

"퉤! 별것도 아닌 게 까불고 있어."

역석은 주먹 관절을 우드득 소리가 나도록 꺾었다.

"저, 저!"

"저런 때려죽일 놈이!"

우락부락하게 생긴 장한들이 우르르 몰려들었지만 청년은 이미 피투성이가 되어 쓰러진 후였다.

"어디서 굴러먹던 놈들이…… 억!"

장한 한 명이 말을 하다 말고 답답한 신음을 토해냈다.

장한은 허리를 부둥켜안은 유회에게서 벗어나려고 발버둥쳤지만 역부족이었다.

장한의 발버둥은 점차 사그라졌고, 이내 고개를 툭 떨어뜨리고 말았다, 허리에서 우두둑 소리가 들린 후에.

"흐흐흐! 다음은 어떤 놈의 허리를 꺾어주랴."

유회는 뚱뚱한 체격답지 않게 힘이 장사였다. 그가 뚱뚱함에도 아무도 무시하지 못하는 이유는 아름드리 나무를 단숨에 뽑아 올리는 힘을 지녔기 때문이다.

"컥!"

다른 쪽에서도 비명 소리가 터졌다.

유회가 장한의 허리를 부둥켜안을 때, 유구는 손에 들고 있던 짤막한 몽둥이로 제법 몸이 날래 보이는 장한을 두들겨 팼다.

퍽! 퍽퍽퍽……!

짧게 끊어 치는 솜씨는 종리추가 가르쳐 주었다.

모진아에게 무공을 배워 각법이나 암연족의 창법에는 능숙하지만 수법(手法)에는 부족한 면을 보였기 때문에 전수한 무공이다.

유구의 깨끗한 솜씨에 싸움깨나 했었을 것 같은 장한은 맥도 못 추고 나뒹굴었다.

"다음!"

나서는 자들이 없었다.

우르르 달려들어 주위를 에워싼 장한들이 슬금슬금 뒤로 물러섰다.

'이제부터 시작이야.'

삶의 맨 밑바닥에서부터의 시작이었다.

종리추는 주루(酒樓)로 향했다.
싸움과 술은 끊을래야 끊을 수 없는 관계를 가지고 있다.
먼저 술은 용기를 북돋워준다. 이성을 마비시켜 죽음에 대한 공포를 없애준다. 홍리족이 그렇고, 암연족이 그렇고……. 싸움을 벌이기 전에는 반드시 술을 마신다.
싸움이 끝난 후에도 술은 뗄 수 없는 관계로 다가온다.
싸움을 벌이는 동안 짓눌렸던 공포가 슬금슬금 피어날 때 술처럼 좋은 약은 없다. 술은 자신이 죽인 사람을 잊게 만들어주고 살아 있다는 감각마저도 없애준다.
싸움과 불가분의 관계를 가진 사람들……. 군인(軍人), 무인(武人), 골목길에서 푼돈이나 뜯어내는 불량배들까지도 술에서 벗어나지 못한다.
"죽엽청(竹葉靑)."
주루 주인의 눈이 동그래졌다.
죽엽청은 명주(名酒)다. 산서(山西)의 죽엽청을 제일로 치며, 모태주(茅台酒), 오량액(五粮液), 분주(汾酒), 로주대곡(瀘州大曲), 고정(古井), 소흥주(紹興酒), 청도(靑島) 오성주(五星酒) 등과 함께 십팔대명주(十八大名酒)에 속한다.
저잣거리에서 점소이도 없이 혼자 운영하는 작은 주루에 그런 명주가 있을 리 없다.
"저… 손님, 죽엽청은……."
주인은 조심스러웠다.

종리추 일행이 저잣거리에서 벌인 일은 이미 입소문을 통해 모르는 사람이 없었다. 어떤 사람은 괜히 어물거리다가 된서리를 맞는다며 일찍 점포를 닫아버리기까지 했다.

"뭐가 있나?"

"저… 가장 좋은 술이 백주(白酒:배갈)……."

"그걸로……."

꽝!

종리추의 말은 난데없이 나타난 일단의 무리 때문에 가로막혔다.

첫눈에도 녹록치 않아 보이는 사내들이 우르르 몰려 들어와 의자며 탁자며 닥치는 대로 부쉈다.

"아이구! 망했네. 아이구! 이걸 어째. 아아… 아이구!"

주루 주인은 한쪽 구석에 몸을 틀어박고 발만 동동거렸다.

"네놈들이냐?!"

거센 기세로 기물을 두들겨 부순 사내들이 종리추가 앉아 있는 탁자 앞으로 다가섰다.

종리추는 자리에서 일어나려는 유회를 눈짓으로 눌러앉혔다.

탁!

"이 새끼들이 귀머거린가!"

몸집이 바위처럼 단단해 보이는 사내가 유구의 뒤통수를 후려치며 말했다.

유구가 어깨를 꿈틀거렸다. 그의 눈은 더욱 차갑게 변했다.

암연족의 유일한 단점은 머리에 있다. 모욕은 참아내도 머리를 맞으면 참지 못한다. 장난 삼아 건드리는 것도 용납하지 않는다. 머리를 만질 수 있는 사람은 없다. 전신(戰神) 아부타의 것이기 때문에.

"이름이?"

"뭐? 이 새끼들이 아직도 앉아서 나불거리네. 너, 이 새끼! 냉큼 일어서지 못해!"

사내가 눈을 부릅뜨며 종리추에게 다가왔다.

"미련한 놈들, 눈이 있어도 사람을 알아보지 못하는군. 그런 눈은 뭐 하러 달고 다니나?"

종리추의 말이 끝나기 무섭게 유구가 양손으로 탁자를 누르며 펄쩍 뛰어올랐다. 그의 손에는 언제 빼 들었는지 허리춤에 꽂혀 있던 작은 몽둥이가 들려 있었다.

빠악!

둔탁한 소리가 터졌다.

사내는 무슨 일이 있었는지 모르는 것 같다. 몸이 굳어진 채 움직이지 못하는 것만 다를 뿐, 눈을 부릅뜨고 성난 표정을 짓고 있는 것은 똑같다.

하지만 한 가지 더 달라진 점이 있다. 머리에서 피가 주르륵 흘러나와 얼굴을 뒤덮고 있는 것.

"유회, 문을 막아."

"흐흐흐!"

유회가 커다란 몸을 일으켰다.

그때까지만 해도 무슨 일이 벌어졌는지 어안이 벙벙하던 다른 사내들이 일제히 살기를 띠었다.

쿵!

바위처럼 단단해 보이던 사내는 그제야 무너졌다. 커다란 고목이 쓰러지듯 몸이 딱딱하게 굳은 채 뒤로 넘어갔다.

"역석, 창문을 막아."

역석이 눈을 내리깔며 일어섰다.

역석은 성난 사내들을 거들떠보지도 않고 창문으로 가서 팔짱을 끼고 버터 섰다. 유회가 징그러운 웃음을 흘려내며 사내들을 빙 돌아 입구를 봉쇄한 것과 거의 동시였다.

"유구, 모두 무릎 꿇려."

유구의 눈에서 진득한 살기가 피어났다.

"꿇어라. 아니면 죽는다."

성난 사내들은 함부로 덤벼들지 못했다. 그제야 이들 네 명이 범상치 않은 사람들이란 걸 알아차렸다. 이런 자들은 오직 한 부류뿐이다. 무인들.

"이, 이런 때려죽일 놈들…… 커억!"

용기를 내서 한마디 하던 사내는 유구가 곧게 찌른 몽둥이에 목젖을 맞고 답답한 신음을 토해냈다.

"카악!"

사내는 입에서 피를 토해냈다. 그리고 토해내는 자세 그대로 푹 고꾸라져 버렸다.

털썩!

사내 중 한 명이 저도 모르게 무릎을 꿇고 말았다. 지옥에서 온 듯한 유구의 눈길과 맞닥뜨리자 심장이 얼어붙는 듯해서 서 있을 수가 없었다.

사내의 행동은 다른 사내들에게도 전염되었다.

털썩! 털썩……!

십여 명에 이르던 사내들은 주먹 한 번 휘둘러 보지 못하고 무릎을 끓었다.

"백주."

"……."

"백주 안 가져오나?"

주루 주인은 그제야 종리추가 자신에게 말하고 있다는 사실을 깨달았다. 너무 급작스럽게 터진 일에 넋이 반쯤 빠져나간 상태였기 때문에 제정신이 아니었다.

"아! 예, 예, 곧 가져오겠습니다."

주루 주인은 행여나 유구의 몽둥이가 자신에게 향할까 두려워 꽁지가 빠지게 주방으로 기어 들어갔다.

주루 밖은 사람들로 가득했다.

구경 중에 제일 재미있는 것이 싸움 구경하고 불 구경이다. 저잣거리에서 힘들게 사는 사람들이 싸움 구경을 놓칠 리 없다.

어깨에 힘을 주고 저잣거리에서 왕처럼 군림하던 사내들이 무릎을 꿇고 있는 모습은 진풍경이었다.

사람들의 초점은 한 사내에게 모아졌다.

사람의 허리를 갈대처럼 분질러 버리는 사내, 숨을 쉴 틈조차 주지 않고 주먹을 뻗어내던 사내, 작은 몽둥이 하나로 소문난 불량배들을 눈썹 하나 깜빡이지 않고 때려눕힌 사내.

이런 사내들을 수족처럼 부리는 자.

이목구비가 너무 뚜렷해 계집이 아닌가 싶을 만큼 아름다운 얼굴이다. 아름다움? 사내에게는 어울리지 않는 말이지만 술을 마시고 있는 사내를 보면 그 말밖에 생각나는 말이 없다.

그러면서도 웃음을 머금으면 개구쟁이가 될 것같이 편안해 보인다. 싸움과는 인연이 없고 방 안에 틀어박혀 글이나 읽었을 것 같은 사내다.
술잔을 들어 올리는 손도 곱상하다.
병장기도 지니고 있지 않다.
그런 사내가 악귀보다 무서운 자들을 거느리고 있다.
눈만 마주쳐도 주먹을 휘두르던 사내들을 무릎 꿇려놓고 태연히 술을 마시고 있다.
"무인인가?"
"아닌 것 같은데?"
"부잣집 공자인가? 그런 것 같지?"
"그래, 그런 것 같아. 돈으로 무인을 산 것 같아. 왜 부잣집에서는 그런다잖아. 무인을 사서 시종처럼 거느리고 다닌다고."
"그런 공자가 이런 곳에는 웬일이지?"
"글쎄……."
사람들은 자신들이 나누는 말이 혹시 화근이라도 될까 봐 귓속말로 소곤거렸다.

종리추는 백주를 음미하듯이 천천히 마셨다.
사건이 점점 커지고 있다.
바라는 대로 이루어지고 있는 것이다.
'무인들은 이런 곳에 손을 대지 않는다. 커다란 이권(利權)이 없고 번잡한 일만 많은 곳이니까. 이런 곳은 하류잡배(下流雜輩)들이나 손을 대는 곳이지.'

또르륵……!

독하기로는 둘째라면 서러울 백주가 계곡에서 흐르는 물처럼 맑은 색을 띤 채 술잔에 담겼다.

무인들은 상인들로부터 푼돈이나 뜯는 짓은 절대 하지 않는다. 아무리 먹고 살기 어려워도 목돈을 받고 무공을 팔지언정 불량배가 되지는 않는다.

무공을 익히며 갈고닦은 그들의 정신이, 그들의 자존심이 허락하지 않는 일이다.

'……!'

구경하던 사람들이 썰물처럼 갈라지는 것을 본 종리추의 눈빛이 반짝 빛났다.

사람들을 헤치고 천천히 걸어오는 사람은 뜻밖에도 금방이라도 쓰러질 것 같은 노인이었다.

지팡이에 몸을 의지한 채 걸음도 제대로 옮기지 못하는 노인.

이상하게도 사람들은 그런 노인을 두려워했다. 혹여 몸이라도 닿을까 봐 부산하게들 물러섰다.

노인은 주루 앞에까지 온 다음에야 유회에게 말을 했다.

"좀 물러서 주겠나? 그렇게 떡 버티고 서 있으니 들어갈 수가 없잖아. 쯧! 요즘 젊은것들은 노인을 공경할 줄 몰라."

유회의 얼굴에 징그러운 웃음이 떠올랐다. 노인이든 천하제일의 미녀든 종리추의 명령이 떨어지지 않는 한 물러설 유회가 아니다. 그때,

"길을 터줘."

말 한마디 없이 술잔만 기울이던 종리추의 입이 열렸다.

유회가 물러서자 노인은 거리낌없이 주루 안으로 들어섰다.

노인은 무릎을 꿇고 앉아 있는 사내들에게는 일별도 던지지 않은 채 곧바로 종리추에게 다가와 맞은편 자리에 앉았다.

종리추는 술잔을 들어 음미하듯 백주를 마셨다. 눈은 노인의 얼굴에 고정시킨 채.

"쯧! 요즘 젊은이들은 예의 범절을 몰라. 존장 앞에서 버젓이 술이나 마셔대고."

"……"

종리추는 대꾸하지 않았다. 감정없는 얼굴로 노인의 얼굴을 뚫어지게 응시하기만 했다. 술을 홀짝거리면서.

"네놈들, 보아하니 무공을 익힌 것 같은데, 그렇다고 사람을 개 패듯이 패고 다녀? 어느 문파에서 그 따위로 가르쳤어! 네놈 사부가 누구냐!"

"……"

"이놈이! 어른이 말을 하면……."

"유구."

"옛!"

"죽여라."

종리추는 노인의 얼굴을 빤히 응시한 채 명령을 내렸다.

노인의 얼굴이 백지장처럼 하얘졌다. 설마 종리추가 그런 말을 할 줄은 예측하지 못했다는 표정이었다.

유구가 몽둥이를 들고 노인의 뒤에 가 섰다.

"자, 잠깐!"

노인은 다급한 표정으로 손을 내둘렀다.

휘익! 빠악!

유구는 조금도 망설이지 않고 몽둥이를 후려쳤다.

"명령을 내리면 무조건 따라라. 망설이지도 말고. 우리는 두 가지 행동밖에 할 수 없어. 때리는 것과 죽이는 것. 동정은 버려라. 망설임도 버려라. 이유도 따지지 마라. 죽이는 사람이 누구인지 알려고도 하지 말고 왜 죽여야 하는지도 생각하지 마라. 우리는 살인을 하는 게 아냐. 일을 하는 거야. 이게… 살수의 길이지."

노인의 검은 눈동자가 위로 말려 올라가며 하얀 흰자위를 드러냈다. 머리가 거의 빠져 대머리나 다름없던 노인의 머리에서는 붉은 피가 흘러내렸다.
'살수로 들어선 길, 죽음에 익숙해져야겠지. 냉혹해져야 하고……. 후후, 이러고자 무공을 배웠던가.'
종리추는 남아 있는 술을 단숨에 들이켰다.
백주가 뱃속으로 흘러들자 불길이 이는 듯 화끈거렸다.

◆第二十八章◆
연수(聯手)

종리추는 주루에서 밤을 꼬박 밝혔다.
 사람들은 돌아갔고, 주루 주인은 한구석에 쭈그리고 앉아 꾸벅꾸벅 졸아댔다.
 무릎을 꿇고 앉은 사내들은 오만 가지 인상을 써댔다.
 다리가 저리다 못해 마비되는 듯했다. 몸을 움직여 보지만 더 고통스러울 뿐이다. 다리를 펴면 괜찮겠는데 몽둥이를 든 사내의 눈빛이 무서워 그럴 수도 없다.
 거기에 추위와 배고픔과 졸음까지 쏟아진다.
 "음! 으음……!"
 "끄응……!"
 사내들은 소리도 크게 내지 못하고 이 앓는 소리만 냈다.
 밤이 지나고 날이 밝았다.

새벽은 한 치 앞도 분간할 수 없는 안개와 함께 찾아왔다.

안개가 자주 끼는 지역이 아닌데 무슨 놈의 바람이 불었는지 축축한 습기를 머금고 세상을 짙은 운무(雲霧)로 가려 버렸다.

유구, 유회, 역석 또한 고역스러운 것은 마찬가지였다.

유구는 문 기둥에 등을 기대고 서 있고, 역석은 창문 틀에 몸을 기댄 채 안개에 싸인 바깥 풍경을 바라보고 있다. 유구는 오른손에 몽둥이를 든 채 팔짱을 끼고 사내들을 노려본다.

그들은 말 한마디 나누지 않고 긴긴 밤을 그렇게 지새웠다.

종리추는 밤새도록 술을 마셨다.

천천히 마신다고는 하지만 쉬지 않고 마셔댔으니 주량이 센 사람이라도 나가떨어질 만한데 그는 취한 모습조차 비치지 않았다.

사악… 삭…….

집집마다 밥 짓는 연기가 솟구칠 무렵 옷이 땅에 끌리는 소리가 들려왔다.

평소 같으면 귀를 기울여도 들리지 않을 소리였지만 쥐 죽은 듯 고요한 세상에서는 신경을 자극하고도 남았다.

삭, 사악.

소리는 점점 가까워졌다.

소리의 주인공이 화려한 비단옷을 입은 사십 대 중년 여인이라는 것을 알게 된 것은 여인이 주루 앞까지 다가왔을 때였다.

"들어가도 되나요?"

꾀꼬리가 우짖는 듯 영롱한 음성이다.

유회는 맞은편 문 기둥에 걸친 한쪽 발을 치우지 않았다.

"물러서지 않으면 다쳐요."

여인이 생글생글 웃으며 말했다.

유회의 인상이 일그러졌다. 성질이 폭발하기 직전에 나타나는 현상이다.

"비켜라."

종리추가 노인이 나타났을 때와 마찬가지로 짧게 말했다.

"인사하죠. 하오문 개봉(開封) 기문(妓門)을 맡고 있는 벽리군(薜梨君)이에요."

종리추는 여전히 무표정했다.

"원하시는 것이 뭔지 알고 싶군요."

벽리군은 묘한 매력을 풍겼다.

보들보들한 피부와 농염한 자태는 강하게 사내를 빨아당겼다. 또한 단아한 얼굴, 조리있는 말솜씨는 사내로 하여금 경거망동하지 못하게 만들었다.

요부(妖婦)와 현부(賢婦)의 양면성을 지닌 벽리군이다.

"……."

종리추는 노인 때와 마찬가지로 술만 마셨다. 벽리군의 얼굴에 시선을 못 박아둔 채.

"……."

벽리군은 노인처럼 말이 많지 않았다. 간단한 질문을 던지고는 대답을 기다렸다.

종리추는 술잔에 담긴 술을 한입에 털어 넣고 벽리군에게 술잔을 내밀었다. 벽리군이 받아 들자 맑은 주향이 풍기는 백주를 하나 가득 따라주었다.

벽리군도 독주를 한입에 털어 넣은 다음 옷소매로 입술이 닿은 부분을 깨끗이 닦은 후 술잔을 내밀었다.
종리추가 받아 들자 얌전히 두 손으로 술을 따랐다.
술잔이 오고 갔다.
밤새도록 술을 마신 종리추와 젊은 날을 주향(酒香)에 파묻혀 지낸 벽리군, 그러나 취기는 벽리군이 먼저 느낀 듯 얼굴이 불그스레해졌다.
종리추가 다시 술잔을 건넸다.
그는 단 한 번도 벽리군의 얼굴에서 시선을 돌리지 않았다. 술을 마실 때도, 술잔을 건넬 때도, 술을 따라줄 때도, 벽리군이 술을 마실 때도.
벽리군은 간혹 시선을 돌렸다.
종리추의 무표정하고 따가운 시선을 맞받지 못한 것이다.
시간이 지날수록 벽리군은 처음 모습을 드러냈을 때의 태연함을 잃어갔다.
종리추가 다시 술잔을 건넸다.
"이젠… 못 받겠어요. 대단하군요."
"……."
종리추는 팔을 거두지 않았다. 술잔을 내밀고 벽리군의 눈을 뚫어지게 바라보았다. 노려보는 것도 아니다. 그냥 쳐다보기만 했다. 무표정하게.
벽리군은 종리추가 하류잡배가 아니란 것을 인정해야만 했다.
무인들은 하오문을 멸시한다.
생업이란 것이 천박한 것이며, 하오문도 중 거의 절반은 남의 등이나 쳐먹는 사람들인 까닭이다. 무공도 변변치 못하다. 문파를 사랑하는 마음도 빈약하고 능력만 있으면 하극상(下剋上)도 서슴지 않는 풍조도 문제다.

정도 문파에서는 도저히 용납될 수 없는 일이다.

오죽하면 하오문도는 무인으로도 간주하지 않겠는가 말이다.

하지만 하류잡배들에게는 하오문의 존재가 거대한 산이 된다.

결속이 강하고, 세력이 넓으며, 사람을 죽이고도 안색 하나 변하지 않는… 함부로 건드려서는 안 되는 철벽이 된다.

무림 문파가 경멸하는 하오문이 하류잡배들에게는 반대로 인식되고 있으니…….

당연히 하류잡배들은 하오문이라는 이름만 들어도 얌전한 고양이가 된다. 힘이 있어도 힘없는 자에게 두들겨 맞는다. 억울해도 억울하다는 소리를 못한다. 상대가 하오문도라면.

종리추는 저잣거리의 조그만 이권이나 차지하겠다고 폭력을 휘두르는 무뢰배가 아니다.

벽리군은 무인과 마주 앉았다는 것을 실감했다.

"……."

말을 해야 하는데 입이 열리지 않았다.

벽리군은 술잔을 받아 들었다.

"백주는 잘 마시지 않을 텐데?"

종리추의 음성은 예상외로 상냥했다. 하지만 그런 음성이 벽리군을 더욱 힘들게 했다. 산전수전 다 겪은 그녀였기에 자신없는 자의 음성이 부드러울 수 없다는 사실을 잘 안다.

"가끔은… 마시죠."

"어떨 때?"

"속상할 때요."

종리추는 이제 스물을 넘긴 지 몇 해 되지 않았다. 얼굴에서도 깊지 않은 연륜이 확연히 드러났다. 여인은 마흔을 넘겼다. 세상에 존재하는 궂은 일이라면 한번씩은 겪어봤다.

그런데도 여인은 종리추의 하대(下待)를 당연하게 받아들였다. 종리추의 기도가 여인으로 하여금 운신의 폭을 줄여 버렸다.

한편 종리추로서는 하대가 그리 어렵지 않았다. 모진아가 노예를 자처하고 하대를 강요하면서부터 길들여진 습관이 있어서이다. 유구, 유회, 역석도 하대를 할 사람들이 아니다. 하나 하대를 하게끔 만들었다. 그들 스스로.

'배금향을 아는가?'

종리추는 입 밖으로 튀어나오려는 말을 간신히 삼켰다.

하오문 기문이라면 어머니가 몸을 담았던 곳이다. 십 년 세월이 지나 많은 사람이 바뀌었겠지만, 같은 향주이니 이름만 들어도 알지 모른다.

종리추는 무표정한 얼굴과는 다르게 여인에게서 친근감을 느꼈다.

"저자의 신분은?"

손가락으로 한쪽에 쓰러져 있는 노인을 가리켰다.

"배문(扒門) 향주예요."

"배수(扒手:소매치기)?"

"예."

"배문 향주가 죽었으면 그대 역시 죽을 수 있다는 사실을 알고 있을 텐데?"

"배문과 기문은 달라요. 배문은 배수로 향주를 선출하지만 기문은 무공으로 선출해요."

"그럼 저자는 배수 짓을 잘했겠군."

"신의 솜씨였죠."

벽리군은 이야기를 나누자 긴장이 풀리는 것 같았다. 어깨를 짓누르던 공포감도 사라졌다.

"내가 바라는 게 무엇인지 물었나?"

"……."

벽리군의 편안함은 오래 지속되지 못했다. 그녀는 다시 긴장했다.

"기문에서 무전취식(無錢取食)하고 싶은데 좋은 방을 내줘."

"……."

"대답을 해야지."

"좋아요."

벽리군은 위압감을 느꼈다.

싫다고 해도 눈앞에 앉아 있는 사내는 기문으로 밀고 들어올 것이다. 억지로 막으면 무릎을 꿇고 앉아 있는 사내들과 같이 모두 굴복시키면서, 더러는 죽이기도 할 것이고…….

"오늘 밤까지……."

"……?"

"망주(網主)에게 연락해. 하오문 다섯 향주와 함께 들르라고."

"그건……."

"오늘 밤까지야."

"……."

"장소는 향주가 소개하는 기루로 하지. 준비 좀 해주고."

종리추는 자신이 마치 기루를 운영하는 것처럼 당연하다는 듯이 말했다.

"안 하면 어떻게 할 거죠?"

"하는 게 좋아."

"……."

"백주도 좋지만 난… 혈주(血酒)를 마시고 싶으니까."

"혀, 혈주!"

벽리군은 술이 확 깼다.

살수에게도 미신은 있다. 돈을 받고 살행을 나선 자는 처음으로 죽인 자의 피를 마셔야 한다. 그렇지 않으면 황량한 들판에서 까마귀 밥이 되고 만다.

피를 마신 살수들 중 상당수가 제 수명을 다하진 못했지만 혈주에 대한 미신은 꾸준하게 이어져 오고 있다.

혈주… 그것은 살수가 되겠다는 의사 표시였다.

눈앞에 앉아 있는 사내는 살수가 되려고 한다. 살천문이 버티고 있는데 비집고 들어가 자리를 차지하려고 한다. 그것도 하오문을 끌어들이면서.

'이건 내 선을 벗어났어.'

벽리군은 기루를 제공하겠다고 말한 것조차도 후회하기 시작했다. 자신을 이곳으로 보낸 망주가 원망스러웠다. 아니, 이미 죽어 버린 배문 향주가 더 원망스러웠다. 그가 일만 잘했어도 기루를 내어주는 일 따윈 없었을 텐데.

천화기루(天花妓樓)의 별채는 아무나 머물 수 있는 곳이 아니다. 하룻밤을 즐기기 위해서는 은자 쉰 냥을 지불해야 하는 호화스러운 곳이다. 그것도 공식적으로 지불하는 것만.

기녀들의 손에 쥐어주는 은자까지 계산한다면 아무리 못해도 예순 냥은 있어야 한다.

"세상에!"

유회는 별채에 들어서자 감탄부터 터뜨렸다.

그가 보아왔던 방이라는 것은 객잔(客棧)이 고작이다.

별채는 객잔에 비해 다섯 배는 더 넓은 것 같았다. 안에서 병장기를 들고 무공 수련을 해도 될 만큼 넓다. 그렇게 넓은 방이 진귀한 집기들로 가득하다. 하나같이 고급스럽고 호화스러운 가구들이다.

"아무 곳에나 배 깔고 누워도 잠이 솔솔 오겠는데?"

"며칠 동안 일어나지도 못할 거야."

종리추는 밝게 웃었다.

종리추도 이렇게 호화스러운 곳은 처음이었다. 아니, 기루라는 곳을 들어와 보기도 처음이었다.

별채에서는 이상한 냄새가 났다.

향기로우면서도 고소한… 그렇게 진하지도 않고 은은한… 여인들이 얼굴에 바르는 지분 냄새였다. 몸에 지니고 다니는 사향(麝香) 냄새였다.

"자, 그만들 떠들고 잠이나 자둬. 이따 저녁에는 바쁠 테니까."

"주공께서는……."

"오전 동안 자. 오후에는 내가 잘 테니까."

유구, 유회, 역석은 사양하지 않았다.

유회가 제일 먼저 침상으로 달려들었지만 침상을 차지한 사람은 역석이었다.

"하하! 실례."

"끄응!"

암연족과 홍리족은 서로 섞일 수 없는 사람들이지만 유구, 유회와 역석은 잘 어울렸다. 종리추를 따른다는 이유 하나만으로 모든 감정이 눈 녹듯 사라졌다.

유회는 커다란 덩치를 바닥에 뉘였다. 그리고 곧바로 코를 골기 시작했다.

하오문은 크게 다섯 가지의 직업을 가진 사람들이 모여 있다.
배수(扒手), 소투(小偸), 기녀(妓女), 마부(馬夫), 도곤(賭棍:노름꾼).
이들이라고 전부 하오문도는 아니다. 거지라고 전부 개방 문도는 아니듯이 이들도 하오문에 적을 둔 사람과 독자적으로 움직이는 사람들이 있다.
전체 인원으로 보면 하오문도보다 아닌 사람이 훨씬 더 많다. 하지만 인원 수로는 훨씬 적은 하오문도들이 하나의 직종을 지배하고 있다.
하오문에 적을 둔 사람들은 평생 같은 직종에서 종사하기로 작심한 사람들이기 때문에 잠시 노름을 하거나 생활이 어려워 남의 것을 훔치는 사람들과는 생각부터가 다르다.
하오문도는 자신의 직업을 천직으로 알고 있으며, 그 일을 하다가 죽기를 원한다.

하오문은 각 성(省)의 각 부(府)에 직업별로 다섯 향(香)을 둔다. 부 전체는 망(網)이 총괄하니, 망은 한 부(府)의 총타(總舵)가 되는 셈이다.

성(省) 전체는 모지(某地)라는 곳에서 총괄한다.

'아무 땅'이라는 뜻으로 부평초(浮萍草)처럼 덧없이 한 세상을 살고 있는 자신들을 자책하는 뜻이 포함되어 있다.

중원 전체는 당연히 총타에서 지휘한다.

부평초처럼 떠도는 인생이지만 체계적인 명령 체계를 갖추었고, 자신들만의 독특한 충성심을 갖고 있기도 하다.

하오문에 도움이 되지 않는 자는 가차없이 제거하지만, 하오문을 진정으로 사랑하는 자라면 나이가 들어 늙은 후에도 내치지 않고 깍듯이 존장으로 예우해 준다.

종리추에게 죽은 배문 향주가 칠십 고령임에도 불구하고 향주 직을 맡을 수 있었던 것도 한때는 '신수(神手:신의 손)'라고 불렸던 그의 솜씨를 인정해 주었기 때문이다.

반대로 말하면 종리추는 개봉 배문의 철천지 원수가 된 것이다.

"혈주를 마시고 싶다?"

개봉 망주 천은탁(泉殷佗)은 삼층 누각(樓閣)에서 겁 모르는 작자들이 들어 있는 별채를 바라보며 중얼거렸다.

이런 경우는 흔히 있는 일이다.

종리추의 경우처럼 혈주를 마시고 싶다는 작자는 희귀하지만 '배문 영역의 일부를 달라', '기루에서 기문 기녀들을 쓰지 않겠다', '도방(賭房)에 하오문 도곤들을 들여놓지 않겠다' 등등, 하오문에 도전하는 자들은 한 달에도 서너 건씩 나타난다.

그 대부분은 향주의 손에서 해결되지만, 망주 자신이 직접 나서야 하는 경우도 많다.

 망주가 나설 경우 상대는 향주의 손에서는 어쩔 수 없는 거친 자들이 대부분이다.

 망주는 고민했다. 그들을 어르고 달래서 하오문에 입문시킬 것인지, 아니면 죽여 버릴 것인지.

 망주도 해결하지 못할 자들은 모지에 연락하지만 그런 경우는 흔치 않다. 삼사 년에 한 번 꼴이라고 해야 할까? 거칠면서도 싸움까지 능한 자들은 예상 밖으로 적다.

 망에는 무공에 능한 자들이 있다.

 그들은 이런 일을 대비해서 무공만 꾸준히 수련하고 있고, 그들 중 일부는 모지에 차출되기도 한다.

 "건방진 작자들이군."

 천은탁은 깨끗하게 다듬은 턱수염을 만지작거렸다.

 천은탁은 소투의 세계에서는 '투귀(偸鬼)'로 더 잘 알려져 있다. 훔치는 것도 감쪽같지만 단 한 번도 걸린 적이 없기 때문에 얻은 별호(別號)다.

 천은탁은 곱게 늙어서 오십이 넘은 지금도 여인의 방심을 울릴 만큼 깨끗한 용모를 유지하고 있다. 팔자로 기른 콧수염과 삼각추처럼 곧게 뻗친 턱수염을 다듬는 것에서부터 하루의 일과를 시작하는 그다.

 도저히 도둑이라고는 믿기 어려울 만큼 깨끗한 얼굴에 훤칠한 풍채를 지녔다.

 기녀들 중에는 망주와 하룻밤을 보내면 원이 없겠다고 말하는 기녀도 있을 정도였다.

 그가 저잣거리 사건을 해결하기 위해 몸소 나섰다.

연수(聯手)

"그렇게만 보실 게… 저자들은 정말 무인들이었어요. 무인들 중에도 실전에 이골이 난 자들 같았어요. 사람을 한두 명 죽여본 자들이 아니에요."

벽리군은 종리추의 냉혹한 눈길을 생각할 때마다 소름이 돋았다.

거칠다는 자들도 많이 접해봤고 살인으로 밥을 먹고 사는 살천문 고수들도 만날 기회가 적지 않았지만 종리추처럼 충격을 준 사람들은 없었다.

종리추는 정말 살인을 할 자다.

마음만 먹으면 자신뿐만이 아니라 그 누구라도 죽일 자다. 피가 뱀처럼 차디찬 인간이 있다면 종리추다.

"향주가 많이 약해진 것 같은데?"

"휴우! 전 제가 본대로 말씀드린 것뿐이에요."

"실전에 이골이 난 자들인데 누구인지도 모르고, 무공이 무엇인지도 모르고… 싸움에 이골 난 강호 초출내기라… 말이 된다고 생각하시오?"

"……."

벽리군은 대답하지 못했다.

하오문에서는 무림 인사의 동향을 세세하게 파악하고 있다. 무인이라도 걸어는 다녀야 한다. 그들은 배수에게 걸린다. 여자를 좋아한다면 기녀들에게 걸리고, 도박을 좋아하면 도곤들의 눈길에 걸려든다. 술도, 도박도, 여자도 멀리하는 자라 해도 마차는 타야 한다. 그들은 마부들에게 걸린다. 마차도 타지 않는다면 소투가 적극적으로 나서서 파악한다.

중원무림인들치고 하오문의 눈길을 벗어나는 자는 거의 없다.

어떤 자에 대해서 알고 싶을 때 인상착의와 사용하는 무공의 특징만 간추리면 하루가 못 되어서 몇 살까지 엄마 젖을 빨았는지까지 소상히 파악된다.

한데 별채에 든 자들은 아무 흔적도 없다.

무림에 나타난 적도, 누구와 싸운 기록도 보이지 않는다. 그럴 수가 있을까? 그렇게 싸움에 능한 무인들이?

"시험해 보면 알겠지."

천은탁은 시립해 있는 무인 두 명에게 고갯짓을 했다.

덜컹!

별채의 문이 거칠게 열렸다.

무인 두 명은 적이 언제 어디서 공격해 오더라도 반격할 수 있는 만반의 준비를 갖추고 별채로 들어섰다.

"뭐야!"

쇠북이 울리는 듯 고막을 텅 하고 울리는 고함 소리가 터져 나왔다.

무인 두 명은 앞을 턱 가로막는 거한을 보고 눈살을 좁혔다. 대체로 이렇게 덩치가 큰 자들은 외문 무공을 익히고 있기 십상이다. 몸뚱이가 철판보다도 단단해서 육장으로는 상대할 수 없는 자다. 그러나 칼은 들어간다. 피와 살로 이루어진 몸뚱이이기에.

무인 두 명은 뚜벅뚜벅 걸어 들어가며 거한의 좌우로 갈라졌다.

"뭐냐고 물었잖아!"

"네놈을 저승으로 보낼 사자."

"뭣? 하하……!"

유회가 고개를 젖히고 웃을 때, 무인 두 명은 비호처럼 달려들었다.

그들의 손에는 날이 시퍼런 독비(毒匕)가 들려 있었다.

"이런 쥐새끼 같은 놈들이!"

거한의 행동은 상상 밖으로 빨랐다.

왼쪽에서 공격해 오는 자의 손목을 거머쥐는가 싶었는데, 어느새 오른손이 멱살을 움켜쥐었다.

무인의 신형은 허공에 붕 띄워졌다.

퍼억!

유회는 무인을 들어 올리자마자 오른쪽에서 공격하는 자에게 내던져 버렸다.

두 무인은 명문대파에서 무공을 수련한 적이 있다.

못된 손버릇이 발각되어 파문되기는 했지만 무공의 기초는 단단히 닦았고, 덕분에 하류잡배들 사이에서는 제법 높은 대접을 받는다.

그들이 추풍낙엽(秋風落葉)처럼 나뒹굴었다.

"이 새끼들, 여기가 어디라고 감히 칼을 들고 들어와서 겁없이 날뛰는 거야!"

유회는 쓰러진 자들을 한 손에 한 명씩 잡고 번쩍 들어 올렸다.

"아가들아, 여기는 너희가 놀 곳이 아니니 밖에 나가서 놀아라. 응? 알았지?"

휘익! 퍼억! 쿵!

무인 두 명은 그들이 열어젖힌 문으로 되튕겨 나왔다.

무인 한 명은 별채 앞에 있던 정원석에 머리를 부딪쳐 즉사했다. 다른 한 명은 나무에 부딪친 후 죽었는지 혼절했는지 꼼짝도 하지 않는다.

"퉤!"

유회가 문밖으로 침을 내뱉고는 문을 닫았다.

"두 명 다 즉사했습니다."
천은탁은 보고를 받기 전부터 얼굴이 굳어졌다.
그가 있는 삼층 누각에서는 별채가 환히 내려다보였다. 곰처럼 우람한 사내가 수하 두 명을 개구리처럼 내던지는 모습도 보았다.
소투 출신으로 오십 평생을 살아오면서 이토록 어처구니없는 광경은 처음이었다. 이런 경우는 단 하나뿐이다. 상대가 정통으로 무공을 배운 일류 고수일 경우.
"음… 가보자."
천은탁은 하기 싫은 말을 했다.
별채에 든 자들은 기문 향주가 말한 대로 실전에 이골이 난 자들이 틀림없다. 망으로서도 어찌할 수 없는.
"모지에 빨리 전서를 띄워."
천은탁이 신경질적으로 말했다.
"가만… 전서는 나중에 띄우도록."
천은탁은 생각을 바꿨다.
'어쩌면 기회가 될 수도…….'

천은탁이 다섯 향주와 함께 별채에 들었을 때 종리추는 침상에 누워 아기처럼 곤히 자고 있었다.
"주공께서 아직 기침(起寢)하지 않으셨으니 쥐 죽은 듯이 조용히 하고 있어."
유회가 으름장을 놓았다.

유구는 얼굴에 난 긴 상처를 꿈틀거리며 동쪽 창문을 경계하고 역석은 서쪽으로 난 창문을 경계한다. 그들에게서는 조급함이 보이지 않았다.

수하 두 명이 습격을 가했지만 그에 대해서도 일언반구(一言半句) 말이 없었다.

'정말이야. 향주 말이 옳았어. 이자들은 정말 사람을 많이 죽여봤어. 살인귀들이야. 혈주를 마시겠다…… 가능할지도 모르겠군.'

다른 사람을 거느리고 있는 사람은 늘 선택의 기로에 서게 된다.

이쪽 길을 갈 것인가 저쪽 길을 갈 것인가.

선택을 잘할 경우에는 이득을 보지만 백 번 잘하다가도 한 번만 삐끗하면 목숨까지도 위태로워진다.

천은탁은 선택의 기로에 섰다.

살천문에 등을 돌릴 것인가, 이들과 싸울 것인가.

종리추는 아직 잠 자고 있지만 그가 무슨 말을 하려는지는 짐작이 가고도 남았다.

혈주를 마시겠다고 했으니 분명히 청부 건수를 물어다 달라고 하겠지.

그런 일이 비밀리에 이루어질 리 없고, 살천문이 알게 되는 날에는 망주 자신이 살인 대상이 된다.

살천문에는 자신 정도는 간단히 해치울 수 있는 능력이 있다.

그럴 경우 명문정파라면 복수를 한답시고 문도 전체가 나서겠지만 하오문에서는 모르는 척 덮어버린다. 차기 망주가 선출될 것이고, 자신의 죽음은 잊혀지리라.

하오문에서는 하오문의 이득과 상관없는 일은 그렇게 처리한다. 설혹 문주가 당했다 할지라도. 하물며 망주가 당한 것쯤이야.
'수렁에 발을 디밀었군. 거참!'

종리추는 술시(戌時)가 다 지나도록 눈을 뜨지 않았다.
"저녁 상을 준비했는데요."
"주공께서 아직 취침 중이시다. 이따 다시 차려와."
"술이라도 준비……."
"조용히 해라. 네 목소리 때문에 주공께서 깨시면 넌 죽는다."
아무도 종리추의 단잠을 깨우지 못했다.
개봉부 하오문도들이 하늘처럼 떠받드는 망주 천은탁도 탁자에 앉아 잠자는 종리추의 얼굴만 쳐다보는 것이 고작이었다.
종리추는 해시 초(亥時初:밤 9시)가 되어서야 눈을 떴다.
천은탁과 다섯 향주가 술시 초(戌時初:밤 7시)에 별채를 방문했으니 꼬박 한 시진을 앉아서 보냈다. 숨조차 크게 쉬지 못하고.
'날 길들이겠다는 것 같은데… 어림도 없지, 이렇게 얄팍한 수로는. 난 그렇게 호락호락한 사람이 아냐.'
사람을 불러놓고 관심없는 척 다른 일을 한다.
상대를 무시하는 이런 수법은 기선을 제압할 때 흔히 쓰는 방법이다. 천은탁도 몇 번 사용해 본 적이 있는데 효과는 좋았다. 상대에게 범접하지 못할 사람이라는 인상을 심어주니까.
종리추의 경우에는 정도가 조금 심하기는 하지만 자신이 쓰던 수법과 하등 다를 바가 없었다.
"세숫물 가져와."
유회는 종리추가 일어나자마자 착실한 시종처럼 수발을 들었다. 그리고 종리추는 당연하다는 듯 받아들였다.

"출출하군. 간단한 것으로 먹지."

"소면(素麵), 즉시 대령해!"

시녀는 말이 떨어지기 무섭게 움직였다. 그녀들이 하늘처럼 떠받드는 향주, 망주조차도 꼼짝하지 못하고 있는 데야.

종리추는 뜨거운 김이 모락모락 솟아나는 소면을 천천히 먹었다. 아주 맛있게.

유구, 유회, 역석은 종리추가 식사를 끝낸 다음에야 퉁퉁 분 소면을 먹기 시작했다.

이들은 시종이나 수하가 아니라 노예 같았다.

"망주인가? 이름은?"

종리추가 거침없이 반말로 물었다.

'대가리에 피도 안 마른 놈이! 곱게 봐주려고 해도 도저히 봐줄 수가 없군. 혈기는 좋다만 세상은 혈기만으로 사는 게 아니지.'

죽이는 방법은 간단하다. 자신은 뒤로 쏙 빠지고 살천문에 통보를 하면 된다. 혈주를 들고 싶어하는 작자가 있다고. 나머지는 살천문에서 알아서 할 것이다.

"천은탁이라 하오."

"천 망주, 하오문을 쓰자."

'하오문을 쓰자? 두 손 싹싹 빌면서 사정을 해도 모자란데. 허허! 내가 이런 말을 듣다니. 하오문을 쓰자? 허허!'

"무슨 말씀이신지?"

천은탁은 짐짓 모른 체했다.

칼자루를 쥐었다고 생각했지만 겉으로 드러내지는 않았다. 그는 이

건방진 자를 어떻게 요리할까 생각하기에 바빴고, 언제까지 거드름을 피우는지도 보고 싶었다.

이자는 어차피 고개를 숙일 수밖에 없다.

하오문은 절대 무력으로 장악되지 않는다. 점 조직이나 다름없을 정도로 비밀스럽게 운영되고 있는 탓도 있지만, 외부 세력에 대해서는 철저하게 배타적인 습성 탓도 있다.

이자들은 자신을 비롯해 다섯 향주를 죽일 수는 있으리라. 그만한 무공은 지녔다고 인정하니까. 하나 하오문을 장악할 수는 없다. 자신들이 죽는 순간부터 하오문은 철저하게 이들을 공격하리라. 수단과 방법을 가리지 않고 동원할 수 있는 모든 세력, 친구들을 동원해서.

살천문에 죽는 것과는 다른 방향으로 사태가 진전되는 것이다. 외부 세력의 요구를 거절하다 죽은 경우는 결코 잊혀지는 법이 없다.

"혈주를 마시고 싶은데… 살천문이 문제야. 이곳 개봉부에 있는 살천문 살수들의 모든 것을 알아줬으면 해."

"하오문이 왜 그런 요구를 들어줘야 하는지 모르겠소."

종리추가 천은탁의 눈을 빤히 들여다보며 말했다.

"왜냐하면… 난 혈주를 마셔야 하기 때문이지. 장애가 되는 것은 모두 죽어. 하오문이든 살천문이든, 개방이든."

천은탁은 이자가 미치지 않았나 싶었다.

광오해도 이렇게 광오한 자는 처음이다. 겨우 네 명으로 살천문은 그렇다 쳐도 개방까지 들먹거리다니.

'진심이야. 이자는… 정말 죽이려고 해. 개방이라 해도 앞을 가로막는다면 거침없이 죽여댈 거야. 오래 살지는 못하겠군.'

천은탁은 종리추의 눈에서 확고한 의지를 읽었다.

'손을 떼야 해.'

"살천문의 모든 것을 알아서 어찌하시겠소?"

"죽여야지."

종리추의 대답은 간단했다.

'역시… 손을 떼야 해.'

"알겠소."

천은탁은 이성과는 다른 말을 했다.

천은탁은 종리추와 비슷한 자를 알고 있다. 그도 종리추처럼 광오했고 두 눈이 신념으로 불탔다.

"미친놈."

처음에는 그렇게 말했다.

"굼벵이도 기는 재주가 있군."

두 번째는 웃었다.

"벌써! 너무 앞서 나가는 것은 좋지 않은데… 오래 살기는 틀린 놈이군."

세 번째는 애도(哀悼)를 표했다.

"충성을 바치겠습니다."

천은탁이 네 번째로 한 말이다.

그는 하오문주였다.

종리추는 하오문주와 기질이 너무 비슷하다.

"나도 조건이 있소."

"없어."

"……."

"천 망주, 당신은 아무 조건도 내걸 수 없어. 살천문의 모든 것을 알아주기만 하면 돼."

"죽이시오."

"……!"

종리추의 눈에서 불길이 쏟아져 나오기 시작했다.

그는 망설이지 않는다. 뒤를 생각하지도 않는다. 무조건 눈앞에 닥친 일을 뚫고 나가는 성격이다. 비켜서게 할 수 있으면 비켜서게 하지만 그럴 수 없으면 죽인다.

'오늘이 제삿날이군. 그것참…….'

천은탁은 눈을 감아버렸다.

"뭐냐?"

뜻밖에도 종리추가 편안한 음성으로 물어왔다.

"……?"

"조건을 말해 봐."

천은탁은 종리추의 입가에 걸린 미소를 보았다. 그는 조건을 들어줄 마음이 전혀 없다. 고양이가 생쥐를 앞에 놓고 장난을 치듯이 즐기고 있을 뿐이다.

'말을 하지 마?'

천은탁은 잠시 망설였지만 입을 열었다.

"당신을 도와주는 것은 큰 모험이오."

"……."

"살천문이 마음만 먹으면 우리 하오문 정도는……."

"조건만 간단히."

"……."

천은탁은 다시 한 번 종리추의 눈을 들여다보았다. 정말이다. 이자는 조건을 들어줄 마음이 전혀 없다. 그냥 무슨 내용인지 알고 싶어할 뿐이다. 그래도 천은탁은 입을 열고야 말았다.

"혈배(血杯)를 탁자에 올려놓게 되면… 문주를 죽여주시오."

종리추의 눈가에 진한 살기가 떠올랐다.

혈배를 탁자에 놓는다.

살수에게도 경쟁자가 있다. 살수들의 경쟁력은 누가 더 많은 사람을 확실하게 죽이느냐로 결정된다. 혈배… 그것은 많은 사람들 중에서도 경쟁자의 피를 담은 잔을 말한다.

혈배는 탁자에 놓는다는 것은 경쟁자를 제거했다는 말이 된다. 살천문을… 완전히…….

"유구."

"옛!"

유구가 짧은 몽둥이를 들고 가까이 다가왔다.

"망주를 죽여."

종리추는 천은탁의 눈을 뚫어지게 쳐다보며 살명(殺命)을 내렸다.

'이자는 정말 분노하고 있다. 왜? 혹시 하오문주와 무슨 관계라도……. 후후! 나이가 들었나? 사람을 잘못 보게.'

천은탁은 생을 포기했다. 죽으면 그만이다. 이후의 일은 살아남은 사람들의 몫이다. 그때.

"잠깐! 잠깐만요. 드릴 말씀이 있어요."

유구가 움직이는 모습을 본 벽리군이 하얗게 질린 얼굴로 벌떡 일어서며 다급히 말했다.

"향주!"

천은탁이 버럭 소리를 질렀지만 벽리군은 처연하게 웃으며 말을 시작했다.
"그래요. 우리 하오문은 밖의 사람들이 생각했던 것과 같이 문주를 암살하고 문주 직을 가로채기도 해요. 지금 문주도 그랬죠. 전 문주님을 암살하고 문주 직을 차지했어요, 이 년 전에. 현 문주는 성정이 흉포하긴 하지만 하오문을 위해서 많은 일을 했기 때문에 따르는 사람도 많아요."

종리추의 눈빛에 기광이 어렸다.

"최장으로 하오문주의 직위를 지켰던 사람이 팔 년이란다. 온통 암계와 음모가 난무하는 속에서 목숨을 보존하기는 쉽지 않지."

어머니는 그렇게 말했다. 그는 어머니를 사랑했고, 어머니에게 진신비공을 전수했다. 종리추 자신이 익히고 있는 한성천류비결이 바로 그의 무공이다.

'이 년 전에 들은 말이니… 십이 년이군. 최장으로 하오문주의 직위를 지켰어. 한성천류비결을 제대로 익혔다면 쉽게 죽지는 않았을 텐데.'

유구가 천은탁의 뒤로 돌아가 몽둥이를 들어 올렸다.

천은탁은 눈을 감았고, 벽리군은 다급한 표정이 되었다.

"그만."

종리추의 입에서 천은(天恩)이 내려졌다.

"하오문주… 반드시 죽여주지."

"고맙……."

천은탁은 말을 하다 말고 입을 쩍 벌렸다.

종리추의 전신에 무수한 비늘이 생겼다. 물고기 인간처럼, 아니, 그런 착각이 들었다.

쉬이익! 쉬익……!

비늘은 하늘로 솟구쳐 벽에 걸린 소녀미인화(素女美人畵)에 틀어박혔다. 백여 개에 이르는 비늘이 정확히 한 폭의 그림에.

"이, 이 무공은… 이 무공은……!"

천은탁의 어깨가 격동으로 떨렸다.

◆第二十九章◆
초보(初步)

벽리군은 별채를 금역(禁域)으로 선포했다.

천화기루의 기녀들도 별채에는 걸음을 들여놓지 못했다. 별채에 저 잣거리에서 난동을 부린 자들이, 배문 향주를 때려죽인 자들이 머물러 있다는 것을 알지만 그마저도 입을 열어 말하지 못했다.

"눈을 감고, 입을 막고, 귀를 닫아라. 별채에 대해서는 입도 벙긋거리지 마. 별채에 대해서는 잠꼬대만 해도 목이 떨어질 게다."

철저한 함구령(緘口令)이었다.

개봉 하오문은 개봉에 터를 잡은 이후 가장 은밀히, 가장 활발히 움직였다.

망주가 직접 나서서 살천문에 대한 정보를 수집했다.

그들이 어디서 청부를 받는지, 살수는 몇 명이나 되며, 평소에는 어디서 무엇을 하는지, 무공은 무엇이며, 사용하는 병기는 무엇인지.

살천문에 대한 정보가 수집되면 아무리 사소한 것이라도 즉각 천화기루의 벽리군에게 전달되었다.

종리추는 무척 조용했다.
삼도산을 내려온 이후 사람이 완전히 바뀐 듯했다.
밝은 얼굴보다는 무표정한 얼굴을 할 때가 많았고, 농담보다는 침묵으로 일관할 때가 많았다.
다정함도 보이지 않았다. 냉혹함이 풀풀 피어났다.
이제 갓 약관을 넘긴 나이인데도 천년 거암(巨巖)처럼 묵직했고 동요하지 않았다.
그는 금(琴)을 즐겨 들었다.
어떤 날은 기녀가 힘이 들어 인상을 찌푸릴 때까지 금을 들은 적도 있다.
요즘에 들어서는 직접 금을 탄주하기 시작했다.
송(宋) 나라 사람이었던 진양(陳暘)이 지은 진양악서(陳暘樂書)를 탐독하고 난 다음이었다. 이백여 권에 이르는 악서를 며칠 만에 탐독한 것도 놀랍지만 이해력은 더욱 감탄을 자아내게 만들었다.
띵! 띠딩……!
'오늘도…….'
오늘도 망주에게서 전서 두 통이 도착했다.
종리추는 언제 움직이려는 것일까? 저렇게 하루 종일 금이나 타고 앉아 있으니.
문 앞에서 따스한 겨울 햇살을 즐기고 있던 유회가 벽리군을 알아보고 가볍게 고개를 끄덕였다.

종리추의 수하들은 하나같이 험상궂게 생겼지만 마음만은 누구보다도 따스하다. 며칠에 불과하지만 같이 있어본 결과가 그렇다. 이들이 그렇게 무자비한 살수를 펼쳤다니, 직접 보지 않았다면 믿기 어려웠으리라.

벽리군이 들어섰는데도 종리추는 금을 탄주하기에 여념이 없었다.

띵! 띠딩……!

벽리군은 조용히 앉아 탄금 소리를 들었다. 그리고 탄금이 끝난 다음 솔직히 평을 했다.

"끌어올리는 추성(推聲), 끌어내리는 퇴성(退聲)이 완벽하군요. 배음(倍音)까지 완벽해요."

"그런가?"

"네. 중성(中聲:중간 음높이)을 잘 잡고 있어요. 청성(淸聲:중성보다 한 옥타브 위)도 깨끗하고 중청성(重淸聲:두 옥타브 위), 배성(倍聲:한 옥타브 아래), 하배성(下倍聲:두 옥타브 아래)도 완벽해요."

"후후!"

"정말이에요. 중성 십이(十二) 율(律)을 아주 잘 잡고 있어요."

벽리군은 마음이 흔들렸다.

종리추가 한참 아랫사람으로 보이지 않았다. 나이로 말하자면 거의 곱절은 되지 않는가. 자식을 낳았다면 종리추만한 자식이 있을 것이다.

자식뻘……. 하지만 그런 생각이 조금도 들지 않았다. 시간이 지나고 날이 갈수록 매력적인 사내의 모습으로 살아났다.

"그것 가지고는 안 되지."

"예?"

초보(初步) 179

"내가 이 금을 타게 된 것은… 벽 향주로부터 금에 대해 설명을 들은 다음부터지."

"……?"

"길이가 석 자 여섯 치 닷 푼, 일 년 삼백육십오 일을 가리킨다고 했지? 바닥에 이것은 여덟 치, 바람이 불어오는 팔방을 나타내는 것이고."

종리추는 금을 뒤집어 큰 구멍 두 개를 가리켰다.

용지(龍池)라고 부르는 곳이다.

"그랬죠."

"또 뭐라고 했지?"

"위 판은 오동나무로 만드는데 하늘을 상징해서 불룩하며, 아래 판은 밤나무로 만들며 땅을 상징해서 평평하다고 했어요."

"그랬지. 천지인(天地人) 삼재(三才)야. 하늘과 땅, 그리고 나. 금을 켤 때 금과 나는 바로 우주(宇宙)가 되어야 해. 추성, 퇴성, 배음을 따지는 것도 좋지만 그냥 들을 수 있어야 해. 넓은 마음으로, 하늘을 대하듯이."

벽리군은 가슴이 벅차올랐다.

종리추가 하는 말은 새삼스럽지 않다. 기녀들도 알고 있고, 그동안 접해왔던 많은 시인묵객(詩人墨客)들이 같은 소리를 했다. 그러나 종리추처럼 직접 우주와 하나가 되려는 노력은 하지 않았다.

종리추는 한다.

그 차이는 크지 않으나 결과는 엄청나게 달라지리라.

"우주와… 하나가 될 날이 있겠죠."

벽리군은 그 말밖에 할 수 없었다.

종리추가 손을 내밀어 망주가 전해온 전서를 집어 들었다.
 그는 변함없다. 언제나와 같이 조용하다. 무서운 힘을 지녔으나 나타내지 않고 말하지도 않는다. 술을 마실 때는 밤이 새도록 마시면서도 취기를 드러내지 않는다.
 그는 언제나 거기에 있다.
 그는… 태산(泰山)이다.
 '나에게는 너무 큰 사람…… 어멋! 내가 지금 무슨 생각을…….'
 벽리군은 얼굴을 붉혔다.
 세상 사내들을 발 아래 굽어보던 젊은 날, 종리추와 같은 사람을 본 적이 있다.
 문주였다.

 "미모란 몽중인(夢中人)과 같다. 오늘은 활짝 피었지만 내일은 시들게 마련이다. 꿈속에 사람을 만나듯이 젊은 날을 그리워하겠지. 아름다움을 키워라."

 ―아름다움을 키워라.

 문주의 한마디는 마음속에 각인되어 지워지지 않았다.
 그날 이후 벽리군은 미모를 자랑하지 않았다. 대신 책을 읽고, 금을 타고, 시서(詩書)를 닦았다.
 사내들이 구름처럼 모여들었다.
 미모를 자랑할 때보다 훨씬 나은 사람들이 주변에 항상 머물렀.
 문주… 그보다 나은 사내는 찾을 수 없었지만.

초보(初步) 181

그런데 지금 또 한 사내가 마음을 울리고 있다.

종리추는 문주처럼 완성된 사람이 아니다. 완성을 향해 나아가는 사람이다. 벽리군이 보지 못한 젊은 날의 문주도 이렇게 나아갔겠지.

문주는 가까이 다가가기에는 너무 틈이 없었다.

그는 늘 바빴다.

종리추는 곁에 있다. 하루에도 수십 번씩 얼굴을 마주 대하고… 체취를 맡을 수 있다.

"유구, 유회, 역석."

종리추가 입을 열었다.

금을 말할 때의 그가 아니라 허름한 주루에서 말없이 술잔을 건네주던 그다.

세 사내가 다가오자 종리추는 미리 생각이라도 해둔 듯 망설임없이 말했다.

"유구, 수산(首山) 오리곡(五里谷) 살천사괴(殺天四魁). 유회, 영음현(詠吟縣) 죽리(竹里) 청살신필(靑殺神筆). 역석, 내구하(內口河) 유수어옹(流水魚翁)."

"……."

"죽여."

종리추가 드디어 움직였다.

벽리군은 부르르 떨었다.

청살신필, 살천사괴, 유수어옹……. 싸움과 관련이 없는 사람들은 모르지만 벽리군같이 개봉부 정세를 환히 꿰뚫고 있어야 하는 사람들은 그들이 얼마나 무서운지 잘 안다.

손에 피가 마를 날이 없다는 혈귀들이 그들이다.

"정면 승부로는 필패(必敗)다. 암습해라."

'정면 승부로는 필패? 그런데도 죽이라는 명을……? 이 사람은 도대체가…….'

종리추는 언제 명을 내렸냐 싶게 태연했다.

유구, 유회, 역석이 포권지례를 취할 때도 고개조차 들지 않았다. 그들이 어리석기 이를 데 없는 명령을 받고 문밖으로 걸어나갈 때도 쳐다보지 않았다.

띵! 띠딩……!

금이 다시 울리기 시작했다.

끊어질 듯하다 이어지고, 착 가라앉았다 높아지며… 마음의 격동이 전혀 담겨 있지 않은 평온한 상태에서나 탈 수 있는 소리가 울려 나왔다.

'이 사람도… 너무 멀리 있어. 내가 다가갈 수 없는 곳에. 문주처럼… 어딘지는 모르지만 너무 먼 곳이야. 너무 먼 곳…….'

벽리군은 몸살이 난 듯 몸이 떨렸다.

양성(襄城) 제일의 자린고비(玼吝考妣) 하면 그 누구라도 단번에 천(千) 노인을 꼽는다.

천 노인은 돈이 아까워 결혼도 하지 않은 사람이다.

"데려다가 일 시켜먹는 것하고 먹고 입는 것을 계산하니까 셈이 안 나와. 아무래도 혼자 살아야겠어."

"예끼, 이 사람아. 자식을 낳아주는 것은 생각지 않아?"

"세상에 자식이란 것들이 그래. 크면 모두 저 혼자 큰 줄 안단 말야. 그동안 먹여주고 입혀준 것은 입 싹 씻어버려. 그거 갚는 자식 봤어?

초보(初步) 183

혹만 되는 놈들을 낳아준다고 뭐가 대수야?"
 천 노인과는 이야기가 되지 않았다.
 오십 년이 넘게 염왕채(閻王債:고리대금)를 굴리면서 떼인 돈이 한 번도 없으니 말하면 무엇 하겠는가.
 천 노인은 지독했다. 돈을 갚을 능력이 없으면 부인이나 딸을 잡아 팔아먹었다. 그나마도 없는 자는 남의 집 종살이를 하며 평생 갚아 나갔다.
 "세상에서 가장 빌리기 쉬운 돈이 천 노인 돈이지만 반드시 갚아야 되는 돈도 천 노인 돈이야."
 천 노인은 결코 좋은 소리를 듣지 못했다.
 이야기를 건네는 벗도 없었고, 천 노인도 그런 벗은 바라지 않았다.
 그렇게 악착같이 벌어서 쌓아놓은 재산만도 누만금(累萬金)이 된다는 소문이었으나 그는 아직도 장 하나만 놓고 밥을 먹었다.

 천 노인이 천화기루에 들어섰다.
 그는 전에도 가끔 기루에 들르곤 했다.
 그가 들를 때는 항상 궁핍이 다닥다닥 붙은 여인이 뒤따르곤 했다. 그리고 돌아갈 때는 언제나 천 노인 혼자였다.
 지금은 혼자였다.
 아무리 둘러봐도 주위에 여자라고는 보이지 않았다.
 "저 귀신도 데려가지 않을 영감탱이가 웬일이야?"
 "저놈의 영감탱이… 확 수염을 뽑아버릴까 보다."
 기녀들이 천 노인을 보는 눈은 곱지 않았다.

그녀들 중에는 천 노인 손에 붙들려 억지로 기루에 팔린 여자들도 있었다.

천 노인은 뭇사람으로부터 자신을 보호해 줄 호법을 데리고 다녔다. 무공이 높아 매달 상당한 액수를 지불해야 되지만 돈을 떼이는 것보다는 한결 이득이다.

그런데 오늘은 무인도 보이지 않았다.

천 노인 혼자 달랑 기루를 들어선 것이다.

"루주(樓主)를 만나뵈러 왔네."

천 노인은 돈이라도 받으러 온 사람처럼 당당했다.

"언니도 돈을 빌려 썼나?"

"에이! 언니가 남의 돈 쓰는 분이야? 써도 그렇지, 저런 영감탱이 돈을 쓰겠어?"

"그럼 무슨 일이지? 저 영감탱이 기세가 등등하잖아."

"빨리 언니에게 말해. 영감탱이 얼굴만 봐도 구역질이 나. 오늘은 하루 종일 재수없겠어."

기녀들이 인상을 찡그렸지만 천 노인은 아랑곳하지 않고 웃옷을 벗어 이를 잡았다. 그는 덕지덕지 기워 누더기나 다름없는 옷을 입고 있었다. 다른 고장에 가면 걸인이라고 오해받기 딱 좋은.

"종리추를 만나러 왔네. 안내하시게."

벽리군은 바짝 긴장했다.

'살천문이 벌써 움직였나? 그럼 천 노인이 살천문의 살수? 그런 보고는 없었는데……..'

"아, 뭐 해! 종리추를 만나러 왔다니까!"

"용건을……."

"용건은 무슨 빌어먹을 용건! 빨리 가서 전하기나 해. 맨발로 뛰쳐나올 테니까. 소고가 보내서 왔다고만 전해."

"그 말만 하면……."

"그것참! 얼굴은 반반해 가지고 머리 속에 똥만 들었나, 왜 이렇게 말귀를 못 알아먹어? 아! 술 냄새, 계집 냄새 때문에 골이 아파. 이런 빌어먹을 곳이 뭐 그리 좋다고 여기서 발 뻗고 지내는 거야! 정신없는 놈 같으니라고. 뭐 해! 빨리 가서 전하지 않고!"

벽리군은 엉거주춤 일어나 물러났다.

소고…….

난생처음 들어보는 이름이었다.

아무래도 하오문은 대대적인 조직 개편을 해야 할 것 같다. 처음 듣는 이름들이 이렇게 많아서야.

천 노인과 종리추는 서로 무관한 사람들처럼 보였다.

천 노인은 웃옷을 벗어 이를 잡았고, 종리추는 그리던 화조도(花鳥圖)를 계속 그렸다.

이윽고 웬만큼 이를 잡았는지 천 노인이 다시 옷을 입었다.

그때까지도 종리추는 그림에 몰두하여 고개조차 돌리지 않았다.

"이놈아! 예 와서 앉아."

천 노인이 못마땅한 얼굴로 말했다. 순간.

쒜에엑……!

하늘에 연녹색 그림자가 물결쳤다. 물결은 곧장 천 노인에게 몰아쳐 갔다.

천 노인이 지금까지와는 전혀 다른 몸놀림을 보였다. 물결을 피해 곧장 허공으로 솟구치는가 싶었는데, 방향을 꺾어 좌측으로 민첩하게 날아갔다.

쫘아악!

"큭!"

천 노인은 헛바람을 토해냈다.

등짝이 불에 지진 듯 화끈거렸다. 아니, 화끈거림도 잠시, 이내 뼛골을 자르르 울리는 통증이 엄습했다. 종리추의 채찍은 이상하게도 맞을 때보다 맞은 다음에 더 큰 충격이 다가왔다.

천 노인은 너무 놀라 눈을 부릅떴다.

종리추의 무공은 특출나지 않다고 들었는데 그토록 자신하던 신법을 펼쳤는데도 채찍으로부터 벗어나지 못했다니.

마음의 충격은 몸에 받은 충격보다 훨씬 더 컸다.

"소고가 보낸 자라 목숨은 살려준다. 하지만 한 번 더 혓바닥을 마음대로 놀리면 소고에게 잘못을 추궁하겠다. 수하를 잘못 둔 죄는 무엇보다 크지."

'이, 이자는…… 모두 잘못 알았어. 이자는 범이야. 우리에서 벗어난 범.'

천 노인은 종리추에게서 종사(宗師)의 모습을 보았다.

채찍을 언제 집어넣었는지 다시 붓을 잡고 그림을 그리고 있는 종리추.

젊은 애들이 진중해 보이려고 하는 행동과는 전혀 다르다. 차분함과 냉철함과 잔인함이 내부에서부터 우러나오고 있다.

"말해라. 소고가 보내서 왔다고 했는데, 무슨 일이냐?"

종리추는 계속 붓을 놀리며 말했다.
'음……!'
천 노인은 품속에서 서신 한 통을 꺼내 탁자 위에 올려놓았다.
"펴보시지요."
드디어 천 노인의 입에서 존대가 튀어나왔다. 행동도 지금까지와는 전혀 다르게 정중했다.
종리추는 계속 그림을 그렸다. 천 노인은 시립해 있고… 그렇게 반 각이란 시간이 흘렀다.
그림을 완성한 종리추는 홀가분한 표정이었다.
그는 잠시 자신이 그린 그림을 감상하다 문득 생각이 난 듯 탁자로 걸어와 서신을 펼쳤다.
안에서는 어음 한 장이 나왔다.
"은자 일만 냥?"
"살혼부에서 내드리는 자본입니다. 호화스런 장원을 사고, 하인들을 넉넉히 두고도 평생을 호의호식하며 살 만한 거금이죠. 살천문이 잡은 터를 비집고 들어가려면 그만한 돈이 필요할 것이라고……."
"……."
"그것으로 시작하시라는… 소고님의 전갈입니다."
'양성 제일의 자린고비 천 노인이 은자 일만 냥을 내놓았다. 오늘 밤은 배가 아파서 잠을 못 자겠군.'
"적사, 야이간, 소여은에게도 일만 냥씩 지불했나?"
"그들은 제 소관이 아닙니다."
"그래?"
살혼부의 저력은 상상 이상으로 넓고 컸다.

실망을 당하고 십 년이나 지난 오늘날에도 당시에 뿌려놓은 씨앗은 무럭무럭 자라고 있었다.

종리추는 휴지 조각처럼 어음을 내던졌다.

"가지고 가."

"……?"

"소고에게 가서 전해. 시작하려면 깨끗이 시작하라고. 살혼부에서 남긴 것은 그분들의 것, 손대지 말라고 해. 사무령을 생각하는 자가 남의 도움으로 시작하려 하다니."

마지막 말은 질책에 가까웠다.

천 노인은 눈을 비비고 종리추를 다시 쳐다보았다.

문닝 약관을 갓 넘겼다. 천 노인이 보기에는 아직 어린아이에 불과하다. 그럼 산전수전 다 겪은 듯한 이 장중함은 어디서 흘러나오는 것이란 말인가.

'음……!'

천 노인은 다시 한 번 신음했다.

"어음은 두고 가겠습니다. 그것은 살혼부가 주는 돈이 아니라 이 늙은이가 드리는 선물입니다."

"둘러치나 메치나."

"……?"

"가져가. 마음은 받지."

천 노인은 격정이 치밀었다.

소고는 뛰어나다. 거침없이 밀어붙이는 성격이다. 사내라도 그만한 성격을 지니기 어렵다.

종리추는 치밀하면서도 냉철하고 자신감을 가지고 있다. 그리고 그런 자신감은 단순한 만용이 아니라 실력이 뒷받침되는 자신감이다.

천 노인은 이들 젊은이들에 의해 사무령이 탄생할 수 있을 것이라는 희망을 가지게 되었다. 영원히 이룰 수 없는 꿈… 사무령이.

천 노인, 그가 모셨던 자의칠화는 평생 혈뢰삼벽이라는 비급을 연구하다 그 많던 세월을 흘려 버렸다.

기대를 걸었던 청면살수 역시 십망이라는 그물에서 빠져나가지 못하고 불구가 되었다.

이제는 맥이 끊겼다 생각했는데……. 천 노인의 주름진 눈가에서는 굵은 눈물이 흘러내렸다.

그는 종리추의 마음을 알고 있다.

종리추는 죽음을 생각하고 있다. 결국은 죽음으로 치달릴 수밖에 없는 사무령의 길이기에 단단히 마음을 여미고 있다.

종리추에게는 지존(至尊)이 필요하다.

예의를 지키거나 곁을 돌아볼 여유가 없다. 동정이나 정이란 것을 떠올릴 틈이 없다.

어떻게 하면 죽음의 굴레에서 벗어날 수 있을까.

천 길 벼랑에서 외로운 줄타기를 하고 있는 심정이리라.

그림을 즐기고, 탄금을 하고, 될 수 있는 대로 마음을 가다듬고……. 그에게는 처절한 사투이리라.

모두들 사무령을 말하지만 종리추처럼 죽음을 생각하고 대비한 사람은 없다.

천 노인의 주인이었던 자의칠화도, 어려서부터 총명했던 청면살수도.

'이룰 수 있을지도 몰라. 내가 살아 있는 동안에는 보지 못할지라도,

죽은 다음에라도······.'

"살혼부에서 제게 맡긴 은자는 모두 구만 냥이올시다."

굉장한 돈이다.

중원에 사는 거의 대부분의 사람들이 생각지도 못하고, 입에 올릴 엄두도 내지 못하는 거금이다.

"이 늙은이가 악착같이 모은 돈 또한 그 정도는 됩니다."

아무도 모르던 비밀 하나가 밝혀졌다. 천 노인의 재산이 얼마나 되는지 이제 밝혀졌다.

"살혼부에서 맡긴 돈은 소고에게 돌아갈 겁니다. 이 늙은이, 그 돈을 축 낼 생각은 조금도 없습니다. 하지만 제가 모은 돈은··· 여기에 내놓겠습니다."

"······?"

"이 늙은이··· 평생을 외롭게 살아왔습니다. 처자식도 없고 친구, 친척도 멀리했습니다. 오직 하나, 정말 사무령이라는 존재가 있는가 알고 싶어서였죠."

종리추가 더 들을 필요도 없다는 듯 등을 돌려 버렸다.

천 노인의 예리한 눈썰미는 종리추의 손이 떨리고 있음을 알아냈다. 붓을 잡는 손이 가늘게 떨렸다.

"이 늙은이에게··· 사무령이 정말 존재한다는 확신만 갖게 해주시면 죽어도 여한이 없습니다. 허허! 평생 그럭저럭 산 사람들보다 훨씬 행복할 겁니다. 그래도 한 가지는 추구하는 삶이었으니."

"불행하군."

"······."

"사무령은 없어. 사무령이 되려면 죽음의 강을 건너야 돼. 죽었다가 되살아날 능력만 있다면… 사무령이 될 수도 있겠지."
 '이 늙은이가 모은 돈을… 죽었다 되살아나는 데 쓰기 바라네. 난 자네나 소고 중에 사무령이 탄생할 것이라고 확신한다네.'
 천 노인은 세상에 태어나서 가장 행복한 순간을 맛보았다. 소고를 만났을 때도 행복했지만 오늘은 더 행복했다. 지금보다 더한 행복을 맛볼 수 있을까? 사무령이 탄생하는 모습을.
 '볼 수 있을 거야. 보지 못해도 느낄 수는 있을 거야.'

유구, 유회, 역석이 천화기루를 나선 지 사흘째 되는 날 이른 새벽, 종리추는 산보를 하는 가벼운 차림으로 기루를 나섰다.

낮에는 사람들의 발길로 북적거리던 거리에 쓸쓸한 바람만 가득했다. 매섭게 몰아친 겨울바람이 나뭇가지에 쌓인 눈을 털어냈다.

'아름답군.'

겨울이 생경했다.

더운 곳에서만 십 년을 보낸 후라 중원에서 처음 맞이하는 겨울이 낯설 수밖에 없었다.

양성을 벗어난 후에도 계속 걸었다.

논과 밭이 흰색 일색이었다. '백설(白雪)이 만건곤(滿乾坤)'하다는 말뜻을 이해할 수 있었다.

세상은 아직 어둠에서 깨어나지 않았다.

날은 밝아오고 있지만 사람들은 아직도 꿈나라에서 헤어 나오지 못하고 있을 터였다.

'오늘도 세상을 떠나는 사람이 있겠지. 힘든 삶이었다고 생각할까, 더 머물고 싶은 세상으로 기억할까.'

종리추는 바람에 휘날리는 눈가루 하나도 소홀히 보지 않았다.

어쩌면 저 눈가루가 세상에서 마지막으로 보는 풍경일지도 모른다. 어쩌면 지금 걷고 있는 걸음이 마지막 걸음일지도 모른다.

지금까지 아무 일도 벌이지 않았다고 해서 안심할 수는 없다.

세상처럼 변수(變數)가 많은 곳은 없다. 그래서 옛 성현은 진인사대천명(盡人事待天命)이라는 말을 했다. 인간의 머리로는 앞을 내다볼 수 없기에.

'완벽은 있을 수 없어.'

그러나… 자연은 어떻게 이리 완벽할 수 있는가. 바위가 있을 곳에 바위가 있고, 나무가 있을 곳에는 나무가 있고… 억겁의 세월이 흐르는 동안 흩어지고 모였을 풍경이나 완벽하지 않은가.

천화기루에서 머물렀던 며칠 간은 참으로 값졌다.

종리추는 전혀 생각지도 않았던 세계에 눈을 떴다.

금기서화(琴棋書畵).

아버지에게 학문을 배우기는 했지만 무공보다 중점을 두지는 않았다. 뛰어난 경전을 읽어도 마음에 와 닿지 않았다.

그러던 것이 모두 하나가 되어 움직인다.

어른들에게 반말을 할 때마다 마음 한구석에서는 '이래서는 안 돼' 하는 반발이 울려 나온다. 사람을 죽이라는 명을 내릴 때도, '꼭 그럴 필요까지는' 하는 망설임이 새어 나온다.

학문은 인간이 인간답게 사는 길을 가르쳐 준다.
그가 배웠던 학문은 살수의 길에는 오히려 장애로 작용했다.
'살수는 인간이기를 포기한 사람들······.'
종리추는 약한 마음이 새어 나올 때마다 더욱 강한 모습으로 자신을 붙들었다.
금기서화는 나약한 마음을 붙드는 데 좋은 보약이었다.
금을 탄주하든 바둑을 두든··· 어느 하나에 몰입하면 죄책감, 불안감이 사라지며 편안해졌다.
그렇다고 금기서화에 미친 것은 아니다.
그는 자신이 할 일을 정확히 알고 있었다.

대장원(大莊園)은 생동감있게 움직였다.
대문 앞에 가득 쌓인 눈은 말끔히 쓸어져 깨끗했고, 활짝 열린 대문 저쪽에도 눈이라곤 하나도 보이지 않았다.
바쁘게 오가는 사람들은 낄낄거리며 농담을 주고받았고, 검을 찬 무인들도 환한 웃음을 지어 보였다.
종리추는 돌계단을 걸어 올라갔다.
돌계단 위쪽에는 수문(守門) 무인인 듯한 자가 모습을 드러냈다.
"장주를 뵈러 왔소이다."
종리추는 깍듯이 예의를 지키며 포권지례(包拳之禮)를 취했다.
"무슨 일이오?"
"볼일이 있어서요."
"글쎄, 볼일이 있어서 왔다는 건 알겠는데, 그 볼일이란 게 뭐요?"
"은자 이만 냥짜리 볼일입니다. 책임질 수 있습니까?"

초보(初步) 195

순간 수문 무인의 안색이 변했다.

종리추는 하얀색의 비단옷을 입고 있다. 신발도 수달피 가죽으로 만든 가죽신이다.

용모는 옷에 어울리지 않게 햇볕에 그을린 구릿빛 피부였으나 이목구비가 깨끗하고 고생을 모르고 자란 모습이 역력히 풍긴다.

어디로 보나 명문 대가의 귀공자다.

연녹색의 요대(腰帶)가 이상하지만 귀한 것이라면 천금도 아까워하지 않는 족속이 명문 대가의 자제들이니.

"안으로 들어가서 잠시 기다리십시오. 곧 총관(總管)님을 모셔오겠습니다."

"아니, 장주를 만나야겠소. 괜히 번거롭게 하지 마시고 장주님께 직접 연락을 취해주시오."

"그러겠습니다."

수문 무인은 공손했다.

역시 은자 이만 냥은 사람의 혼까지도 살 수 있는 거금이다.

"소인이 수문위수(守門衛首)입니다. 따라오시지요."

자신을 수문위수라고 소개한 무인은 고수였다.

그는 안내하는 척하며 종리추의 전후좌우를 세밀하게 살폈다.

종리추는 오진기를 끌어올렸다.

심기기기(心起氣起)의 상태.

마음이 일어나니 진기가 일어난다.

동시에 일어난 다섯 진기는 전신을 휘돌았다.

미간에서 쏟아져 들어온 불빛은 이환궁을 환하게 밝혀 정신을 맑게 해주었다. 모든 잡념과 번뇌가 소리없이 사라졌다. 깊은 숲 속에서 똑똑 떨어지는 맑은 물방울처럼 깨끗이 정화된 진기는 혈도를 따라 휘돌았다.

백회에서 치달려온 진기는 중단전에 머물며 마음을 편안하게 해주었다. 희로애락(喜怒哀樂) 같은 감정이 사라지며 마음이 편안하게 가라앉았다.

혈염무극신공, 천풍신공, 대연신공도 활발하게 움직였다.

혈맥마다 진기를 충만하게 북돋아 전신에 활기가 넘쳐흐르게 만들었다.

어린이 떠올랐다.

이제 어린은 종리추에게 기쁨이었다.

진기를 일주천하여 기쁜 마음, 밝은 마음이 몸속에 가득할 때면 활짝 웃는 어린이 떠오르곤 했다.

요즘 들어 종리추는 또 다른 변화를 겪었다.

마음이 환하게 밝혀지고, 어린이 떠올라 저도 모르게 웃음을 짓게 된 다음부터 나타난 현상이었다.

이환궁에 머물렀던 진기가 움직이기 시작했다. 전신을 휘돌고 이환궁으로 환원한 진기가 다시 움직인 것이다. 도가 무공으로 짐작되는 금종수의 진기는 하단전으로 돌아가는 세 진기와 합세하여 하단전으로 스며들었다.

중단전을 넓히던 변검 양부의 진기도 움직였다.

금종수의 진기가 머리에서 가슴으로 내려와 중단전의 진기를 보듬어 안았다.

하단전으로 집중된 다섯 진기는 각기 다른 움직임을 보였다.

전에 있던 세 진기는 각기 자기 자리로 돌아갔다. 상부, 중부, 하부의 자리로.

이환궁과 중단전에서 내려온 진기는 혼합되어 하단전을 감쌌다.

하단전에 조그만 돌덩이를 넣은 것 같은 기분이었다. 실제로 손으로 만져 보면 딱딱한 돌기가 느껴졌다.

어쨌든 그게 무슨 현상이든 간에 상단전과 중단전에 머물던 진기가 하단전으로 스며든 다음부터는 전신에 활력이 배는 넘쳐 났다.

하루 종일 술을 마셔도 취기를 느낄 수 없고, 천 리를 걸어도 피곤하지 않았다.

내력이 강화되자 도공, 선공, 권각의 위력도 한결 강해졌다.

종리추 자신도 '이런 변화가 있었나?' 하고 놀랄 만큼 수천 번을 거듭했던 초식들이 새로운 모습으로 다가왔다. 힘과 속도가 달라지자 초식도 달라진 것이다.

종리추는 수문위수의 눈길을 의식했지만 태연히 오진기를 끊임없이 끌어올리고 집어넣었다.

심기기기(心起氣起)는 좌식(坐息)의 한계를 벗어나게 해주었다.

은밀하기는 더욱 깊어져서 타인은 바로 옆에 있어도 운기를 하는 것조차 알지 못했다. 설혹 안다 해도 상관없었다. 운공 중에 기습을 받으면 치명적이라 극히 조심하는 부분이지만, 종리추는 운공 중에도 공격과 방어가 자유로웠다.

"여기서 기다리시지요."

수문위수가 안내한 곳은 보통 정도의 별로 화려하지 않은 평범한 대청(大廳)이었다.

"외총관(外總管)입니다. 이만 냥짜리 볼일이 있으시다는 말씀을 들었습니다만."

"장주님께 직접 말씀드려야 한다는 말도 들었습니까?"

"들었습니다. 따라오시지요."

외총관은 또 다른 대청으로 종리추를 안내했다.

"오래 기다리셨습니다. 내총관(內總管)입니다."

종리추는 끊임없이 감시받았다.

어제 낮과 밤을 꼬박 걸었고, 또 낮이 되어 정오가 가까워질 무렵에서야 내총관이란 자를 만났다.

"장주님께서는 무척 나망하신 것 같습니다."

"이런 일을 하다 보니 알아지는 것도 많더군요. 그중에 하나가 목마른 자가 우물을 판다는 것이죠."

"목마른 자가 우물을 판다……. 맞는 말이지만 절대적인 것은 아니라고 생각합니다만."

내총관이라는 자는 너무도 태연자약한 종리추의 태도에 당황한 듯했다.

"절대적이 아니라는 말씀은……?"

"장주님을 만나뵈려면 얼마나 더 기다려야 합니까?"

"지금은 손님이 계셔서…… 사실 은자 이만 냥이 많기는 하지만 그만큼 어려운 부탁일 터, 흔쾌한 것만은 아닙니다."

"그래요? 그럼 볼일이 끝났군요."

종리추는 서슴없이 일어서 걸어나가기 시작했다. 태연하게, 천천히, 뒤도 돌아보지 않고.

내총관은 눈을 가늘게 뜨고 종리추의 뒷모습을 노려보았다.

그가 입을 연 것은 종리추가 전각을 돌아가 모습이 보이지 않을 때였다.

"이름은?"

"모릅니다. 보고된 적이 없는 자입니다."

내총관 뒤에 소리없이 나타난 음침한 인상의 중년인이 대답했다.

"대목(大木) 중에 포함된 자인가?"

"아닙니다."

"음……!"

내총관은 신음을 토해냈다.

살천문에서는 예비 청부자를 관리한다.

외도를 하는 사람, 술을 너무 많이 마시는 사람, 노름을 좋아하는 사람, 원한이 있는 사람 등 사람을 죽일 만한 이유가 있는 사람.

그들은 언제든 돈이 생기면 살인 청부를 할 자들이다.

종리추는 단 한 번도 보고된 적이 없다.

살천문에서 따로 관리하는 부류도 있다.

아주 크게 장사를 하는 사람, 이런 사람들은 적이 많다. 당장은 없더라도 딛고 넘어서야 할 자가 생기기 마련이다. 당연히 청부가 들어온다.

관직(官職)에 나간 사람, 이런 사람은 정적(政敵)이 있다. 반드시라고 해도 좋을 만큼. 관직에 있는 사람치고 한두 번쯤 살의를 느끼지 않은 사람은 없으리라.

살천문에서는 이런 종류의 사람들을 따로 관리한다.

대목.

청부도 거의 확실하고 쉽게 들어오며 청부금도 크다. 실행을 하기도 쉬운 부류다.

다른 부류가 또 있다.

"그럼… 대무(大武)에는?"

"없습니다."

"은자 이만 냥이라고 했어. 그런데 아무 곳에도 없단 말인가?"

"그렇습니다. 현재 은자 이만 냥을 돌릴 수 있는 자들은 빠짐없이 더듬어봤는데도 비슷한 자조차 없었습니다."

결론은 하나다.

무인들 중에서도 찾을 수 없는 자라면 타 지역에서 온 자다.

그는 너무 쉽게 장원을 찾았다. 수문 무인에게 대뜸 '은자 이만 냥' 운운한 것이 증거다. 그는 이곳이 살천문임을 정확히 알고 왔다.

"다른 지부(支部)에서도 연락이 없었나?"

"없었습니다."

'틀림없이 소개를 받았어. 그런데 도대체 누가……? 어느 지부에서 소개를 했을까?'

젊은이가 죽이려는 자는 개봉부에 있다.

살천문에서는 자신들의 영역을 넘어설 경우 그 지역의 지부에 청부자를 인계하곤 한다. 대부분은 직접 청부를 받아 사건만 넘겨주는 것이 관례지만 이자처럼 은자 이만 냥이나 걸린 일이라면 본인이 직접 올 경우도 없는 것은 아니다.

"가서 데려와. 장주님 집무실로."

"존(尊)!"

음침한 중년 사내가 신형을 뽑아 올렸다.

'사지(死地)가 따로 없군. 천장에 둘, 바닥에 넷, 벽에 여섯. 열둘에다가 앞에 다섯, 뒤에 다섯이라……'

종리추는 숨어 있는 자들의 위치를 파악해 냈다.

천장에 숨어 있는 두 명은 호흡이 너무 높다. 무공이 변변치 않은 자들이다. 그들은 아마도 만일의 경우 제일 먼저 공격을 시도할 것이고, 죽으리라.

진짜 공격은 그 다음부터 시작된다.

청석(靑石) 밑에 숨어 있는 네 명, 그들은 호흡 소리가 무척 낮다. 금종수의 신기(神氣) 어린 직감력이 아니라면 찾아낼 수 없을 만큼 은밀히 숨어 있다. 그들은 고수다.

탁자를 중심으로 육각 방위를 점하고 있는 여섯 명도 고수들이다.

어떤 자는 기둥 속에, 어떤 자는 화폭 뒤에. 그들은 청석 밑에 숨어 있는 자들보다 거리는 멀지만 극히 정제된 호흡으로 미루어 일류 고수라고 할 만하다.

뿐만 아니라 장주 뒤에 시립해 있는 다섯 명도 상당한 고수들이고, 종리추의 뒤에서 행동을 감시하는 다섯 명도 무시하지 못한다.

더욱 큰 문제는 장주다.

장주는 적어도 살혼부 전대 고수와 비교할 수 있을 만큼 강하다.

살혼부와 살천문이 백중지세(伯仲之勢)라고 봤을 때, 지난 십 년 동안 살천문은 상당히 발전했다. 전대 고수들로는 재건(再建)조차도 꿈꿀 수 없을 만큼.

"실례가 많았소. 바쁜 용무가 있어서."

장주가 밝게 웃으며 정중히 포권지례를 취해왔다.

"……."

종리추는 아무것도 모르는 듯 태연히, 그러나 약간은 거만하게 걸어가 장주의 왼쪽 자리에 털썩 앉았다.

"어떤 용무이신지?"

상대가 누군지, 이름이 무엇인지 등등은 중요하지 않다. 죽일 사람이 누구고, 얼마를 내놓는가 하는 문제만 매듭되면 청부는 성립한다.

종리추가 말했다.

"여기를 찾아왔을 때는 용건이 분명하겠죠."

"하하! 살인이란 말을 쓰기가 곤란하신 듯한데 여기서는 괜찮습니다. 우리는 살인에 익숙한 사람들입니다."

"좋습니다. 한 사람을 죽여주십시오."

"누굽니까?"

"먼저 할 수 있는지부터 알아야겠습니다. 상당히 어려워서."

"……?"

"그자는 금성철벽(金城鐵壁)에 틀어박혀 있습니다. 힘으로 뚫고 들어가려면 대문파가 나서야 할 만큼 튼튼한 곳이죠. 요행히 뚫고 들어가도 그자의 주변에는 무인 열 명이 호법을 서고 있습니다. 그들은 드러난 자들일 뿐, 드러나지 않은 자도 열두 명이나 됩니다. 그것뿐이면 괜찮겠습니다만, 죽이려는 자는 상당한 고수입니다."

"무림인입니까?"

종리추는 고개를 끄덕였다.

장주는 난감한 표정을 지었다.

무림인이고 개봉부에 거주한다면 개방 문도일 가능성이 높았다.

개방 문도만은 건드려서는 안 된다. 개방에도 아는 사람이 있으나 보복을 차단해 줄 정도는 아니다. 그것도 은자 이만 냥에, 말대로 철저한 경계 속에 들어 있는 사람이라면 보통 사람이 아닐 터.

'자칫하면 십망을 당할 수도 있어.'

살천문 살수들은 살혼부의 최후를 잊지 않고 있다.

"죄송하지만 저희 능력으로는 벅차군요."

종리추의 얼굴에 그럴 줄 알았다는 고소(苦笑)가 스쳐 갔다.

'이 자식이 기분 나쁘게.'

"이곳에 찾아오면서도 별로 기대는 하지 않았습니다. 그럴 만한 능력이 없을 거라고 생각했죠. 배짱도 없을 테고."

"……."

장주의 얼굴에 노기가 떠올랐다. 둘러선 자들의 눈에서도 살기가 뿜어져 나왔다. 하지만 그들의 노기는 이어지는 말에 호기심으로 바뀌었다.

"역시 세상에 그럴 만한 사람은 한 사람밖에 없을 것 같군요."

"한 사람? 그자가 누구입니까?"

"종리추라고 하더군요. 살문(殺門)의 문주인데… 왜, 못 들어봤습니까?"

"……."

장주는 꿀 먹은 벙어리가 되었다.

그는 수하들을 둘러보았다. 대신 대답해 줄 수 있는 자가 있는가 하고. 하지만 자신이 모르는 일을 수하들이라고 알고 있을 까닭이 없다. 도대체 언제 살수 집단이 생겼단 말인가. 감히!

"볼일을 봤으니 그럼 저는 이만."

"잠깐! 지금 그 종리추라는 자를 만나러 가는 길입니까?"
"그래야죠. 여기서 못하니."
장주의 입가에 회심의 미소가 스쳐 갔다.
살문이 어디서 나타난 개뼈다귀인지는 몰라도 이제 종말을 고할 때가 되었다는 미소였다.
"아! 한 가지 잊어버린 사실이 있군요."
수하에게 막 눈짓을 보내려던 장주는 느닷없는 말에 어리둥절한 표정을 지었다.
"가져갈 물건이 있는데 깜빡했지 뭡니까. 주시겠습니까?"
"뭘……?"
"목! 낭신의."
"……!"
쒜에엑!
장주가 상황을 눈치 챘을 때는 너무 늦었다.
그와 종리추는 너무 가까이 있었다. 또한 종리추의 기습이 너무 급작스러웠다.
푸욱!
장주는 손을 들어 막아보려 했지만 종리추의 손길이 워낙 빨랐다.
장주의 목에서 핏줄기가 뿜어져 나왔다.
"암살이닷!"
"죽여랏!"
쒜에엑! 쒜엑!
고함 소리가 터짐과 동시에 앞과 뒤를 가로막았던 무인 열 명이 신형을 날렸다.

종리추는 얼굴을 찔러오는 검을 제일 먼저 피했다.

슈욱! 푸욱!

그자는 검이 빗나간 것을 알고 검을 회수하려고 했지만 그때는 이미 종리추의 손이 심장에 틀어박힌 후였다.

그자의 심장에서도 핏줄기가 분수처럼 뿜어져 나왔다.

종리추의 손에는 얇고 짧은 비수가 들려 있었다.

중원에 들어오자마자 한성천류비결에 적힌 대로 특별히 제조한 비수다. 비수의 길이는 중지손가락만하고, 손가락 한 개 반 정도를 합쳐 놓은 듯한 넓이, 두께는 매미 날개처럼 얇다.

종리추는 자루조차 달지 않았다.

대저 자루란 손을 보호하기 위해, 병기를 마음껏 사용하기 위해 만들어진다. 만약 인간이 검날을 손으로 잡고 사용할 수 있다면 검병(劍柄)은 아예 만들어지지도 않았으리라.

종리추에게는 수투가 있다. 수투가 없어도 금종수의 단단함은 충분히 비수의 날카로운 날을 움켜쥘 수 있다.

종리추는 근접전에서 탁월한 효과가 있는 한성천류비결 제일공 비류혼을 전개했다.

슈욱!

위에서 아래로 내리그은 팔 모양을 따라 공격하던 자의 얼굴이 꽈리처럼 터졌다.

종리추는 육신을 저며낸 자는 돌아보지도 않았다. 쓰러지든 말든 빙글 등을 돌린 후 등 뒤에서 쳐오는 자에게 비수를 던졌다.

퍼억!

사내의 머리가 줄에라도 걸린 듯 휘청거렸다.

이마에서 핏줄기가 흘러내린 것은 그 직후, 사내는 머리를 뒤로 젖힌 채 털썩 무릎을 꿇었고, 앞으로 쓰러져 머리를 청석 바닥에 박았다.

종리추가 던진 비수는 머리 속을 파고들어 가 흔적도 없었다.

쉬익! 쉬익……!

천장을 향해 날린 비수 두 자루는 막 몸을 솟구쳐 뛰어내리던 사내들의 몸통을 꿰뚫었다.

촤아악……!

비수 열 자루가 또 허공을 날았다.

한성천류비결 제사공 십비십향이다.

열 자루의 비수가 사방으로 비산하며 달려들던 자들을 허공에 띄워 버렸다.

쿵! 쿠웅! 쿵……!

다친 사람은 한 명도 없었다. 모두 죽었다. 비수 하나에 한 명씩, 일류 고수라는 자들이 손도 써보지 못하고 절명했다.

종리추의 비도는 눈에 보이지 않았다. 직감으로 느껴지지도 않았다. 너무 빨라서 '위험하다' 는 직감이 들 때는 이미 몸을 관통했거나 몸속에 틀어박힌 후였다.

종리추는 신형을 띄워 기둥을 차고 대들보를 밟은 후 지붕을 뚫고 하늘로 비상(飛上)했다.

"도주한다! 잡앗!"

누군가가 소리쳤지만 종리추를 잡기 위해 몸을 날린 사람은 한 명도 없었다.

대청에 남아 있는 사람은 겨우 다섯 명에 불과했다. 장주를 비롯해 열여덟 명이 눈 깜짝할 사이에 저승으로 향했다.

초보(初步) 207

꽈다당!

　문이 부서지며 살수들이 우르르 몰려들었을 때 남은 다섯 명은 뻥 뚫린 지붕만 쳐다보고 있었다.

◆第三十章◆
방향(方向)

서신을 읽는 벽리군의 손이 부들부들 떨렸다.
"이, 이런 일이……!"
"하루아침에 세상이 바뀌었어. 이제부터 본격적인 피바람이 불 거야. 자칫 숨 한번 잘못 쉬면 목이 날아가니까 각별히 조심하도록!"
다른 향주들의 안색도 긴장으로 딱딱하게 굳어졌다.

살천문 개봉 제일 살수 살천사괴, 사(死).
살천문 개봉 제일 살수 청살신필, 사(死).
살천문 개봉 제일 살수 유수어옹, 사(死).

향주들은 자신이 들고 있는 서신을 읽고 또 읽었다.
서신에는 살천문 살수들이 어떤 모습으로 죽었는지까지 소상히 적혀 있었다.

살천사괴는 독에 중독되었다. 그들 네 명은 같은 뱃속에서 태어난 친형제들로 손속이 잔인하기로 소문난 자들이다.

직접적인 사인은 목이 떨어진 것이다.

유구는 처음에 독을 사용했고 중독되어 신음하고 있는 자들을 깨끗이 처리했다.

보통 사람을 중독시키기는 쉽다. 하지만 살수는 그런 점에 대해 만반의 준비를 한다. 결코 쉽지 않은 일을 유구는 해냈다.

서신에는 독에 중독된 원인으로 독침(毒針)을 꼽고 있다.

독침… 암살이다. 은밀히 숨어서 독침을 쏘아댔다. 살수로서 유구가 살천사괴보다 한발 앞서 있다는 증거다.

청살신필은 병장기로 철필(鐵筆)을 사용한다. 철필이 지닌 특성상 그의 무공이 근접전에 뛰어나다는 것을 말해 준다. 또한 암기에도 능한 자다.

청살신필을 죽음으로 이끈 병기는 매화표(梅花鏢)다.

암기의 달인이 암기에 죽었다.

완력만 자랑하던 거한 유회에게 청살신필을 암기로 죽일 만한 무공이 있었다니…….

유수어옹의 병기는 죽간(竹竿).

유수어옹은 병기가 될 것 같지 않은 죽간으로 때리고, 찌르고, 후려치고, 창이나 봉에서 터져 나올 수 있는 모든 기법을 능숙하게 사용한다.

유수어옹은 평상시에도 반경 삼 장 안으로 사람이 들어서는 것을 용납하지 않는다. 싸울 때는 특히 더 그렇다. 당하는 사람들은 그저 이리

저리 쫓기다가 찔러 죽거나 맞아 죽는 수밖에 없다.
 낚싯바늘이나 낚싯줄도 유수어옹의 손에 들리면 훌륭한 병기가 된다.
 낚싯줄에 조금이라도 걸리면 금방 거미줄에 걸린 파리 신세가 되고 만다. 낚싯줄이 목을 휘감으면 대도로 베어낸 것처럼 깨끗하게 절단할 수 있다고 한다.
 유수어옹은 단검(短劍)에 심장이 찔려 죽었다.
 두 가지 방법을 생각할 수 있다. 땅속에 숨어 있다가 지척까지 근접했을 때 불쑥 솟구쳐 급습을 가했거나 유수어옹이 휘두르는 죽간을 피하며 파고드는 것.
 어느 쪽이나 혀를 내두를 수밖에 없다.
 종리추의 수하들 중에 가장 사람이 좋아 보이는 역석도 감탄할 만한 무공을 지녔다.
 그리고 벽리군이 들고 있는 서신에는 다른 내용이 적혀 있다.

살천문 개봉 지부장, 사(死).

 지부장이 살해당한 장소는 살천문 개봉 지부다. 대낮이며 자신의 집무실에서 당했다.
 이게 말이나 되는가!
 "도대체 언제!"
 벽리군은 말이 나오지 않았다.
 그녀가 기루를 나설 때만 해도 종리추는 탄금에 몰두했다. 자정이 넘어서 기루를 나섰는데 그때까지도 탄금에 푹 빠져 헤어 나오지 못했다.

어제가 지나고 오늘이 되었다.

그리고 손에 들린 것은 살천문 개봉 지부장이 죽었다는 소식이다.

"지금 막 전서로 날아왔으니까… 몇 시진 전에 벌어진 일이지."

"개봉 지부를 언제 알아냈죠?"

"닷새쯤 됐나?"

'닷새…….'

종리추가 살인 명령을 내린 날이다.

그렇다. 종리추는 개봉 지부가 파악될 때까지 기다리고 있었던 것이다. 헤아릴 수 없을 만큼 많은 소식을 접하고도 움직이지 않은 이유가 바로 그것이다.

개봉 지부가 파악되자 번개처럼 움직였다.

모두 오늘 하루 사이에 벌어진 일…….

종리추는 살천문이 방비할 시간적인 여유마저도 빼앗아 버렸다.

"우리는 이 일에 간여하지 않았어. 절대로! 만약 조금이라도 간여한 흔적을 발각당했다가는 쥐도 새도 모르게 죽을 거야. 모두 각별히 명심하도록 해."

"아이구! 벌써부터 살이 떨리네. 그자들 정말 혈주를 들기로 작정한 자들이었잖아?"

"작정은 무슨 작정, 벌써 혈주를 들었는데."

"조용조용. 지금 중구난방으로 떠들 때가 아냐. 앞으로 우리가 할 일은 청부자를 구해주는 일이야. 개봉 지부장과 살천문 제일 살수가 죽었지만 살천문이 와해된 것은 아니지. 그것쯤이야 살천문에서 고수 몇 명만 보충하면 해결될 거야."

"……."

모두 침묵을 지켰다.

모두들 하오문도는 의리가 없다고 한다. 하오문도에게 충성심을 기대하느니 차라리 한겨울에 감이 열리기를 기대하는 게 훨씬 낫다고 한다.

모르는 소리다.

비록 소매치기에 노름꾼에 도둑놈들, 몸을 파는 여자에 말똥 냄새에서 벗어나지 못하는 천한 직업을 가지고 있지만 마음을 열어준 사람에게는 목숨도 버릴 수 있는 의리가 있다.

망주와 향주는 그 의리를 전 문주에게 바쳤다.

"어차피 살문에는 사람이 네 명밖에 없으니까 개봉 지부를 깨끗이 쓸어내지는 못해. 지부장과 일급 살수들을 죽인 것은 실력을 과시한 것에 불과하지 세(勢)를 얻었다고는 할 수 없어."

"살천문에서 눈에 불을 켜고 찾겠구먼."

마문 향주가 말했다.

"그렇겠지. '살문의 종리추'라고 이름을 밝혔다니……. 하지만 어디서 살문을 찾나? 찾을 수가 있어야 죽이든 살리든 하지."

"실력을 과시한 것치고는 대가가 너무 없네요. 청부자도 구할 수 없고, 내놓고 다닐 수도 없고."

새로 배문 향주가 된 사내가 조심스럽게 말했다.

"아니, 실력 과시 이상이야. 상대방의 지부장을 죽이는 것은 살수들이 문파를 일으킬 때 반드시 겪어야 하는 의식이야. 정식으로 살문이 무림에 나섰다는 개파(開派) 의식(儀式)이지. 죽음이나 보복이 두려운 자는 살수가 되지 마라, 이런 뜻이랄까?"

"……."

모두 한마디도 하지 못했다.

피를 흘린 사람도 없는데 진한 피 냄새가 코를 자극했다. 너무 진해서 구역질이 치밀기까지 했다.

종리추는 단순히 사람 몇 명을 죽인 것이 아니라 세상 모든 사람들을 적으로 돌리는 결정을 내린 것이다.

"사람들은 살천문에서 일어난 일을 전해 들을 거야. 원래 발 없는 말이 천리를 가는 법이니까. 살문이 어디 있냐고 웅성대겠지. 그 틈을 놓치지 말고 살의가 있는 사람에게 접근하도록. 살문이 버젓이 나설 때까지는 그렇게 하면서 이름을 유지하는 수밖에 없어."

"망주, 그들이 살수라면 차라리 청부를 넣어버립시다. 하오문주를 죽여달라고. 그럼 깨끗하지 않겠어요? 성공하면 살문도 단숨에 명성을 날릴 테고."

소문 향주가 말했다.

'일리있어.'

망주 천은탁은 고개를 내둘렀다.

"나중에. 지금은 눈과 귀가 되어주고."

'하오문주를 죽일 수는 있겠지만 살천문에 이어 하오문까지 나선다면… 청부를 받을 수도 없을 뿐만 아니라 쫓기다가 볼일 못 보겠지. 아무래도 무리야.'

천은탁은 종리추를 궁지로 몰아넣고 싶지 않았다.

종리추가 펼친 무공, 그것은 전대 문주의 진신비기이지 않은가. 자세한 내막이야 모르지만 같은 사문(師門)을 둔 것만은 틀림없다.

'문주와 형제나 다름없는 사람… 종리추는 하오문주를 죽여준다고 했어. 그건 청부가 아니라 정리로 내린 결정이야. 전대 문주가 당했다는 분개심에서 내린 결정. 그 순간만은 우리와 같은 마음이었어. 도와줘야 해.'

천은탁은 세세한 지시를 내리기 시작했다.

     *   *   *

종리추와 유구, 유회, 역석은 아무 일도 없었던 것처럼 태연히 천화기루로 돌아왔다.

종리추는 여전히 금기서화에 몰두했다.

중원에 들어서면서부터 맛 들이기 시작한 다도(茶道)도 놓치지 않았다.

"별채에 있는 사람들 말야, 언니 기둥서방 아냐?"

"에이! 언니 나이가 몇인데……."

"아무렴 어때? 젊고 잘생기면 그만이지."

"그럼 배문 향주는 왜 죽였어?"

"뭔가 사연이 있나 보지 뭐. 망주도 가만히 있잖아. 여기 계속 머물게 하고 말야."

"하기는……."

"아무래도 언니 기둥서방 같아."

"그런데 왜 같이 자지 않지?"

"그건 낮에 하나 보지 뭐."

"호호! 말이 되는 소리를 해. 기둥서방인데 왜 잠을 같이 안 자? 밤에는 고자가 되는 병이라도 걸렸대?"

"호호호! 그거 재미있겠다, 밤에만 고자가 된다면."

기녀들은 별채를 차지하고 있는 종리추 일행이 궁금하기 짝이 없었다. 하지만 종리추 일행에 대해 말을 나누는 것도 잠시뿐이다. 그녀들은 곧 향주의 엄밀한 명을 기억해 냈고, 함구했다.

천화기루의 기녀들은 칠대째 염색에만 종사해 온 정가(鄭家)의 둘째 자제를 화화공자(花花公子)라고 부른다.

어느 기루에나 화화공자라고 불리는 사내들이 한 명씩은 있다.

기루를 제 집처럼 여기는 사내.

쓰는 돈은 많지 않지만 거의 매일 아주 잠깐이라도 들러야만 직성이 풀리는 사내.

여자를 정복하고는 싶으나 여염집 처자를 건드릴 용기는 없는 자들이 대부분이지만, 개중에는 한 기녀만을 고집하는 자도 있다.

정가의 둘째 자제는 후자다.

그는 천화기루에 들를 적마다 부영(芙蘡)이라는 기녀를 찾는다.

"부영이는 지금 다른 손님을 모시는데 내가 말 상대나 해줄까?"

"아니, 됐어. 기다리지 뭐."

"오늘은 빨리 끝날 것 같지 않은데? 잠깐 몸을 빼는 것도 어려울 거야."

"괜찮아. 술이나 줘."

"바보, 차라리 데려가서 소실이라도 삼으면 되잖아."

"……."

그런 말을 들을 때마다 정가의 둘째 자제는 쓴웃음을 지었다.

그의 어머니 때문이다. 그의 어머니는 소문난 여장부다. 남편, 자식은 물론이고, 시부모까지 한 손에 쥐고 흔든다.

"내 눈이 흙이 들어가지 전에는 아무 곳에서나 뒹굴던 천한 년을 들여놓을 생각일랑 꿈도 꾸지 마라. 한 발짝도 안 돼!"

그러나 그런 어머니도 아들의 한바탕 자살 소동을 겪고 난 다음에는 기루 출입을 묵인했다.
다음날에도 화화공자는 기루에 들렀다.
"부영이는?"
"너무 일찍 왔잖아. 오늘은 일이 빨리 끝난 모양이지? 지금 화장하고 있어. 곧 나올 거야."
"위층에 올라가 있을게."
화화공자는 힘없는 걸음으로 이층 계단을 밟아 올라갔다.

"오늘은 일찍 왔네?"
부영은 키도, 얼굴도, 손도 모두 작았다.
예쁘장하고 귀여운 얼굴이다.
"응. 오늘은 빨리 끝났어."
"술 가져올게."
"다른 사람이 가져올 테지 뭐. 여기 앉아. 너무 보고 싶었어."
"피이~ 어제도 봤잖아."
부영과 화화공자의 음성은 나직해서 문밖을 넘어가지 않았다. 그래도 그들은 늘 작은 소리로 속삭였다. 원래 사랑의 밀어(蜜語)란 귀에다 하는 소리가 아니라 마음에다 새겨놓는 소리이지 않은가.

"오늘은 화장이 잘 먹었네."
"응. 예쁘지?"
화화공자는 품에서 서신을 꺼내 슬그머니 밀어놓았다. 부영은 재빨리 서신을 가로채 품속에 찔러 넣었다.
"어제 손님들 귀찮지 않았어?"
"웬걸, 귀찮아서 혼났어. 내 마음 잘 알잖아. 다른 사내들이 만지기만 해도 소름이 끼쳐."
"미안해. 이렇게 놔둬서……."
"어쩔 수 없지 뭐."
화화공자와 부영은 뜨거운 시선을 주고받았다.

술상은 황고(黃蠱)라는 하인이 가져왔다.
황고는 귀머거리에 벙어리다.
전대 향주가 동냥 온 그를 불쌍히 여겨 기루에 머물게 한 다음부터 황고는 착실한 하인이 되었다.
기녀들은 거지들에게는 도둑 근성이 있으니 은자를 훔쳐 도망갈 것이라고 쑥덕댔지만, 기녀들의 쑥덕거림은 보기 좋게 틀렸다.
황고는 은자를 훔쳐 도망가지 않았다. 아침 일찍 일어나 마당을 쓸고 술과 안주로 너저분하게 널려진 방들을 깨끗이 청소했으며, 술을 이기지 못하고 힘들어하는 기녀에게는 꿀물도 타다 줬다.
지금에 와서 황고 없는 천화기루는 도저히 생각할 수 없다.
부영은 황고가 가져온 술과 안주를 탁자에 올려놓았다. 그러면서 슬그머니 서신을 꺼내 건네주었다.
서신은 황고의 바지춤으로 들어갔다.

벽리군은 황고가 가져온 서신을 읽었다.

금일(今日) 해시정(亥時正:밤 1ㅁ시), 공자묘(孔子廟). 자시초(子時初:밤 11시) 인문교(鱗紋橋).

서신 내용은 짤막했다.

유구는 인적이 끊긴 산길을 더듬어 올라갔다.

오늘따라 날씨도 우중충해서 별빛 한 점 흘러들지 않았다.

사방을 분간할 수 없는 자욱한 안개, 가끔 들려오는 승냥이의 울음소리.

산길을 타기에는 내키지 않는 날씨였다.

"옷을 든든히 입고 가. 산은 여기보다 훨씬 추워."

남만인들에게 가장 큰 적은 뭐니 뭐니 해도 추위였다. 이놈의 추위만은 아무리 적응하려 해도 쉽지 않았다.

추위 외에는 거리낄 게 없었다.

남만의 우기를 겪어본 사람들에게 안개니, 밤이니, 산속이니 하는 것은 우스운 이야기였다.

산 중턱까지 더듬어 올라가자 화전민이 살았음직한 허름한 농가가 나타났다.

방 안에서는 희미한 불빛이 새어 나왔다.

"끝! 대삼원(大三元)."

촤르륵……!

조용하던 방 안에서 골패(骨牌) 엎어지는 소리가 들렸다.

유구는 골패를 이해하지 못한다. 가만히 앉아서 소 뼈 조각으로 만든 장난감을 달그락거리는 것이 영 재미있어 보이지 않는다. 그런데도 중원인들은 틈만 나면 골패를 만지작거린다.

'골패를 하고 있으면 네 명… 두 명이 더 있다고 들었는데…….'

유구는 서슴없이 농가로 향했다.

덜컹!

문을 열어젖히자 방 안의 풍경이 일목요연(一目瞭然)하게 들어왔다.

밖에서 듣고 예측했던 대로 사내 네 명이 발가벗은 채 탁자에 앉아 골패를 만지고 있다. 다른 사내 두 명 역시 발가벗었다. 그 두 명은 여인 한 명을 상대로 교합을 벌이는 중이었다.

여인은 탈진했는지 목석처럼 멍하니 누워 있다.

유구는 한눈에 여인의 상태를 알아봤다.

정신이 공동(空洞) 상태다.

그녀는 자신이 지금 어디 있는지, 무엇을 하고 있는지도 모른다. 극심한 충격에 혼이 육신에서 빠져나간 상태다.

여인의 몸에는 멍 자국이 가득했다. 얼굴에는 피가 응고되어 딱지가 졌고, 눈두덩은 시퍼렇게 변한 채 잔뜩 부어 올랐다.

"뭐야!"

"아이구, 추워! 문 닫고 꺼지지 못해!"
사내들은 기세가 등등했다.

"개봉부에서는 소문난 망나니들이다. 개봉부를 돈과 권력으로 장악하고 있는 자들의 자식들이지. 아비의 위세가 워낙 등등해서 건드릴 엄두를 못 내는 자들이야. 그놈들 중 두 명은 무공을 익혔다. 정식으로 문파에 입문해 익힌 무공은 아니지만 돈이라면 못할 게 없지."

유구는 문을 닫았다.
"응? 뭐야, 이 새끼. 볼일이 있는 모양이지? 하하!"
"너, 저 계집 남편이냐? 야야! 남편이 마누라 데리러 온 모양이다. 그만 하고 보내줘."
"가만있어. 조금만 더 하면 나올 것 같아. 헉헉!"
교합을 벌이고 있는 사내들은 이런 경우에 익숙한지 용두질을 멈추지 않았다. 사내가 한 번씩 용두질을 할 때마다 여인의 뽀얀 가슴이 출렁거렸다.
"조금만 기다리라는데? 기다렸다 데려가."
스윽! 스르릉! 척!
유구는 쇠막대기를 꺼내 맞붙인 후 꽉 조였다. 훌륭한 철봉이 완성되었다. 그는 다시 창날을 꺼내 제일 위에 붙이고 조였다.
순식간에 장창(長槍) 한 자루가 모습을 드러냈다.
유구는 창에 익숙했다. 모진아에게 하사받은 무공은 각법이지만 암연족 전래로 계승되어 온 창술도 부단히 연마했다. 그는 각법보다는 창이 좋았다.

종리추가 창술 한 가지를 가르쳐 주었다.
십팔반 병기에 능통하고 많은 무공을 알고 있으니 창술 하나쯤 창안하는 것은 어렵지 않다.

"창은 이해하고 연마하는 데는 더없이 좋을 거야. 하지만 실전에서 사용하려면 많이 보완해야 해. 병기만 능숙하게 사용해도 웬만한 사람은 이길 수 있어."

무인을 상대하는 것이 문제다. 무인에게는 병기만 능숙하게 사용하는 정도로는 통하지 않는다. 상대를 알면서도 당하지 않을 수 없게끔 만드는 초식이 필요하다.
종리추가 가르쳐 준 초식, 그것을 보완하고 발전시켜 나가는 게 유구의 몫이다.
"뭐야? 우리랑 싸우겠다는 거야?"
"저, 저놈! 무인이다!"
골패를 만지작거리던 사내들 중 한 명이 재빨리 몸을 움직였다.
옷을 벗어 던진 곳, 그곳에는 고색창연한 보검(寶劍)이 놓여 있었다. 검병(劍柄)이 푸른색의 옥으로 되어 있고, 검수(劍首)에는 여의주를 문 용의 머리가 조각되어 있다. 검집도 꿈틀거리며 하늘로 승천(昇天)하는 용이 모습이 양각(陽角)되어 있다.
쉬익!
유구의 장창이 검을 향해 신형을 날린 자의 허리를 노렸다.
"헛!"
사내가 헛바람을 내지르며 회공번신(回空翻身)을 펼쳤다. 허공에서 한 바퀴 신형을 비튼 사내가 날렵하게 물러서며 유구를 노려보았다.

유구는 시간을 오래 끌고 싶지 않았다.

사내들의 땀과 정욕으로 후텁지근하게 덥혀진 공기가 역겨웠다.

강간이라면 암연족의 특기다. 노예로 잡아온 여자는 누구든 관계를 가질 수 있다.

그러나 그런 암연족도 윤간은 하지 않는다.

여자가 정 마음에 들 때는 내 노예를 주고 맞바꾼다.

그건 사내를 여럿 거느리고 있는 홍리족 여인들도 마찬가지다. 서방이 여럿이지만 부부 관계를 가질 때는 한 남편하고만 한다.

사내의 정액은 아기의 씨다. 한 사내의 '아기 씨'가 옥토를 마음껏 누빌 수 있도록 기회를 줘야 한다.

유구는 사내들이 추잡하게 보였다.

쉬이익!

"컥!"

엉거주춤 일어서던 사내가 급살 맞은 사람처럼 부르르 떨더니 푹 고꾸라졌다.

유구의 창이 사내의 심장을 꿰뚫어 버렸다.

"피, 피닷! 이 새끼 정말 사람을 죽였… 아아악!"

말을 하던 사내도 비명을 토해냈다.

어느새 창을 빼고 다시 내지른 손속에 혼을 내맡겨 버렸다. 창은 사내의 입을 꿰뚫고 머리 뒤까지 삐져 나왔다.

쉬이익!

창이 다시 빠져나갔다.

창날은 피와 누런 뇌수가 뒤섞여 요사한 사기(邪氣)를 띠었다.

"저, 저놈!"

용두질을 하던 사내가 날렵하게 뛰쳐 내려왔다.

유구는 무인 두 명이 누군지를 알아냈다.

쉬익! 퍼에엑……!

득달같이 달려들며 창을 내질렀다. 아니, 내지른다 싶은 순간 거세게 후려쳤다.

빠악!

침상에서 뛰어내리던 사내의 머리가 함몰되었다. 철봉(鐵棒)에 정통으로 얻어맞았으니 아무리 단단한 돌머리라 해도 무사할 순 없다.

유구는 내친 김에 여인의 입에 양물을 집어넣고 있는 사내의 가슴패기를 내질렀다.

퍼억!

사내는 벽에 등을 부딪친 후 되퉁겨 나와 여인의 배 위에 엎어졌다.

여인의 배로 붉은 핏물이 흘러내렸다. 그래도 여인은 멍하니 천장만을 바라보고 있다. 주위에서 무슨 일이 벌어지든 자신과는 상관없다는 듯, 전혀 들리지도 않고 볼 수도 없다는 듯.

"죽일 놈!"

무공을 익힌 사내가 벼락같이 몸을 날려 회선각(回旋脚)으로 공격해 왔다.

사내는 공격 방법을 잘못 선택했다.

각법이라면 유구 또한 일가견이 있지 않은가.

유구는 안면을 차오는 상대의 오른발을 손등으로 쳐올리고 몸의 균형을 유지해 주는 왼발은 창대로 후려쳤다.

쿵!

사내는 거칠게 떨어졌다.

망설임없는 창이 사내의 복부를 깊게 찔러 버렸다.

"컥!"

사내는 입으로 피를 토해냈다. 창을 움켜잡고 억울하다는 듯 부르르 떨었다. 그러나 이내 털썩 무너지고 말았다. 그가 아무리 억울해도 복부에 틀어박힌 창은 원래대로 되돌릴 수 없었다.

"나, 나는 한 번밖에… 한 번밖에 안 했어요. 에잇!"

사정을 하던 남은 사내가 부리나케 도주하기 시작했다.

이런 엄동설한에 알몸으로 산을 내려간다는 것은 자살 행위다. 그는 가만 내버려 둬도 꽁꽁 얼어붙은 시신으로 발견될 것이다.

유구는 창을 고쳐 잡았다. 그리고 힘껏 던졌다.

페에엥……!

화살처럼 날아간 창이 사내의 등을 꿰뚫고 가슴 뼈를 으스러뜨리며 앞으로 삐져 나갔다.

옷가지를 주운 다음 여인에게 엎어져 죽은 사내를 밀어내고 피를 닦아주었다.

부드러운 속살에 오돌토돌 돌기가 맺혔다.

그제야 유구는 겨울 찬바람이 거침없이 여인의 몸을 훑고 있다는 사실을 깨달았다.

유구는 여인의 이런 상태를 잘 안다.

자신도 직접 경험해 본 적이 있다.

노예로 잡아온 여인이었는데 반항이 무척 심했다. 그녀는 자식과 남편이 있다면서 돌려보내 달라고 사정했다. 대부분의 여자는 몇 대 두들겨 패면 반항을 그치는 법인데 여자는 그렇지 않았다.

강제로 겁간했다. 여자가 아무리 반항을 해도 싸움으로 단련된 사내의 거센 힘에는 무력할 수밖에 없었다.

드디어 여자를 정복했다고 생각했을 때, 여자가 이런 증세를 보였다. 드러난 치부를 가릴 생각도 하지 않았다. 음부가 활짝 드러나 있건만 멍하니 누워 있었다.

말도 하지 않았다. 먹지도 않았고, 눈물도 흘리지 않았다.

'애초(涯草)하고 똑같은 상태야.'

유구는 여인을 안아 일으켜 옷을 입혀주었다.

여인은 넋이 나간 듯 멍한 표정으로 말 잘 듣는 어린아이가 되었다. 손을 들어 올려도 가만히 있었고, 다리를 들어 올려도 반항하지 않았다.

유구는 잠시 망설였다.

"여자도 같이 죽이라는 청부다. 정조를 더럽힌 여자와는 같이 살 자신이 없다면서. 힘이 없어 제 계집을 빼앗겨 놓고도 아픈 상처를 달래주지는 못할망정 목숨을 앗으려는……. 똑바로 들어라. 이게 청부다. 내 마음과는 상관없이 배알이 뒤틀리고 욕지기가 나와도 해야만 하는 일이 청부다."

유구는 손을 들어 올렸다.

내력이 담긴 주먹을 연약한 여인의 머리가 감당해 낼 수 없다. 내려치기만 하면… 내려치기만 하면 청부는 끝난다.

'죽여야 하나……'

유구는 망설이지 않을 수 없었다.

'망나니가 검 하나는 좋은 걸 가졌군. 네놈에게는 벅찬 검이야. 주공에게나 어울리는 검이지.'

검을 뽑아 들자 시퍼런 청광(淸光)이 방 안을 난자했다.

보통 명장(名匠)의 솜씨로 만들어진 검이 아니다.

검신(劍身)이 살아서 꿈틀거린다. 천하에 이렇게 날을 세울 수 있는 사람은 몇 되지 않으리라.

유구는 보검을 챙겼다. 밖에 나가 나무에 깊이 틀어박힌 자신의 창도 뽑아 들었다. 창은 사내의 몸을 관통하고도 힘이 남아 나무에 깊이 틀어박히기까지 했다.

'끝났어.'

유구는 몇 발자국을 떼어놓았다.

죽일 자는 죽였으니 이제 돌아가는 길만 남았다.

'애초와 같은 상태······.'

자꾸 뒤가 켕겼다. 알지 못할 힘이 뒷머리를 잡아당겼다.

"휴우!"

유구는 깊은 한숨을 내쉰 후 농가로 다시 들어갔다.

여인은 그때까지도 멍하니 앉아 있었다. 유구가 앉혀놓은 상태 그대로.

그는 여인을 등에 업었다.

    *   *   *

종리추는 냉담했다.

두 손으로 찻잔을 받쳐 들고 다향(茶香)을 음미할 뿐 입을 열지 않았다.

유구는 무릎을 꿇고 앉아 처분을 기다렸다.

"애초와 같은 상태입니다."

그 한마디로 할 말은 다 했다.

유회도, 역석도 끼어들지 못했다. 종리추에게 차를 끓여주던 벽리군도 너무 기가 막힌 일에 입을 벌리고 있을 뿐 별다른 말을 하지 못했다.

종리추도 유구와 애초에 얽힌 사연을 알고 있다.

유구는 정말로 애초를 사랑했다. 노예로 잡아온 여자이니 그런 여자를 건드렸다 해도 누가 뭐라고 할 사람은 아무도 없다. 죽여 버려도 상관없다.

"잘못 건드렸어. 그렇게 건드리는 게 아닌데……."

유구는 후회했다.

암연족은 여자에게 연연하는 자를 전사로 보지 않는다. 여자는 사내의 노리개일 뿐 동등한 사람이 아니다.

유구는 온갖 비난과 멸시를 감수하고 애초에게 매달렸다.

밥을 먹이고, 옷을 입히고, 목욕을 시켜줬다.

암연족 전사가 여자를 목욕시키다니!

그 일은 유구를 암연족에서 추방해야 한다는 반발을 불러일으켰다. 모진아의 배려가 없었다면 유구는 그때 추방당했을 것이다.

애초는 죽었다. 스스로 자진했다.

"정신이 돌아왔어! 돌아왔다구!"

유구는 펄쩍펄쩍 뛰며 좋아했지만 그 시간 애초는 나무에 목을 매고 있었다.

유구가 웃음을 잃어버린 것은 그때부터다.

'하지만…….'

청부는 반드시 완수해야 한다. 어떤 일이 있어도 신의(信義)를 무너뜨려서는 안 된다. 신의가 무너진 살수는 이미 살수가 아니다.

살문은 이제 갓 출범했다.

인정(人情)을 두기 시작하면 살문은 존재할 수 없다. 지금은 한 명에 불과하지만 나중에는 걷잡을 수 없게 된다. 제방도 개미 구멍으로 무너지는 것을.

종리추는 찻잔을 내려놓았다.

"죽이라고 하면 어찌할 테냐?"

"죽이겠습니다."

유구는 오는 동안 많은 생각을 했는지 망설임없이 대답했다.

"그럴 걸 뭐 하러 데려왔어?"

"……."

"세상에는 세 종류의 사람이 태어나. 남자와 여자, 그리고 살수. 남자와 여자는 모든 일을 할 수 있어. 사랑을 하고, 가정을 갖고, 아이를 낳고… 또 배반하고, 간통하고, 죽이고. 살수가 할 수 있는 일은 하나밖에 없어. 죽이는 것."

벽리군은 마음이 아팠다.

종리추의 마음을 모르는 것도 아니고, 유구가 여자를 데려온 것은 무모한 일이라고 생각하고 있었다. 하지만 그걸 인정할 수만은 없는 종리추의 삶이 너무 외로워 보였다.

그녀는 현숙한 아내처럼 비어진 찻잔에 차를 따랐다.

뭇 사내에게 짓밟힌 몸이고, 나이도 거의 배는 많지만 이 순간만은 현숙한 아내가 되고 싶었다. 그의 처절해질 수밖에 없는 마음을 달래

주고 싶었다.
"남자와 여자가 하는 일을 살수가 한다면 죽는 길을 택했다고 보면 돼. 아내, 자식… 모두가 짐이지. 사람도 재물도 다 필요없어. 몸을 가릴 수 있는 옷 한 벌, 나를 지켜줄 적을 죽일 병기 하나만 있으면 돼."

'그럼 왜 살수가 되죠? 돈을 벌기 위해서가 아닌가요? 사람을 죽이지 않으면 살 수 없는 악마인가요? 그럼 죽이면 되잖아요. 아무 사람이나 닥치는 대로 죽이면, 청부는 뭐 하러 받아요? 나쁜 짓이지만 큰 돈을 움켜쥘 수 있으니까 살수가 되는 것 아니에요?'

벽리군은 반박하고 싶었다.

종리추의 말에는 허점이 많다. 무엇보다 그는 왜 사는지에 대해서 대답할 말이 없으리라.

"사람은 한 가지 눈으로만 세상을 봐야 해. 죽일 자와 죽이지 않을 자. 죽일 자는 죽이고, 죽이지 않을 자는 놔두는 거야."

"……"

유구는 가만히 듣기만 했다.

"유구."

"옛!"

"넌 살수의 경계를 넘어섰어."

"……"

"그 여자를 지금 죽인다 해도 무너진 마음은 달라지지 않아."

"……"

"돌아가."

"옛?"

"동토(凍土)를 벗어난 사람이 같이 있을 수는 없지. 아버님에게 돌아가 있어. 여자는 죽이든 데리고 가든 네 마음대로 해."

종리추는 벽리군이 따라준 찻잔을 들어 올렸다.

"주공!"

"……."

"주공! 차라리 죽으라고 하십시오. 목숨에는 미련이 없습니다. 그러나 돌아갈 수는 없습니다. 주공을 모시겠습니다."

종리추는 대답하지 않았다.

"차를 더 데울까요?"

벽리군이 조심스럽게 말했다.

벌써 두 시진째다.

아침에 시작된 지루한 침묵이 점심을 훌쩍 넘어 오후로 들어섰다.

점심때가 되었지만 점심 상을 들여오지 못했다. 그럴 분위기가 아니었다.

유구는 무릎을 꿇은 채 하명을 기다렸다.

이 자리에서 죽을지언정 돌아갈 수 없다는 의지가 분명했다.

그동안 종리추는 차를 넉 잔이나 마셨다. 국화(菊花)를 한 장 그렸고, 글씨 연습도 했다.

'문도(文道)로 들어섰으면 문성(文星)이 되었을 분…….'

벽리군은 종리추가 갓 이십을 넘은 청년으로 보이지 않았다. 태산처럼 높은 거산(巨山)이 되어 마음 한구석에 자리 잡기 시작했다.

종리추가 고개를 끄덕였다.

그는 지금 텅 빈 한지를 앞에 놓고 묵상에 잠겨 있다.

글씨를 쓸 것인지, 그림을 그릴 것인지…….

벼루에서는 짙게 갈린 먹물이 은은한 향기를 뿜어낸다.

드디어 결심이 섰는지 붓을 잡았다. 그리고 일필휘지(一筆揮之)로 휘갈겼다.

살문(殺門).

획이 뚜렷하고 반듯하다.

기교 같은 것은 찾아볼 수 없다. 먹물도 묻어 있어야 할 만큼 묻어 있을 뿐 넘침도 모자람도 없다.

'명필(名筆)이야!'

벽리군은 감탄했다.

그녀는 종리추가 '송영의 글씨'로 유명한 송영에게서 직접 하사받은 사실을 모르고 있다. 알았다 해도 놀람에는 변함이 없겠지만.

한동안 글씨를 들여다보던 종리추가 입을 열었다.

"여자를 평생 보호할 자신이 있나, 세상으로부터?"

"자신있습니다."

유구가 자신있게 대답했다.

"풋! 건방진 소리. 제 한몸도 지키지 못하면서 누굴 보호하겠다고."

"어느 놈이든……."

"내가 죽이겠다면?"

"……."

"후후후! 주종 관계를 떠나 무공 대 무공으로 맞선다면 몸을 지킬 자

신은 있나?'

'주종 관계?'

벽리군은 이들의 관계가 주종 관계라는 사실을 처음으로 알았다. 도대체 종리추의 정체는 뭐란 말인가.

"……."

유구는 대답하지 못했다.

"한마디만 하겠다. 이 중원에는 나를 어린아이처럼 가지고 놀 수 있는 무인이 백 명도 넘는다."

"그런!"

"믿어라."

"……."

"넌 나도 이기지 못해. 그러면서 어떻게 세상으로부터 지키겠다고 호언장담(豪言壯談)하나? 숨어라. 숨을 수 있는 데까지."

"…주공!"

유구의 눈에 눈물이 글썽거렸다.

종리추는 받아들였다. 조심에 조심을 거듭하라는 말이 받아들였다는 말이 아니고 무엇이겠는가.

"축하한다. 중원 색시를 얻었으니."

"주공!"

종리추는 대답하지 않고 창가로 가 밖을 내다보았다.

아침에만 해도 자욱하던 안개가 싹 걷히고 푸른 하늘이 보였다.

'나 역시 어린이 있는데… 할 일이 하나 더 늘었군. 사랑하는 사람을 보호하는 것……..'

종리추의 이런 결정은 살수계에 큰 변화를 예고하는 태풍의 시초였다. 살수도 가정을 가질 수 있다. 살수도 사람이다라는. 또한 살문의 성격이 결정된 순간이기도 했다.
　나아가야 할 방향이.

◆第三十一章◆
공존(共存)

하남성에 바람이 불기 시작했다.

하남성에서 가장 남쪽에 위치한 여저부(汝宁府)는 피바람에 휘말려 술렁거렸다.

흉년에 찌든 사람들이야 어디서 무슨 일어나는지 알 까닭도 없고 알려고도 하지 않았다.

사람이 죽는 일에 가장 민감한 반응을 보이는 사람은 역시 무림인이다. 특히 개방이나 하오문처럼 정보의 홍수 속에 사는 사람들은 단 한 사람만 죽어도 어디서, 누구에게, 무엇 때문에, 어떻게 죽었는지 소상히 알게 된다.

그들이 정보에 의하면 여저부에서는 치열한 난타전(亂打戰)이 벌어지고 있었다.

청부가 제일 먼저 접수된 곳은 신양주(信陽州) 중산포(中山鋪)에 자리 잡은 점술가(占術家)였다.

하루가 거의 지나갈 무렵, 신양주에 위치한 현수산(賢首山)의 이름을 따서 '현수 점술가'로 간판을 내건 점술가에 덩치가 우람한 몽고인이 들어섰다.

"살(煞)이 꼈어."

점쟁이는 손님이 들어서자마자 여느 때처럼 누구에게나 하는 똑같은 말을 했다.

"청부를 하러 왔소."

몽고인은 한어가 유창했다.

"청부? 잘못 찾아온 것 같은데… 여기는 점을 치는 곳이지 청부 같은 것을 하는 곳이 아냐. 청부보다 자네 얼굴에 낀……."

"은자 일만 냥짜리 청부요."

"……!"

점쟁이는 수작을 부리지 못했다.

살천문이 청부를 받는 곳은 세상에 환히 드러나 있다. 숨기려고 애를 쓰는 듯하지만 알 만한 사람들은 모두 알고 있다. 모르는 사람이라도 알려고 조금만 노력하면 알 수 있을 정도로.

이들은 최말단에서 청부를 받느니만큼 위험에도 크게 노출된다. 살수들에게 원한을 가진 자, 살수들을 죽이려는 자, 살수들은 찾는 자들은 제일 먼저 이들과 얼굴을 맞대게 된다.

'한자리에서 십 년을 버티면 오래 버틴 것이다'라는 말이 나올 정도로 죽는 자도 많고, 갖은 고문에 병신이 되는 자도 많다.

"우리 몽고에서 도둑질을 해간 자요."

몽고인은 얼굴이 자세하게 그려진 초상화(肖像畵)를 내밀었다.
"그러니까… 이자를 죽여달라?"
"오천 냥은 선금, 오천 냥은 후불로 하겠소."
"서, 선금으로 오천 냥!"
몽고인은 어음을 내밀었다.
여저 전장(錢莊)의 어음이다.
'틀림없어!'
점쟁이의 손은 부들부들 떨렸다.
이 돈이면 중원 어디를 가더라도 갑부 행세를 할 수 있다.
'꿀꺽해 버려?'
점쟁이는 생각을 돌려먹었다. 몽고인의 눈빛이 만만치 않을 뿐만 아니라 후에라도 살천문에서 알게 되는 날에는 뼈도 못 추린다.
"쉽지 않을 거요. 그놈 주위에는 타고난 무인들이 하루 온종일 눈을 벌겋게 뜨고 있으니까."
'제깟 놈들이 그래 봤자 죽은 목숨이지.'
"한번 알아는 보겠지만……."
몽고인은 어느새 일어서고 있었다.

몽고인의 말대로 쉽지 않았다.
처음에는 간단히 생각하고 이급 살수 다섯 명을 파견했지만 다섯 명 모두 싸늘한 시신으로 발견되었다.
몽고인 이십여 명이 초상화에 그려진 자의 주변에서 한시도 떠나지 않았다. 그들의 무공은 하나같이 폭풍 같았다. 검이든 창이든 부딪친 것은 모두 부숴 버렸다.

대도를 사용하는 이십여 명의 몽고인.
살천문 여저 지부는 발칵 뒤집혔다.
살수는 무공 대 무공으로 싸우지 않는다. 숨어서 암습을 가한다. 그렇기에 자신보다 월등히 강한 자라도 죽일 수 있다.
다섯 명이라면 이십 명이 아니라 서른 명이라 할지라도 죽일 수 있다고 생각했는데, 그만한 살수 능력을 지닌 자들인데…….
"흑사도신(黑砂刀神)을 불러!"
드디어 일급 살수가 동원되었다.
평생 열 건도 맡지 않는다는 일급 살수가.

흑사도신은 다섯 조각으로 나눠져 사방에 흩어졌다. 들짐승들이 뜯어 먹어 형체조차도 알아보기 힘들었다.
그나마 다행스러운 점이라면 그냥 죽지는 않았다는 것이다.
살천문 살수들은 흑사도신이 죽은 장소에서 멀지 않은 곳에 새로 만든 무덤 세 개를 발견했다.
무덤을 파보니 몽고인 세 명이 누워 있었다. 두 명은 심장이 베어지고, 한 명은 머리가 반쯤 갈라진 채 죽어 있었다.
흑사도신의 수법이다.
흑사도신은 지겹게 심장만 노렸다.
그의 초식을 막아내다 보면 어느새 심장이 비게 되고 마지막 일격에는 어김없이 붉은 핏물을 내어줘야 한다.
그런데 한 명은 심장이 베이지 않고 머리가 잘렸다.
얼마나 긴급한 상황이었으면 심장을 노리지 못하고 되는대로 도결을 흘려냈을까.

흑사도신은 몽고인의 머리를 베는 도중에 죽었다. 그렇지 않았다면 몽고인의 머리는 완전히 잘려 나가고 말았을 것이다.

보지는 않았지만 싸움하는 광경이 선명하게 그려졌다.

흑사도신은 두 명을 죽였고 다급하게 몸을 돌려 세 명째를 베어갔다. 심장을 노릴 틈이 없었다. 거리가 그만큼 가까웠다. 되는대로 도결을 펼쳐 냈고, 상대는 머리에 일격을 맞았다.

도가 머리에 박혔으니 뽑아내야 한다. 완전히 잘라 버리든지 베는 속도를 이용해 잡아당겨야 한다.

순간 그의 팔이 잘렸다.

나머지는 참혹한 도살이다.

흑사도신이 몸을 드러냈다는 것은 완벽한 기회를 잡았다는 뜻.

완벽한 기회를 잡고 습격을 했는데 몽고인에게 가로막혔다. 몽고인의 은신술(隱身術)이 놀라울 만큼 뛰어나거나 경신술이 상상 이상으로 빠르다는 것을 말해 준다.

흑사도신의 찢겨진 육신은 많은 말을 해주었다.

"철수나한(鐵手羅漢), 여의금창(如意金槍)을 불러!"

여저 지부장은 안색이 새파랗게 변해 부들부들 떨었다. 일급 살수가 소임을 다하지 못하고 겨우 호법이나 서는 몽고인 세 명만을 죽였다는 것은 지독한 치욕이었다.

"야! 화룡도인(火龍道人)과 천음요녀(天陰妖女)도 불러! 다 불러!"

여저 지부장은 일급 살수 네 명을 동시에 불렀다.

이런 일은 처음이었다. 여저 지부가 생긴 이래.

철수나한은 권법(拳法)으로 명성이 자자한 명문가 광동(廣東) 문가

(文家) 출신이다.

그가 건강을 위해 짬짬이 익히던 권법이 문가권(文家拳)이라는 이름으로 세상에 알려지기 시작한 것은 이십여 년 전이다. 문가의 가주와 무인 사이에 시비가 붙었고, 가주는 단 일 초식만을 사용해서 검의 달인이라 불리던 무인을 때려죽였다.

그 후 문가권을 배우고자 많은 사람들이 모여들었지만 가전지공(家傳之功)이라는 이유로 일절 문하를 받지 않았다.

문가권은 문가의 몰락과 함께 대가 끊겼다.

이름난 자에게는 도전하는 자가 생기는 법. 끊임없는 도전을 견디지 못한 결과다. 한 명, 두 명… 문가권을 익힌 친족이 죽어갔고, 마지막으로 문가의 가주마저 사일검법(射日劍法)을 절정으로 익힌 점창파의 고수에게 당하고 말았다.

철수나한은 문가의 마지막 생존자다.

여의금창은 '양가(楊家) 창법(槍法)'으로 유명한 양가의 후손이다.

그는 철수나한과는 달리 자유 분방함이 좋아 살수가 된 예다. 그는 성격대로 살인을 하여 번 돈을 물 쓰듯 쓰는 통에 항상 빈털터리다. 가장 많은 청부를 맡고, 완벽하게 일을 끝내는 살귀다.

화룡도인과 천음요녀는 부부간이다.

화룡도인은 도문(道門)과는 상관이 없다. 그가 늘 입고 다니는 옷이 도복(道服)이라 도인이라고 불릴 뿐.

그들은 부부간이면서도 색광(色狂)으로 유명하다.

화룡도인은 마음에 드는 여인을 만나면 천음요녀가 보는 앞이라도 간살을 일삼았고, 천음요녀 역시 마음에 드는 청년을 만나면 수단 방법을 가리지 않고 품속으로 끌어들였다.
　생활은 난잡하지만 무공만은 따를 자가 없다.
　그들은 한 건의 청부도 둘이 같이 움직였고 실패한 적이 없다.
　여저 지부의 일급 살수들이다.

　그들이 모두 죽었다.
　흑사도신과 마찬가지로 사지가 찢겨 죽었다. 정확히 말하면 찢겨 죽은 것이 아니라 토막토막 잘려져 죽었다.
　그들이 죽인 몽고인은 모두 열두 명이다.
　흑사도신처럼 한 명에 세 명 꼴로 죽이고 죽었다.
　"이럴 수가!"
　이제 와서는 은자 일만 냥이 결코 많지 않았다.
　여저 지부는 자랑하던 일급 살수를 모두 잃었다. 그렇다고 청부를 완수한 것도 아니다. 초상화에 그려져 있던 젊은 놈을 죽이지 못하면 선금으로 받았던 은자 오천 냥마저 돌려줘야 한다.
　'어디서 이따위 청부를 받아가지고는…….'
　여저 지부장은 홧김에 점쟁이를 죽여 버렸지만 그렇다고 사태가 달라지지는 않았다.
　여저 지부장은 자신 역시 살수로 나서야 한다는 것을 직감했다.
　본문에서는 일급 살수를 모두 죽인 지부장을 내버려 두지 않는다.
　그럴 만도 하다. 일급 살수 한 명을 영입하는 데 들어간 돈이 몇 년 동안 청부를 받은 금액 전부라 하니.
　조만간 다른 지부장이 임명될 테고, 자신은 일급 살수 중 한 명이 되어 중원을 떠돌게 되리라.

"본문에 전서를 띄워라. 일단혈(一端血)이 필요하다고 해."

여저 지부장은 힘없이 명령을 내렸다.

일급 살수가 되어 떠도는 것이 죽는 것보다는 나으니까.

              *   *   *

하남성 최북단인 창덕부(彰德府) 역시 살겁(殺劫)이 몰아쳤다.

살겁이 시작된 곳은 안양성(安陽城)의 한 장원이었다.

"어디서 굴러온 놈인지 내 딸년을 납치해 갔어. 평생 모은 돈이 이백 냥인데, 이걸로……."

"글쎄… 이백 냥으로 사람을 구할 수 있을까?"

"제발 부탁하네. 우리 사이가 어디 나 몰라라 할 사이인가?"

'그럼 몰라라 하지, 알라라 하냐?'

이십 년 동안 호박엿만 팔아온 엿장수는 시큰둥한 표정을 지었다.

살수를 고용하겠다고 말을 걸어온 사람치고는 액수가 너무 적었다.

"부탁하네."

"어쨌든 알아는 보고……. 이 돈은 일단 가져갔다가 사람이 구해지면 그때 가져오쇼."

"꼭 부탁하네. 꼭."

닭집을 운영하는 자는 신신당부를 하고 돌아갔다.

'세상에! 이백 냥으로 살수를 고용해 달라니…….'

다음날, 엿장수는 또 인상을 찡그렸다.
"제 마누라가 사라졌어요."
"자네 마누라라면 나도 잘 알지. 얼굴이 반반했잖아. 어느 놈팡이와 눈이 맞아 도망간 게지."
"아니에요. 그럴 여자가 아니에요."
'세상에 계집 싫어하는 사내 없고, 사내 싫어하는 계집 없는 법이야, 이놈아.'
"분명 그놈이 납치해 갔을 거에요. 그놈이 얼씬거린 것을 이 두 눈으로 똑똑히 봤다구요."
"그럼 그때 뭐라고 하지 그랬어?"
"……."
사내는 말이 없었다.
근처의 논이란 논은 거의 다 사들인 대지주(大地主)에게 뭐라고 말을 할 것인가. 놈에게 빌붙어 소작이나 하는 주제에.
"마누랄 찾아달라고?"
"아뇨, 놈을 죽여주세요."
"요즘 세상에 어떻게 사람을 함부로 죽이나? 돈은 얼마나 있는데?"
"오, 오백 냥……."
"그거면… 한번 알아보지."
"저……."
"왜?"
"그게 저… 동전인데."

공존(共存) 249

기가 막혀 말도 나오지 않았다. 이놈은 닭장수보다 더한 놈이다.

청부는 하루가 멀다 하고 들어왔다.
모두 같은 사람에 대한 청부다. 아내가, 딸이 사라졌다는 이유가 대부분이고, 원흉으로는 한결같이 대지주를 꼽았다.
관부(官府)에서 진상 조사를 나왔으나 소득없이 돌아갔다.
"그분이 그럴 리 없어! 앞으로 한 번만 더 무고하게 고변하면 치도곤 치를 줄 알아!"
관원은 오히려 대지주를 편들었다.
개방 안양 분타에 고변을 한 자도 있다.
여인 납치극.
개방은 문도를 총동원하여 정보를 수집했다.
결과는 역시 대지주였다. 취합된 정보를 분석해 보면 대지주밖에 그런 일을 저지를 사람이 없었다.
"들어가서 찾아봐."
안양 분타주 옥로신개(玉露神丐)는 조그마한 꼬투리라도 잡으면 일벌백계(一罰百戒) 차원에서 단단히 징계를 내릴 심산이었다.
"없어요. 아무 흔적도 없이 깨끗해요. 장원에 있는 사람들은 모두 고용한 사람들뿐이에요."
'그럴 리가 없어!'
옥로신개는 정보를 믿었다.
그렇지만 불문곡직(不問曲直), 대지주의 장원을 쳐들어갈 수는 없었다. 그만한 자는 세금도 많이 낼 뿐 아니라 관부와도 끈끈한 인연을 맺고 있으리라.

"지켜봐, 눈 크게 뜨고!"

사정이 이러니 아내와 딸을 잃어버린 사람들은 살천문을 찾을 수밖에 없었다.

'이거 모두 모으면… 가만있어 봐. 얼마나 되는 거야? 닭집이 은자 이백 냥, 바보 머저리가 동전 오백 냥, 최가촌(崔家村) 최삼(崔三) 이백 냥……'

모두 합치니 열네 명에 은자로 삼천 냥에 다다랐다.

'이거 큰 청부잖아?'

다음날부터 엿장수는 살수를 구했다며 돈을 걷으러 다녔다.

실수는 시작되었다.

목표가 분명하고 거주지가 확실한 사람처럼 죽이기 쉬운 사람은 없다.

그런데… 그게 아니다.

담장을 넘어 들어간 자들은 나오지 않았다. 그들의 모습은 두 번 다시 보이지 않았다. 세상에서 감쪽같이 증발해 버린 것이다.

"이것 봐라? 만만한 놈이 아니네. 잔성검(殘星劍)을 보내."

살천문 창덕 지부장은 재미있어했다.

'그렇지 않아도 따분했는데, 재미있군. 감쪽같이 사라졌다? 시체마저 은닉시킨다는 말인데……. 재미있는 놈이야.'

그게 악몽의 시작일 줄은 꿈에도 몰랐다.

잔성검조차 나오지 않았다.

하루가 지나고 이틀이 지나고… 잔성검이라면 충분히 공격 기회를 잡을 수 있는 시간이다. 예전의 그라면 벌써 죽이고 나와 술을 퍼마시고 있을 것이다.

'일이 잘못됐어.'

그제야 불길한 예감이 들었다.

창덕 지부장도 여저 지부장의 전철을 되밟고야 말았다.

"일급 살수를 모두 불러!"

창덕 지부장은 직접 장원이 잘 보이는 곳에 자리를 잡고 일급 살수들을 지휘했다.

"지금까지 이급 살수 여섯 명이 저 안에서 실종됐어. 잔성검도 실종되었고. 급습을 받을지도 모르니 서로를 보호해 주면서 들어가."

"후후후, 잔성검은 성격이 급했지. 오래 살지 못할 줄 알았어."

대두귀영(大頭鬼影)이 실종된 자를 비웃었다.

그는 연기처럼 표홀한 신법을 지녔다는 신법의 대가였다.

창덕 지부장은 몸에서 힘이 쭉 빠졌다.

하늘을 올려다보니 푸른 하늘에 하얀 구름이 둥실 떠간다.

장원을 넘어 들어간 일급 살수 세 명의 생사가 요원하다. 동정을 알아보라고 들여보낸 자마저 돌아오지 않는다.

장원은 깊은 수렁이었다.

들어가는 자마다 돌아오지 않으니…….

'세상에! 어떻게 이런 일이…… 내가 들어가? 휴우!'

창덕 지부장은 결단을 내렸다.

"본문에 연락해, 일단혈이 필요하다고. 내가 사흘 안에 나오지 않으면 모두 철수하고."

　마지막 명을 내린 창덕 지부장은 장원의 담을 넘었다.

　그리고 그는 돌아오지 않았다.

소고는 편히 앉아 하남성 전도(全圖)를 쳐다보았다.
"야이간은 여우 같은 자예요. 예봉을 피해 멀찌감치 안양에 터를 잡았어요."
소고에게 보고를 하는 사람은…… 아! 소여은이었다.
그녀가 정말 얄밉다는 듯 눈을 흘기며 안양성을 짚었다.
"방법도 치졸해요. 여자를 납치하다니. 하기야 옛날에도 여자를 간살하고 쫓겼으니까."
"훗! 동생도 조심해야 할걸? 야이간이 점 찍은 것 같던데?"
"훙! 감히!"
소여은은 불쾌한 듯 인상을 찡그렸다.
소여은이 소고를 다시 만난 것은 삼이도를 빠져나온 지 보름이 지나갈 무렵이었다.

그녀는 홀홀 단신이었다.

중원은 넓고 사람들도 많았지만 그녀가 갈 만한 곳, 아는 사람은 한 명도 없었다.

"난 다시 동해로 돌아간다. 그게 추태를 보이지 않는 유일한 길이겠지."

미안공자는 동해로 돌아갔다. 삼이도를 향해 출발하기 직전에.

추태…….

그녀는 사부의 마음을 안다. 잠이 깊이 들었을 무렵이면 남몰래 머리맡으로 다가와 머리카락을 쓰다듬던 손길, 그것은 사부의 다정한 마음이 아니라 뭇 사내들과 똑같은 연심(戀心)이었다.

'제발… 제발 그래 주세요. 그냥 가세요. 뒤도 돌아보지 말고. 영원히 사부님으로 기억할게요. 아무 말도 하지 말고 그냥 가세요.'

미안공자는 소여은의 바람을 저버렸다.

그는 몇 걸음 옮긴 후 뒤를 돌아보았고, 약간은 섭섭한 표정을 지었다. 말릴 줄 알았는데 말리지 않는다는 눈빛…….

삼이도에서는 자존심 때문에 말을 하지 않았지만 막상 중원에 나오니 막막했다.

문파를 창건하라니, 그것도 살수문을…….

솔직히 소여은은 자신없었다. 다 같이 모여서 발버둥쳐도 모자랄 판에 뿔뿔이 흩어져서 무얼 어쩌겠다는 것인가.

'풋! 아직도 목숨에 미련이 남았군. 언제 죽을지 모를 처지에. 좋아, 하는 데까지 해보는 거야. 그런데 누굴 죽이지? 길 가는 사람에게 누구 죽이고 싶은 사람 있냐고 물어볼 수도 없고…….'

공존(共存) 255

그녀는 곰곰이 생각하다 한 가지 방법을 생각해 냈다.
'그래, 날 청부하는 거야. 그렇게 쉬운 일을.'

때는 마침 흉년이 들어 민심이 흉흉하다. 얌전히 농사만 짓던 사람도 낫이며 도끼를 들고 산속에 들어가 도적 떼가 되는 세상이다.
도적이라면 그녀보다 잘 아는 사람도 드물다. 녹림도와 해적은 다르지만 근본은 같다.
소여은은 장검을 숨겨놓고 맨몸으로 산을 타기 시작했다.
그녀가 원하던 사람들은 산을 얼마 오르지 않아서 만났다.
"호오! 아리따운 낭자가 이런 산중에는 웬일이신고?"
"와! 선녀다!"
"가만있어, 임마! 찬물에도 위아래가 있다는 것 몰라?"
"와! 위든 아래든 빨리 잡아먹읍시다."
소여은은 그들이 하는 양을 생글생글 웃으며 바라보았다. 그러다 불쑥 물었다.
"돈 있어?"
순간 도적들의 낯빛이 굳어지는 듯하더니 이내 밝아졌다.
"창기(娼妓)냐?"
"……."
"꿀꺽! 괜찮아. 창기면 어때. 창기가 모두 너만 같으면 세상 사내들 결혼할 사내 하나도 없을 거다. 너 같은 여자는 창기가 아니라 창기 할미라도 괜찮아."
"돈 얼마나 있는데?"
"호호호! 그런 건 일이 끝난 다음에 셈하는 거고, 우리 운우지락(雲

雨之樂)부터 즐기자구."

도적들은 마음놓고 다가왔다. 순간.

쉬익……!

소여은의 신형이 번개처럼 움직였다.

도적 중 한 명은 너무 쉽게 제압되었다. 도적은 목젖에 찰싹 달라붙은 예쁜 은장도를 내려다보며 실실 웃었다.

"이럴 필요 없잖아. 돈은 준다니까……."

"얼마나 있냐고 물었지?"

"여, 열 냥쯤 있어. 화대(花貸)로는 충분하잖아."

"너, 지금 나 죽이고 싶지?"

"무슨 말을……. 괜찮아. 흐흐! 원래 표독스런 암코양이가 맛있는 법이거든. 흐흐흐… 자자, 이거 치우고……. 응? 이거 치우고 우리 좋게 놀아보자. 이래 봬도 이 오라버니가 그거 하나는 끝내주거든."

다른 도적들도 멀리감치 물러서서 실실 웃으며 돌아가는 사정을 구경했다.

그들 네 명은 소여은이 어떤 수법으로 도적을 제압했는지 알지 못했다. 도적과 소여은의 거리가 너무 가까웠던 탓이다.

그들은 그저 창기가 돈을 먼저 받기 위해서 칼을 꺼내 든 것으로 생각했다. 흉기치고는 너무 앙증맞은 칼이지 않은가. 이 세상에 저런 칼로 사람을 해할 수 있는 사람은 없으리라.

"죽이고 싶지 않아?"

"그래. 그러니까 이거 치우… 억!"

도적은 불에 덴 듯 화들짝 놀라 비명을 질렀다.

칼날이 볼에 기다란 상처를 만들어놓았다. 상처가 보기보다 깊은지 붉은 피가 줄줄 흘러내렸다.
"엇! 저, 저!"
그때서야 일이 심상치 않다고 생각한 도적들이 우르르 달려들려 했지만 은장도는 그 도적의 목젖에 바짝 붙이고 있어 다가설 수 없었다.
"지금은 어때? 나 죽이고 싶어?"
"이, 이… 미, 미친년……."
"호호! 그래, 미친년이지? 하지만 내가 듣고 싶은 말은 아냐."
사악!
살을 저미는 섬뜩한 소리가 또다시 들렸다.
이번에는 반대쪽 볼이었다.
먼저와는 다르게 이번에는 천천히 그어 내렸기 때문에 고통이 한결 극심했다.
"크으으윽!"
"자, 말해 봐. 이래도 죽이고 싶지 않아?"
아무리 천하에 제일 가는 미인이라도 자신의 목숨보다 귀할까.
도적의 눈에서 분노가 이글이글 타올랐다.
"주, 죽고 싶지 않으면 이 칼 치우지 못해! 이거 치워! 치우기만 하면 살려줄 테니까 이거 치우고……."
"정말 사람 힘들게 하네. 내가 듣고 싶은 말이 뭔지 알잖아."
소여은은 밝게 웃었다.
어산적에서 자란 그녀가 아닌가. 도적들의 성난 표정 따윈 눈에 들어오지도 않았다.
"주, 죽이고 싶어."

소여은은 또 칼을 휘두를 기세였다. 도적은 황망히 말을 쏟아냈다.
"누가 날 죽일 수 있다면 죽여달라고 할 거야?"
"아, 아니, 죽이지 않을 테니 이 칼부터……."
쓰으윽……!
"아아아악……!"
도적은 미치기 일보 직전이었다.
목젖에 바짝 붙어 있던 은장도가 스르르 움직인다 싶더니 가슴살을 천천히 베어내기 시작했다. 그 고통은 불에 빨갛게 달군 인두로 지지는 것에 못지 않았다.
"주, 죽여, 죽여달라고 할 거야! 이제 그만……!"
"그래? 부탁은 그냥 하면 안 되지. 얼마 내놓을 건데?"
"여, 열 냥."
도적은 엉겁결에 말했다.
"꺼내줘, 열 냥."
도적은 두말하지 않고 품에서 전낭을 꺼내 통째로 건네주었다.
"제법 묵직한데? 얼마나 들었어?"
"서, 서른 냥."
"근데 왜 열 냥이라고 그랬어? 우리 값을 올리자. 서른 냥 어때?"
도적은 뭐가 뭔지 머리 속이 혼란스러웠다. 그는 소여은이 시키는 대로 따라했다.
"조, 좋아. 서른 냥."
"좋아! 청부 접수. 근데 어떡하지? 청부받은 사람도 나고 죽일 사람도 나니."

"……?"

도적은 '이 미친년'이 무슨 말을 하는지 도통 이해하지 못했다. 정말 미친년에게 걸려도 되게 걸렸다는 생각만 할 뿐.

"나중에 내 스스로 죽을게. 늙어죽는 것도 괜찮겠지?"

도적은 그저 시키는 대로 고개를 끄덕였다.

"청부 완료! 돈은 벌었는데 어째 좀 싱겁다."

말을 마친 소여은은 서슴없이 은장도를 치웠다. 그러자마자.

"이런 죽일 년이!"

도적의 분노가 폭발했다. 은장도에 베인 상처가 아파서 죽을 지경이지만 생글생글 웃으면서 은장도를 휘둘러 대는 계집을 가만 내버려 둘 순 없었다. 그러나.

"큭!"

도적의 눈꼬리가 찢어질 듯 부릅떠졌다.

은장도는 명치 한가운데 틀어박혔다. 깊숙이…….

그의 멀어져 가는 영혼 속으로 맑기 이를 데 없는 영롱한 옥음(玉音)이 들렸다.

"왜 덤벼? 죽일 생각은 없었는데……. 쯧!"

도적 중 한 명이 죽자 남은 도적들이 일제히 달려들었다. 하지만 소여은이 공동파의 비전 신법을 펼치며 그들 중 한 명을 죽여 버리자 도적들의 거센 공격이 일시에 그쳐 버렸다.

나머지는 쉬웠다.

"나 죽이고 싶어?"

"예, 예."

"누가 날 죽일 수 있다면 죽이라고 시킬 거야?"
"그, 그럼요."
"얼마 낼 건데?"
여기서는 액수가 각기 달랐다.
"꺼내줘."

도적들은 병기를 제대로 다룰 줄도 몰랐다. 원래부터 도적질을 해온 사람들이 아니라 먹고 살기 힘들어서 도적질로 나선 사람들이다.

"어쩌지? 내가 나를……."
"괘, 괜찮습니다. 나중에 늙어서 죽어주십쇼."

소여은의 이런 기행(奇行)은 산에서 도적질을 하는 사람이라면 모두가 알게 되었다.

세상에 참으로 이상한 게 말이라는 요물이다.

도적들은 서로 왕래가 없다. 산속에 숨어 살고, 길 가는 행인에게 푼돈을 뜯는 일이 고작이다. 행인에게 하는 말도 '가진 것 다 내놔'가 아니면 '등에 진 것 풀어놓고 썩 꺼져'가 고작이었다.

그런데도 입소문은 빨라서 하남성 전체로 퍼져 갔다.

"요즘 산에 이상한 여자가 있는 모양이야."
"나도 들었어. 자신이 자신을 청부한다나? 그리고는 뭐, 늙어 죽을 때까지 기다리래요. 정말 돈을 뜯는 방법도 가지가지야."
"그래도 여자가 대단하지 뭐. 도적들이 꼼짝 못하는 것 봐."
"하늘을 붕붕 난다는데 그까짓 도적들이 무슨 수로 당해."

소문은 한 입을 건널 때마다 살이 붙어 무인들도 상대하지 못할 엄청

난 무공을 지녔다는 소문까지 퍼졌다.
　진짜 청부는 그때 나왔다. 도적들 틈에서.

"이게 도적질을 해서 모은 총재산입니다."
　도적이 내민 돈은 은자 열한 냥이었다.
"이걸 왜 내게 주는데?"
"소문을 들었습니다. 하늘을 날아다니는 선녀님이시라고. 소문이 과장되었다 싶었는데, 오늘 이렇게 뵈니 조금도 과장되지 않았습니다. 정말 선녀님이십니다."
"……."
"제가 왜 도적이 된 줄 아십니까? 저는 소작농입니다. 논을 소작했는데… 평년에는 쌀 스무 가마가 나왔죠. 그중에 지주 놈에게 절반을 떼어주고 절반 가지고 일 년을 살았습니다. 다른 지주들은 소작료로 삼 할 정도만 받는다는데 이놈은 어떻게 된 게…… 휴우, 올해는 가뭄에다 장마에다 정신이 없었죠. 스무 가마는 고사하고 열 가마도 나오지 않았어요. 쌀 알맹이가 붙어 있어야 말이죠. 그런데 그놈이 그걸 몽땅 빼앗아가는 거예요. 소작료는 정해진 거라면서."
"……."
"그놈을 죽여주십쇼."
"열한 냥으로? 이걸로 사람을 죽여달라고?"
"더 벌어서……."
　소여은은 열한 냥 중 한 냥만 받았다.
　이들에게 은자 열 냥은 목숨보다 귀한 돈이다. 동전이라면 몰라도 은자인데 얼마나 원한이 사무쳤으면 그 돈을 모두 내놓을까.

"나흘 안에 죽여줄게."

그자는 정확히 나흘 만에 죽었다.

―백화현녀(百花玄女).

소여은이 얻은 별호다.

백 가지 꽃이 모양을 다퉈도 그녀보다 아름답지 않다는 극찬의 별호다.

백화현녀 소여은은 모두가 만나고 싶은 도적이 되었다.

"너, 나 죽이고 싶지?"

"그럼요."

"청부할 거야?"

"당연히 해야죠."

"얼마 줄 건데?"

"한 냥이요."

"은자?"

"동전으로 봐줘요. 대신 닭을 훔쳐 왔는데 맛있는 진흙 닭을 만들어 드릴게요."

"너, 지금 이게 청부야?"

"그럼요. 청부고말고요. 죽이고 싶은 사람을 죽여주시는 분인데 그깟 닭 한 마리 못해 드려요?"

"야! 죽이고 싶은 사람도 나야. 나란 말야, 나."

"히히히! 제 눈에는 죽여주시는 분으로만 보이는데요."

"알았어. 닭 잡아봐."

'조금 친해진다 싶으면 수작을 부리겠지. 사내자식들이란……'

도적은 수작을 부리지 않았다. 닭을 맛있게 먹어주는 것만 봐도 즐겁다는 표정이었다. 같이 말을 나눈 것만으로도 뿌듯해했다.

처음에는 도적들 사이에서만 전해지던 소문이 어느새 민가에까지 퍼졌다. 기행을 벌이기는 하지만 그들 입장에서 살수행을 한다 하여 의적녀(義賊女)라는 말까지 나돌았다.

흉신악살처럼 사나운 도적도 그녀를 만나면 활짝 웃었다.

'음심(淫心)을 품지 않는 사람도 많아……'

소여은의 사내에 대한 편견은 조금씩 수그러들었다.

아직 경계를 늦춘 것은 아니지만 순수한 마음이다 싶을 때는 마주 농담을 주고받기도 했다.

그때 소고에게서 전갈이 왔다.

"등봉(登封) 천의원(天醫院)으로 오시랍니다."

소고는 복면을 벗은 상태였다.

이지적인 얼굴이다. 선이 뚜렷하고 맑았다. 피부는 매끄럽고 고왔다. 웃지 않고 눈빛에서 한광(寒光)이 흘러 쉽게 근접할 수 없는 사람이란 인상을 주었지만, 그런 점이 그녀를 더욱 아름다운 모습으로 가꿔주었다.

"언니는… 참 예쁘군요."

"동생이 더 예뻐. 얼마나 예쁘면 백화헌녀라고 불릴까?"

"놀리지 마세요."

소고의 눈빛에 의아한 빛이 흘렀다.

소여은은 변했다.

도발적인 매력은 여전하지만 성품이 많이 부드러워졌다. 말투도 탁탁 끊어치는 말투에서 포근한 말투로 바뀌었다.

소고는 알지 못했다.

소여은이 도적들과 어울려 지낸 지난 몇 달이 그녀의 일생에서 가장 행복한 순간이었음을.

"오늘부터 동생은 나랑 같이 있어."

"예?"

"여기서 야이간, 적사, 종리추가 무슨 짓을 하는지 보는 거야."

그때부터 소고와 소여은은 같이 생활했다.

천약원이라는 의원에서.

"야이간은 언니가 준 만 냥으로 장원에 기관 장치를 했어요. 정말 영악한 자죠. 그런 장원에 숨어 있으니 살천문 일급 살수라도 함부로 뚫지 못하는 게 당연해요."

"야이간은 살수에 뜻이 없어."

"……?"

"살천문 창덕 지부를 쑥밭으로 만들어놨지만 청부를 받은 것은 없잖아? 동생보다도 못해. 동생은 그래도 한 백 냥은 벌었지?"

"정말 놀릴 거예요?"

"호호호! 안 그럴게. 살천문에 기관 장치 도면(圖面)을 보내줘."

"야이간이 움직일 수밖에 없겠군요."

"움직이게 만들어야지. 고슴도치처럼 웅크리고 있으면 안 돼. 야이간은 그렇게 하고, 적사는?"

"적사는 상당히 곤란해요. 워낙 돌머리라……."

"……."

"몽고에서 데려온 수하가 딱 스무 명이에요. 그중에 열다섯 명이 죽었죠. 살천문 본문에서 일단혈 세 명만 파견해도 적사는 죽어요. 피할 사람도 아니고."

"다들 내 뜻을 잘못 받아들였어. 그만큼 설명했으면 충분하다 싶었는데……."

"……."

"난 살겁을 저지르란 이야기가 아니었어. 문파를 세우라고 했지. 그건 세를 양성하란 소리지 싸우라는 이야기가 아니었어. 지금 살천문과 싸우면 죽을 수밖에 없어. 지금은 공존(共存)을 모색해야 돼. 휴우! 정말 어려운 사람들이군. 동생, 적사를 불러들여. 그만하면 쓴맛을 톡톡히 봤을 테니… 한동안 숨겨놔야겠어. 살천문이 잠잠해질 때까지. 야이간은 고생 좀 시키고. 잔꾀가 통하지 않는다는 것을 보여줘야지."

소고는 냉정했다.

그녀의 가장 큰 장점은 거침없는 행동이다.

소고는 생각하는 법이 없다. 일이 터지면 무조건 부딪친다. 하지만 결과는 심사숙고한 것보다 훨씬 낫다.

상황 판단이 뛰어나다는 증거다.

'공존…….'

소여은은 종리추를 떠올렸다.

종리추는 단 한 번 살천문을 경악시킨 후 싸움을 중지해 버렸다. 싸움이 아니라 혈주(血酒) 의식이란 걸 분명히 한 거다. 혈주 의식을 웃으며 받아들이든 영역에 대한 도전으로 간주해서 치고 나오든 그건 살천문 몫이다.

　종리추밖에 없다, 혈주 의식을 행한 사람은.

　어쨌든 그날 이후 종리추는 살천문 사람은 단 한 명도 손대지 않았다. 싸움을 원하지 않는다는 의사 표시였다.

　그는 후일 타협을 할 퇴로를 열어두고 있었다.

　적사나 야이간처럼 살천문에 청부를 넣은 것도 아니다.

　살수에게 청부는 자존심이다. 청부자가 누가 되었든 청부가 들어온 이상 결과를 맺어야 한다. 적사와 야이간은 살천문을 상대로 죽기 아니면 죽이기의 싸움을 벌인 것이다.

　살천문은 적사와 야이간을 반드시 죽이려고 덤벼들 게 분명하다. 하지만 종리추의 경우는 얼마나 클지 모르지만 어디 한번 해봐라 하고 대범하게 아량을 베풀 수도 있다.

　'모두 일개 살수밖에 안 돼. 나도, 적사도, 야이간도……. 언니 뜻대로 움직여 주는 사람은 종리추밖에 없어. 그 겁쟁이가… 종리추가 마음을 바꾸면 언니는 절대 사무령이 못 돼. 그가 도와주면… 될 수 있을지도 모르겠네. 아직 단정 내리기는 이르지만…….'

　소여은은 허여멀쑥한 종리추의 모습을 떠올렸다.

　그는 분명 미공자다. 햇볕에 그을려 구릿빛이지만 얼굴 윤곽이며 칠흑처럼 검은 눈동자는 방심을 마구 빨아들인다. 그런데도 허여멀쑥하다는 생각이 먼저 든 것은 왜일까?

　'그를 잘못 봤기 때문이야. 무공도 변변치 않고 하는 행동도 미덥지 않다고 생각했기 때문에. 그는 숨기고 있었어, 진면목을. 종리추를 잡

아야 돼.'
 그때 소고가 말했다.
 "종리추에게 다녀와야겠어."

◆第三十二章◆
위기(危機)

천은탁은 쏟아져 들어오는 청부를 감당할 길이 없었다.

일을 할 사람은 네 명뿐이다. 그런데 무슨 놈의 죽일 사람이 그렇게 많은지, 천은탁의 탁자에는 청부를 원하는 서신이 수북이 쌓였다. 족히 열댓 건은 되는 것 같았다.

"은자 이백 냥 이하는 받지 마."

그런 명령을 하달한 지 겨우 보름이 지났을 뿐인데…….

물론 이 중에는 참고 넘어갈 일도 상당수 포함되어 있다. 꾹 눌러 참고 있는 것을 하오문도가 들쑤셔놓으니 이판사판으로 청부를 한 것도 꽤 된다.

천은탁은 다시 향주들을 불러 모았다.

전서로 알릴 수도 있는 일이지만 종리추에 대한 일만은 보안을 위해 직접 하달하는 방식을 취했다.

"자, 다들 모였으니 시작하지. 이게 뭔지 아나?"

천은탁은 탁자에 수북이 쌓인 서신을 들어 올렸다.

"하하! 청부 건 아닙니까. 저도 이번에야 알았습니다. 세상에서 제일 돈이 되는 장사는 역시……."

"닥쳐!"

천은탁이 여간해서는 내지 않는 성질을 냈다.

그는 솟구치는 노기를 추스르려는 듯 잠시 콧수염을 쓰다듬었다.

"우리는… 사람을 죽이지 않아. 어쩔 수 없이 살수와 인연을 맺기는 했지만 우리 본연의 일은 아냐. 살수와 인연을 맺어서 살아난 사람은 아무도 없어."

"……."

무거운 침묵이 흘렀다.

"앞으로 청부는 받지 마. 들쑤시는 일도 그만두고. 어떻게 일을 이 지경으로 하는 거야! 이게 뭐야, 이게! 큰돈을 써가며 죽일 사람이 이렇게 많아? 사람 죽이는 일이 돈벌이야? 정신이 있는 거야, 없는 거야! 이러다 개방이나 모지에서 눈치라도 채는 날에는……."

천은탁의 꾸지람은 호됐다.

더 이상 말하지 않아도 안다. 모자나 개방에서 아는 날에는 죽음밖에 돌아올 게 없다는 것을. 사실 요즈음 청부를 구하느라 너무 바쁘게 뛰었다. 하오문에서 청부를 받는다는 말이 공공연히 나올 정도니.

"앞으로 살문에 관한 모든 활동을 중단해. 너무 노출됐어. 청부를 받는 것은 물론이고, 살천문의 동정을 살피는 일도 그만둬."

천은탁은 위기를 느낀 것이다.

"벽 향주."

"예."

"천화기루에서 살문을 빼."

"예?"

"당분간은 살문과 완전히 두절해야 돼. 그게 우릴 위하는 길이고 살문을 위하는 길이야."

"그렇다고 해도 살문을 뺄 것까지는······."

"부영이는 화화공자의 소실로 들어앉혀. 정가에는 연통을 넣어놨으니까 어쩔 수 없다는 형식으로 받아들일 거야. 그쪽 선은 더 이상 쓰지 못하겠어."

"그럼 황고도?"

"황고는 안심해도 될 거야. 귀머거리에 장님이니 의심할 사람이 없지. 천화기루에서 보낸 세월도 적지 않고."

"살문은 어디로······?"

"알아서 하라고 해. 우리는 모르는 게 좋아. 살문주는 쉽게 당할 사람이 아냐. 우리가 취하는 조치를 보면 말하지 않아도 움직일 사람이지. 때가 되면 살문에서 먼저 소식을 전해올 거야. 우리는 그때까지 기다리는 수밖에."

천은탁은 한심하다는 듯 향주들을 쳐다보았다.

"잘 명심해 둬. 지금부터 하는 말, 똑바로 새겨둬. 지금까지 청부를 가져온 자들··· 물론 가장 신뢰할 수 있는 수하들이겠지. 미안하지만 인정을 두지 마. 잘 지켜봤다가 그림자가 따른다 싶으면 가차없이 죽여. 명심해 둬. 인정을 두면 죽어. 그림자가 붙은 자는 어차피 죽게 되어 있어. 돕는 셈치고 빨리 죽여. 만일……."

천은탁은 말을 끊고 향주들을 일일이 쳐다보았다.

"자네들에게 그림자가 붙으면… 난 자네들을 죽일 거야. 어차피 죽게 되어 있으니까. 그게 내가 사는 길이고."

천은탁의 어조는 분명했다.

"너무 노출됐다 싶은 자는 지금 죽여도 좋아."

죽여도 좋다는 말이 나왔다. 그렇다면 이미 그림자가 붙기 시작했다는 말이 된다.

누군가? 개방인가, 모지인가, 살천문인가?

"빨리들 돌아가서 행동해. 너무 노출된 자들은… 죽이는 게 좋아. 되도록이면 빨리."

세상이란 이런 것이다.

노출이 가장 심한 자는 살문을 위해서 부지런히 뛴 자다. 그것을 요구한 때도 있다. 그 결과로 돌아가는 것이 죽음이다. 해줄 수 있는 것은 고통이 심하지 않은 죽음을 내리는 것과 남은 가족을 보살피는 정도.

향주들의 마음은 무거웠다.

"빨리 돌아가. 벽 향주는 나 좀 보고."

향주들이 돌아가고 벽리군과 천은탁만 남았을 때, 천은탁은 서랍에서 조그만 목갑(木匣)을 꺼내 탁자 위에 올려놓았다.

"이건……?"

"……."

천은탁은 대답하지 않았다.

목갑은 뚜껑이 단단하게 밀봉되어 있었다. 그리고 옆면에 손가락 하나가 들어갈 만한 작은 구멍이 뚫려 있었다.

"벽 향주, 내가 해줄 수 있는 일은……."

벽리군은 사정을 알아차렸다.

"제가 가장 위험하군요."

"……."

"이 안에 뭐가 들어 있죠?"

"칠보사(七步蛇)."

"칠보사……. 일곱 걸음을 걷기 전에 죽는다는 바로 그 독사군요. 본 적이 한 번도 없는데……."

"먹이를 안 줘도 십 일은 견딜 거네."

'십 일…….'

벽리군은 십 일이란 말을 되뇌었다.

자신에게 남은 시간이 십 일밖에 없다는 뜻이다. 그것도 최장으로. 그림자가 이미 붙었고, 일거수일투족을 감시하고 있다는 말도 된다.

잔뜩 굶어 독이 오른 독사는 손가락을 집어넣자마자 덥석 깨물어 버릴 것이다. 그리고 일곱 걸음이면… 넉넉잡아 마음속으로 열만 세면 끝난다.

"그럼 이게 망주님과는 마지막이 되겠네요."

"……."

"차기 향주는 내정하셨나요?"

"소월(素月)이 어떨까 싶은데."

"잘 보셨어요. 소월이는 침착해서 잘 이끌 거예요."

"내세(來世)에서… 벌주(罰酒) 석 잔을 마시리라."

"괜찮아요. 이번 일은… 제가 살아오는 동안 가장 즐거웠던 일이었어요. 보람도 있었고."

"……."

"문주님을 꼭 복위(復位)시켜 드리세요."

"그러겠소."

벽리군은 '복위'라고 했다.

그럼 전대 하오문주는 죽지 않았다는 말인가.

천은탁은 벽리군이 보이지 않을 때까지 뒷모습을 지켜봤다. 가녀린 그녀의 어깨가 더욱 쓸쓸해 보였다.

'가장 즐거웠던 일이라……. 미련한 사람……. 어쩌자고 나이 어린 사람을 사랑했던가. 그것도 실수를…….'

천은탁은 세상을 산다는 것이 너무 힘들게 느껴졌다.

천화기루에 돌아온 벽리군은 제일 먼저 부영을 불렀다.

"넌 지금 바로 정가로 가거라."

"정가요?"

"화화공자가 밉지는 않지?"

"……."

부영은 얌전히 볼을 붉혔다.

"비록 소실이지만, 그 집 사람이 되어서 한평생 편안히 살아라. 앞으로 하오문과 정가는 완전히 인연을 끊을 거야. 너도 정가로 들어가면 하오문을 잊어버려라."

"언니! 무슨 일이 있는 거죠?"

"네 일이 너무 위험해서 그래. 정가와 인연을 끊으려는 것도 그렇고.

그 일은 이제 다른 사람이 맡을 거야. 아무런 일도 없으니까 마음 편히 먹고 들어가."

벽리군은 꺼내놓았던 패물함을 건네줬다.

"예쁜 것들만 추려놨다. 요긴하게 쓰일 데가 있을 거야. 줄 것이라고는 이것밖에 없구나."

"언니!"

"가거라."

"오늘은……."

"아냐. 떠날 사람은 바로 떠나는 것이 좋아. 지금쯤 화화공자가 달려오고 있을 게다. 어머니 승낙이 떨어졌다면서. 오거든 바로 쫓아가도록 해."

'이별은 빠를수록 좋지.'

벽리군은 떠나 보낼 사람들을 모두 떠나 보낼 생각이었다. 가능하다면 오늘 안에… 모두.

별채로 향하는 발걸음은 천 근처럼 무거웠다.

종리추 곁에서 시중을 들며 보냈던 지난날이 주마등(走馬燈)처럼 스쳐 갔다.

종리추는 따뜻한 말 한마디 건네주지 않았다. 하다못해 수고했다는 말도 하지 않았다. 얼굴은 언제나 무표정했고, 눈빛은 싸늘하기만 했다.

'호호! 그래도 좋았어. 음… 뭐라고 말할까? 동생, 이제 그만 가야겠어. 아냐, 일문의 문주에게 동생이라니. 이제 그만 가주셔야겠어요. 아냐, 너무 정이 없어. 정? 호호호! 무슨 정이 있었다고.'

벽리군은 애써 밝은 표정을 지었다.
별채로 들어서자 항상 돌계단에 반쯤 누워 양광(陽光)을 쪼이던 유회의 모습이 보이지 않았다.
'이제 떠나야 하는데… 살행을 계속하고 있으니. 휴우!'
유회는 오늘 아침에 돌아왔어야 한다. 그런 사람이 아직 돌아오지 않았다는 것은 죽었거나 일이 생각대로 잘 풀리지 않는다는 뜻이다.
벽리군은 돌계단을 올라 문으로 다가섰다.
문고리를 잡았다. 순간, 머리 속을 스쳐 가는 불길한 예감.
'혹시!'
벽리군은 문을 활짝 열어젖혔다.
없었다. 단정하게 앉아 차를 마시고 있어야 할 종리추의 모습이 보이지 않았다. 창가를 바라보며 주먹 관절을 꺾고 있어야 할 역석의 모습도, 유구의 모습도 보이지 않았다.
별채에는 사람이 살지 않았던 듯 차디찬 냉기가 뿜어져 나와 피부를 적셨다.
'갔어. 벌써 떠났어.'
벽리군은 휘청거리는 몸을 간신히 추스르고 종리추가 앉았던 탁자로 걸어갔다.
방 안은 깨끗했다.
벼루며, 먹이며, 붓이며… 제자리에 가지런히 정돈되어 있다. 금(琴)도 한쪽 벽에 단정히 세워져 있고, 침상도 구김 하나 없이 곧게 펼쳐져 있다.
'떠났어. 떠났어…….'
아무 생각도 떠오르지 않았다.

탁자에는 한지 한 장이 펼쳐져 있었다.
힘있고 반듯한 종리추의 글씨.

필(必) 보은(報恩).

벽리군은 갑자기 설움이 울컥 솟구쳤다. 생각지도 않던 눈물이 주르륵 흘러내렸다.
그녀는 종리추가 늘 앉던 의자에 털썩 주저앉았다. 그리고 그의 체취가 묻어 있는 한지를 들어 먹 냄새를 맡았다.
'누가 보은하래? 누가……?'
벽리군의 어깨가 잘게 떨리고 시작했고, 곧 흐느낌이 되어 조용한 방 안을 울렸다.

부영과 화화공자는 신혼(新婚)을 맞았다.
 소실로 들어오는 몸인지라 혼례 같은 것은 꿈도 꾸지 못했다. 하지만 기녀로 일생을 마감할 줄 알았는데, 한 지아비를 섬기고 평생을 살 수 있다는 것만으로도 부영은 날아갈 것만 같았다.
 "잘 왔다. 그동안 마음 고생이 심했지?"
 여장부라는 시어머니는 두 손을 따뜻하게 감싸주었다.
 모든 게 꿈만 같았다.
 "이제는 평생 같이 사는 거야."
 "네."
 "부영인 이제 내 여자야."
 "네."
 화화공자도 했던 소리를 하고 또 했다.

그들은 일 때문에 만났으나 진실로 사랑했다.

"안아보고 싶어. 오래전부터 안아보고 싶었어."

"……"

부영은 부끄러움을 이기지 못하고 고개를 숙였다.

이상했다. 사내라면 눈을 감고도 떠올릴 수 있을 만큼 속속들이 알고 있건만, 합궁(合宮)을 치른 사내만도 백 명이 넘어서건만… 처음처럼 부끄러웠다.

화화공자는 부영을 살며시 끌어당겨 껴안았다. 귀중한 보물을 다루듯이 조심스런 행동이었다.

부영의 어깨가 가늘게 떨렸다.

"앞으로는 내가 보살펴 줄게. 이제 기루에는 가지도 않을 거야. 화화공자라는 말 정말 듣기 싫었어. 부영, 떨지 마. 언제든 옆에 있어줄게."

"저, 저……."

"이제 보니 부영도 상당히 겁쟁이네. 혼인하는 게 그렇게 두려워?"

"그게 아니라… 저, 저……."

화화공자는 이상한 생각이 들어 부영의 얼굴을 쳐다보았다.

부영은 새파랗게 질려 덜덜 떨어댔다.

"어디 아픈 거야?"

"저, 저기……."

화화공자는 부영이 쳐다보는 곳으로 고개를 돌렸다.

"아!"

그의 입에서도 경악성이 터져 나왔다.

"천화기루에 있는 놈들은 모두 몇 놈이냐?"

너무 깡말라 입고 있는 옷이 헐렁해 보이는 사내가 나직하게 물었다. 그의 음성은 유부(幽府)에서 들려오는 듯 살기로 가득해 듣기만 해도 모골이 송연했다.

"모, 몰라요. 저희들은 그런 건……."

"네놈이지. 그 정도는 알고 있어."

"그, 그런데 왜 저희들에게……."

"한 번만 더 시치미를 떼면 죽인다."

깡마른 사내의 말은 진심이었다. 그는 죽이고도 남을 자였다.

'살수야. 정말 죽일 거야.'

화화공자는 부영을 쳐다보았다. 그리고 슬픈 눈빛을 읽었다.

'부영은 죽기로 작정했구나. 부영이 그런데 내가… 사내대장부가.'

화화공자는 손을 내밀어 부영의 손을 움켜쥐었다. 부영이 마주 잡아 왔다. 힘주어서.

"그놈들의 이름, 나이, 성격, 무공… 아는 것이 있으면 모두 말해. 내가 알고 있는 것과 한 치라도 다르면 더 듣지 않겠다. 바로 죽을 거야."

화화공자는 다시 한 번 부영을 쳐다봤다.

부영이 싱긋 웃었다. 화화공자도 웃었다.

"제일 무공이 강한 자는 염라대왕이라고 하는데, 나이는 천 살도 더 된 것 같소. 너무 나이가 많아서 알 수 없으… 악!"

말을 잇던 화화공자는 짧은 단발마를 내질렀다.

그의 목이 허공에 붕 떠서 방 한 귀퉁이에 나뒹굴었다. 목을 잃은 동체에서는 붉은 핏줄기가 분수처럼 솟구쳐 부영의 얼굴과 옷을 흠뻑 적셨다.
"죽기 싫으면 바른말을 하라고 했는데. 쯧! 그대 이름이 부영이지? 부영, 어디 한번 말해 봐."
부영은 목 잃은 화화공자의 육신을 껴안았다. 그리고 실성한 듯 중얼거렸다.
"그자의 이름은 염라대왕이 아니에요."
"뭐냐?"
"옥황상제예요. 죽음의 마왕이 아니에… 아악!"
부영의 목도 허공에 띄워졌다.
이번에는 부영의 몸에서 흘러나온 피가 화화공자의 육신을 적셨다.
그들은 죽어서도 떨어지지 않았다. 아니, 죽어서야 한몸이 되었다.

벽리군은 목함을 앞에 놓고 멍하니 앉아 하늘하늘 흔들리는 촛불만 바라보았다.
촛불의 모습에서 종리추의 얼굴이 살아났다.
'됐어. 이제… 무엇을 더 바라겠다고. 호호! 계집애가 욕심도 많아 가지고는. 벽리군, 벽리군! 네 나이가 도대체 몇인 줄이나 알아? 욕심 부릴 걸 부려라. 이 정도면 주책도 상주책이지.'
비로소 마음이 조금 홀가분해졌다.
벽리군은 종리추가 마지막으로 남겨놓고 간 서신을 고이 접어 품속에 찔러 넣었다.
죽어도 그의 마지막 숨결만은 간직한 채 떠나고 싶었다.
스스로 주책이라고 했지만 그가 그리워지고, 그럴 때마다 마음이 애잔해지는 것은 어쩔 수 없었다.

벽리군은 마지막으로 찻잔에 차를 따랐다.

바로 종리추가 즐겨 사용하던 그 찻잔이다.

단지 둥그런 찻잔일 뿐이고 문양(紋樣)도 없지만, 그녀는 종리추가 어느 쪽에 입을 대고 차를 마시는지도 알고 있다.

차를 한 모금 마셨다.

'그래! 떡차(餠茶)가 있었어! 왜 그걸 생각하지 못했지?'

하얀 백자(白磁)로 차를 마시다 보니 이제야 생각이 났다.

종리추에게 떡차를 달여주지 못했다. 잎차(葉茶)만 다려줬다. 왜 그런 실수를 했을까.

"잎차를 달이면 녹색이 되죠. 그래서 백자를 사용해요. 잔이 눈처럼 희면 찻빛이 백록색을 띠거든요. 떡차는 찻물이 담황색이에요. 그럼 무슨 잔이 어울리겠어요? 참고로 형주산(刑州産) 다기(茶器)는 백색이고, 월주(越州)와 악주산(岳州産)은 청색이에요. 수주산(壽州産)은 황색이고, 홍주산(洪州産)은 갈색이죠. 몰라요? 호호! 말해 줬잖아요. 떡차는 찻물이 담황색이라고. 담황색과 청색이 어울리면 백록색이 돼요. 그래서 떡차의 다기는 월주와 악주 것을 최고로 쳐요."

적어도 반나절 동안 담소를 나눌 수 있는 이야깃거리가 있었다.

벽리군은 찻잔을 내려놓았다.

반쯤 남은 찻물이 백록색을 띤 채 찰랑거렸다.

'이제는……'

목함을 끌어와 구멍을 찾았다. 시커먼 구멍 안에는 한 번도 보지 못한 칠보사란 놈이 똬리를 틀고 앉아 있을 것이다.

새끼손가락을 슬며시 구멍 안으로 밀어 넣었다. 그때.
쉬익!
부드러운 바람이 분다 싶었는데, 어느새 그녀의 손에서 목함이 빠져나갔다.
벽리군의 눈이 부릅떠졌다.
"누, 누구세요!"

너무 깡말라 뼈마디가 드러나 보이는 사내는 입가에 옅은 웃음을 매달았다.
"죽으려고 작정했나? 후후! 그만큼 알고 있는 게 많다는 이야기지. 어디로 갔나?"
"뭐가요?"
"별채에 있던 작자들."
"거기 있지 않아요?"
"후후!"
사내는 품에서 유지(油紙)로 둘둘 만 것을 꺼내 벽리군 앞에 내던졌다.
"이게 뭐죠?"
"풀어보면 알겠지."
벽리군은 유지를 풀었다. 그리고.
"악!"
그녀는 소스라치게 놀라 유지를 떨어뜨리고 말았다.
유지에는 각기 다른 크기의 손가락 두 개가 놓여 있었다.
"임자가 누군지는 짐작하겠지?"

'망주 말이 맞았어. 너무 늦었어. 이들이 바짝 따라붙고 있었어. 살천문 살수들이. 화화공자와 부영이는 아는 것이 없고… 나만 죽으면 끝이군.'

벽리군은 놀랄 때와는 달리 담담해졌다.

"무슨 말씀이신지 모르겠군요."

"난 알 것은 알고 모를 것은 모르지. 내가 아는 것 중에 하나가 넌 별채에 있던 작자들이 누군지 잘 안다는 거야. 아! 말하고 싶지 않으면 하지 않아도 좋아. 옛말에 말 한마디로 천 냥 빚을 갚는다고 했지? 그럴 기회를 주지. 말하지 않아도 좋고 해도 좋아. 말하면 천화기루 기녀들이 살고, 하지 않으면 죽어."

벽리군은 아랫입술을 깨물었다.

비록 신분은 기녀일망정 벽리군에게는 친자매나 다름없는 여인들이다. 하나같이 기구한 사연을 가지지 않은 여인이 없고, 앞으로도 편히 살 가망이 없는 아이들이다.

"무식하군요."

"……?"

"말 한마디에 천 냥 빚을 갚는다는 말은 그럴 때 쓰는 말이 아니에요."

깡마른 사내는 벽리군을 노려보았다. 그러다 고개를 끄덕였다.

"너한테는 아무것도 알아내지 못하겠군."

"그래요."

"그래도 알아낼 수 있는 방법이 있다면 어쩔 텐가?"

"없어요."

"난 있어!"

쉬익!

사내의 신법은 그야말로 유령 같았다. 눈앞에서 흐물거린다 싶었는데 벽리군의 등 뒤로 돌아와 목을 움켜잡았다.

'부돌혈(扶突穴)! 실신시키려고 해. 고문을 하려고.'

목을 잡은 사내의 손가락은 정확히 부돌혈을 짚었다.

벽리군은 등 뒤에 있는 사내가 보지 못하도록 혀를 약간 내밀었다.

그녀도 무공을 익히고 있지만 사내에게는 상대가 되지 않는다. 수족을 움직여 공격하려 들었다가는 자살할 기회마저도 놓쳐 버린다.

'혀를 깨물고 죽으면 되지.'

그녀는 혀를 깨물지 못했다.

부돌혈이 쇠꼬챙이에 찔린 듯 아파왔고, 정신을 잃어버렸다.

사내도 벽리군을 데려가지 못했다.

"연약한 여자에게 무슨 짓인가. 사내가 그렇게 할 짓이 없던가?"

사내는 느닷없이 들린 소리에 흠칫했다.

그렇게도 신경을 날카롭게 곤두세웠는데 적이 다가오는 소리를 듣지 못했다니.

"웬 놈이냐?"

사내는 애송이에 불과한 청년이 모습을 드러내자 긴장을 풀었다.

"나를 찾지 않았나?"

'그럼, 이놈이? 개봉 지부장이, 일급 살수들이 겨우 이런 애송이에게 당했단 말이야?'

사내는 다시 긴장했다.

눈앞에 나타난 청년이 상대가 안 될 것은 분명하지만 그래도 개봉 지부장과 일급 살수들이 당했다면 한 가지 재주쯤은 가지고 있는 놈이리라.

그는 종리추에게서 단지 미약한 진기만을 읽어냈다.

내공을 익힌 자는 알게 모르게 진기를 뿜어낸다. 그건 숨길 수도 없다. 자연히 느껴지는 것을 어떻게 숨기겠는가. 하물며 전문적으로 암습만을 노려온 살수들은 상대의 무공이 어느 정도인지 짐작하는 감각이 탁월하다.

사내의 감각은 청년의 내공이 미약하다고 말한다.

"네놈이 별채에 있던 놈이냐?"

"그것도 모르고 죽이러 왔나?"

"으음……!"

사내는 신음했다.

정말이었다. 이런 애송이에게 개봉 지부가 풍비박산(風飛雹散)났다.

'죽여야 할 놈이면 죽여야지.'

사내는 청년의 허점을 노렸다.

청년은 허점이 너무 많았다.

'이거 기본 공이나 제대로 익힌 놈인가? 이렇게 허점이 많아서야……. 방자(房子)가 있군. 이놈 혼자서는 개봉 지부를 건드릴 수 없어. 누군가 도와주는 놈이 있는데…….'

사내는 내공을 모아 청력에 집중했다.

여러 가지 소리가 들려왔다. 술 마시는 소리, 지분거리는 소리, 발자국 소리, 술잔을 내려놓는 소리……. 그중에 주목할 만한 소리는 없었다.

'방자가 있었을지 모르지만 지금은 없군. 네놈 불행이야. 하룻강아

지 범 무서운 줄 모른다고 개봉 지부를 박살 내니까 무서운 게 없어진 모양이군.'
　쉬익!
　사내는 즉시 움직였다.
　벽리군을 잡았을 때와 같은 신법으로 청년의 우측을 파고들었다. 그때, 사내의 혼백(魂魄)을 떨리게 하는 소리가 들려왔다.
　"미종보(迷踪步)에 환술(幻術)을 가미했군. 좋은 신법이야. 덕분에 하나 또 배웠어."
　'아차! 이자는 고수야!'
　사내의 느낌은 빨랐지만 상대는 이미 공격을 해오던 차였다.
　쉬익!
　청년의 손길은 부드러웠다. 빠름도 느껴지지 않았고 강함도 느껴지지 않았다. 무척 자연스러웠다. 하지만 실상은 너무 빨라 손이 다가온다 싶은 순간 그의 이마에는 장인(掌印)이 찍히고 있었다.
　빠악!
　각목으로 바위를 후려치는 소리가 들렸다.
　사내는 뒤로 두어 걸음 비틀거리며 물러났다. 정신없이 휘청거리면서. 그는 기둥에 등을 기댄 다음에야 중심을 잡고 섰다.
　"마, 말도 안 돼. 진기가… 미약… 욱!"
　사내는 현기증이 치밀었다. 세상이 노랗게 변하면서 빙글빙글 돌았다. 너무 빨리 돌아 초점을 맞출 수가 없었다. 뱃멀미를 하는 듯 속이 울렁거리더니 뜨거운 것이 울컥 하고 솟구쳤다.
　사내는 기둥에 등을 기댄 채 주르륵 주저앉았다.
　이미 절명한 것이다.

종리추도 사내가 마지막으로 말한 뜻을 알고 있다.

오신기가 하단전으로 집중되면서 나타난 증세 중에 하나가 바로 이것이다.

겉에서 보기에는 진기가 미약하게 보인다는 것.

살수로서는 적을 방심시킬 수 있으니 더욱 좋은 현상이지 않은가. 방금 전에 사내가 당했듯이.

하단전이 너무 넓고 커서 밖으로 빠져나갈 진기가 없다.

세상 모든 이치가 차면 넘치게 되어 있다.

하단전을 채우지 못하니 넘치지 않는 것뿐이다. 그만큼 나아가야 할 길이 멀고도 멀다.

전에는 이렇지 않았다. 녹요평에서 모진아와 겨룰 때만 해도 지금보다는 진기가 거세 보였다.

하단전에 단구(丹球)를 만들지 않고 집중만 시켰기 때문이다.

강물도 넓은 들판에서는 막힘없이 흐른다. 같은 양의 강물이라도 구덩이가 나타나면 일단 구덩이부터 채우고 흐른다. 한정된 양이라면 전과 후가 분명히 달라야 한다.

그와 같은 이치다.

하단전이란 그릇은 넓히면 넓힐수록 커져서 밑 빠진 독처럼 진기를 빨아들였다.

그릇이 있다는 것을 몰랐을 때는 억지로 쌓아두었지만 그릇을 알고 난 다음부터는 진기가 알아서 그릇 속으로 들어갔다. 단전의 다섯 자리로.

사내는 그릇을 몰랐던 게 분명하다.

무인들 중 의외로 많은 사람이 그릇을 깨닫지 못한다. 거의 대부분이 억지로 단전을 연마하려고 할 뿐 자연스럽게 쌓는 방법을 모른다. 살수 행을 하면서 느낀 것이다.

종리추는 벽리군에게 다가가 엄지와 검지 사이에 있는 합곡혈(合谷穴)을 강하게 눌렀다.

부돌혈에 충격을 받았을 때 풀어주는 회생혈이다.

"음……!"

합곡혈을 다섯 번쯤 눌렀을 때 벽리군이 눈을 떴다.

"아!"

그녀는 탄성을 토해냈다. 그리고 아무 말도 하지 않았다.

"향주는 미련한 사람이야, 살수가 따라붙는 것도 모르고 태연히 지냈으니. 부영은 왜 화화공자에게 보냈어? 그건 생각하지 못했지. 그렇지 않았다면 둘 다 죽지 않을 수 있었는데."

"제 잘못이에요. 제 잘못이에요."

벽리군은 끊임없이 말하며 오열했다.

종리추가 가지 않았다. 옆에서 지켜주고 있었다. 그것이 한없이… 한없이 고마웠다.

◆第三十三章◆
인정(認定)

 남자 네 명, 여자 두 명, 그들은 다시 떠돌이가 되었다.
 그중 이름도 모르는 여자는 몸만 따라올 뿐 정신은 마음 깊은 곳에 숨어 나오지 않았다.
 종리추는 일행을 이끌고 양성 제일의 자린고비라 불리는 천 노인에게 갔다.
 "잘 오셨습니다."
 천 노인은 반갑게 맞아주었다.
 일가붙이 하나 없는 천 노인이다. 워낙 인심을 잃어 돈을 빌리는 사람 외에는 찾아오는 사람도 없다.
 유일하게 곁에 붙어 있는 호법 무인이 있지만, 이제 필요없다는 말 한마디에 군소리없이 돌아갔다.
 도망자가 숨기에는 최적의 장소다.

"살천문 살수들이 쫓고 있어."

"짐작했습니다."

"천 노인 목숨도 위태롭지."

"살 만큼 살았습니다. 그리고 그 정도에 당할 목숨이었다면 십팔만 냥이나 되는 거금을 모으지도 못했습니다."

"소고에게 돌려줄 돈은?"

"돌려줬습니다. 소고는 여인 중에는 중원 제일의 부자입니다. 저 외에도 돈을 굴리던 사람들이 많았으니까."

살혼부 고수들은 살수행만 걸어왔지 호의호식한 사람이 없다. 그들의 그런 고생이 모두 소고에게 집약되었다.

"거주할 곳을 알아보겠습니다. 이곳은 너무 협소해서……."

협소하기는 정말 협소했다.

천 노인 혼자만 살던 집에 장장 여섯 명이나 섞여들었으니. 잠 잘 자리야 어떻게 마련되었지만 남녀가 섞여 있으니 불편한 점이 한두 가지가 아니었다.

"퇴로는 세 군데, 전망이 확 트인 곳으로."

"물론입니다."

천 노인은 시원시원했다.

사람들은 천 노인 돈을 제일 빌리기 쉬운 돈이라고들 한다.

돈을 빌려준 적이 있는 사람은 알 것이다. 빌리기도 어렵지만 빌려주기도 얼마나 어려운지. 돈이란 빌려준 순간부터 내 돈이 아니라고 보면 된다.

천 노인이 돈을 순순히 빌려준 것은 돈을 받아낼 방도가 있기도 했지만, 시원시원한 성격 탓도 컸다.

"불편하더라도 오늘만 참으십시오. 내일은 옮기도록 하겠습니다."

거처를 알아보러 갔던 천 노인은 낯선 여자를 데리고 들어왔다.
키가 크고, 날씬하며, 얼굴 선이 뚜렷하다. 살결은 보드라워 만지면 뽀얀 살결이 묻어날 것 같다.
세상에 미인은 많지만 그녀처럼 한눈에 시선을 잡아끄는 미녀는 보기 힘들었다.
'적각녀와 쌍벽을 이루는군. 뛰어난 미인이야.'
"이 늙은이가 유일하게 정을 주는 아이입니다."
천 노인이 여자를 보는 눈은 손녀를 보는 듯 따스했다.
"이 늙은이의 안면을 봐서 청 하나만 들어주셨으면 합니다."
종리추의 눈가에 기이한 빛이 스쳐 갔다.
"소녀 단우금(但藕錦)이라고 해요. 청이 있어서 실례를 무릅쓰고 찾아왔어요. 곤란하시다면 물러가죠."
여인은 당당했다.
허리를 곧추세우고 또박또박 맺고 끊는 말솜씨가 보통 자신감을 가진 게 아니다.
"곤란해."
종리추는 단번에 거절했다.
천 노인의 안색에 그늘이 졌지만 못 본 척했다.
"살수라고 들었는데 겁쟁이군요."
"뭣이!"
우회가 발끈 격노했지만 종리추가 손을 들어 올리자 감히 나서지 못했다.

"이야기도 들어보지 않을 건가요?"
"소저가 이야기했지. 곤란하면 물러가겠다고. 난 곤란해."
"소저라는 말을 하지 말든지, 반말을 하지 말든지……."
"귀찮은 계집을 데려왔군."
천 노인의 안색이 하얗게 탈색되었다.
여인의 안색에도 시퍼런 노기가 어렸다.
그녀의 노기는 묘한 아픔을 가져온다. 너무 예쁜 여인이라서일까? 여인의 청은 무리한 것이라도 들어주고 싶은 마음이 생긴다. 여인의 마음을 아프게 하고 싶지 않다.
유회, 유구, 역석은 그렇게 생각했다. 벽리군은 같은 여자이지만, 종리추 앞에 절색의 미녀가 나타났지만 그녀 역시 같은 마음이었다.
"천 노인, 이게 거처를 얻어주는 대가라면 사양하지. 계집을 끌고 나가든가, 아니면 우리가 나가든가 둘 중 하나를 선택해야 할 것 같은데?"
"음… 선택을 하시라면… 나가주시오."
방금 전까지만 해도 무척 호의적이던 천 노인의 태도가 돌변했다.
그는 종리추에게 은자 구만 냥이라는 거액을 내놓았다. 끝내 거절해 물러가기는 했지만 그 약속은 아직도 유효하다. 그런 가운데 여인과 종리추 중 하나를 선택하는 데 있어서는 여인을 선택했다.
"이야기나 들어보지. 무슨 내용인가?"
종리추가 뚫어지게 여인을 쏘아보며 말했다.
천 노인은 안도의 한숨을 내쉬었다.
단우금은 비웃는 표정을 지었다. 종리추의 태도는 비굴하게 생각하면 한없이 비굴하다.

종리추는 당장 갈 곳이 없다. 세상이 넓으니 갈 곳이 왜 없겠느냐마는 살천문의 암습을 벗어날 곳은 세상에서 단 한 군데도 없다. 도움이 없이는.
 "보호해 줘야 할 사람이 있어."
 이번에는 단우금이 반말을 했다.
 "……."
 "당장 도망 다니기도 급한 사람에게 너무 무리한 부탁인가?"
 "청부금은?"
 "거처를 마련해 주는 것으로 충분한 줄 아는데?"
 "후후후!"
 종리추는 잘게 웃었다.
 "유구."
 "옛!"
 "여자를 업어라."
 "……?"
 "가자."
 종리추는 자리를 털고 일어섰다.
 조금의 미련도 없는 단호한 태도였다.
 단우금은 나갈 수 있도록 길을 비켜주었다.
 종리추가 성큼성큼 걸어 막 문을 벗어나려 할 때 단우금이 다시 입을 열었다.
 "밖에 살천문 고수들이 잔뜩 깔렸더군. 본문에서 파견된 일급 살수 여덟 명이지. 나가면 죽을 텐데?"
 "……."

종리추는 대답하지 않았다. 걷는 속도도 줄이지 않았다. 그는 정말 집을 나가고 있었다.

"죽여달라는 것도 아니고 단지 보호해 달라는 것뿐인데, 그것도 겁이 나나?"

"네 말대로 도망 다니기도 급한 사람에겐 너무 무리한 부탁이야. 겁도 나고. 세상에 죽는 것이 두렵지 않은 사람은 한 사람도 없어. 나 역시 죽는 건 겁이 나지."

"나가면 당장 죽어."

"후후후! 한 가지 알아둬야 할 것이 있어. 살수에게는 목숨이 없어. 겁이 난다고 했지? 후후! 그건 당신 입장이야. 당신은 죽는 게 겁나. 안 그런가? 그래서는 살수가 못 돼. 사무령은 더 더욱 못 되고."

"뭐, 뭣!"

여인의 안색이 백지장처럼 하얘졌다.

"이 싸움은 내가 이긴 것 같군. 안 그런가, 소고?"

"소, 소고!"

"음……!"

유구, 유회, 역석은 다시 한 번 단우금의 얼굴을 쳐다보았다. 소고에 대한 말은 귀에 못이 박히도록 들었다. 그녀가 바로 앞에 있다. 자신들은 주공을 위해 목숨을 바치고, 주공은 바로 이 여자를 위해 목숨을 바친다.

"어, 어떻게… 알았지?"

소고 단우금은 믿을 수 없다는 표정이었다.

"난 네 이름이 우완금으로 알고 있는데, 단우금인가? 어느 게 진짜 이름이야?"

종리추는 소고의 물음에는 대답하지 않고 오히려 질문을 던졌다.
"알았으면서도 반말인가?"
"소고의 신분으로 나타났으면 상전으로 모셨을 것이되, 넌 천 노인의 지인(知人)으로 나타났어. 네가 먼저 걸어온 싸움이야."
"호호호! 좋아. 단우금, 내 이름은 단우금이야. 우(寓) 씨 성은 버렸어."
"우완금이든 단우금이든 상관없지. 나에게는 소고면 족하니까. 그건 그렇고… 적사가 그렇게 위험한가?"
"모르는 게 없군."
"일파의 문주니까."
"좋아, 졌어. 적시를 구해와야겠어."
"구해주지."
종리추의 대답은 간단했다.
"모두 여기 남아 있어. 천 노인이 거처를 마련해 줄 테니 편안히 쉬도록 해. 그동안 바빠서 쉬지도 못했잖아. 앞으로도 쉴 틈이 별로 없을 거야."
"저희도 같이 가겠습니다."
유구가 나섰다.
"부인이나 잘 보살펴."
종리추는 태연하게 걸어나갔다. 그러다 문득 무슨 생각이 났는지 뒤돌아보며 말했다.
"소고, 가진 재산이 모두 얼마나 되지?"
"……"
"돈이 많은 것은 알지만 돈은 물 쓰듯 쓰는 게 아냐. 그 돈을 모으려고 몇 사람이나 죽였는지 생각해. 문파를 만들어라? 하하하하!"
 종리추는 앙천광소를 터뜨리며 나갔다.
 '알고 있었어. 모두 몰랐는데, 종리추만은 알고 있었어……..'
 소고는 전신에 맥이 쭉 빠지는 느낌이었다.
 자신보다 뛰어난 사람은 없으리라 자신했는데 무림에 출도하자마자 강력한 적수를 만났으니.
 그렇다. 종리추는 우호적인 적수였다.

 소고는 사무령이 되는 길로 용인술(用人術)을 생각했다.
 살수들이 모두 사무령이 되고자 했으나 되지 못한 이유는 모두 초점을 무공에 잡았기 때문이다. 한 손으로는 열 손을 당하지 못한다. 무공이 아무리 뛰어나도 구파일방의 합공을 막을 수는 없다.
 무공은 아니다.
 아무리 강한 문파라도 구파일방이 십망을 펼치면 순식간에 무너져 버린다. 무림의 태산북두인 소림사라 해도 다른 문파의 연합 공격에는 무너질 수밖에 없으리라.
 문파도 아니다.
 소고는 혈암검귀의 혈뢰삼벽을 익혔지만 익히면 익힐수록 사무령이 될 자신이 없어졌다.
 그때 결심했다. 문도의 수보다 절대 강자를 거느리는 쪽이 낫다고, 그쪽이 그나마 사무령을 향해 나아가는 길이라고.
 다행히 삼이도에서 만난 적사, 야이간, 소여은은 그녀에게 희망을 주었다.
 지금 당장은 그녀의 적수가 못 되지만 향후 십 년만 지나면 절대 강자의 반열에 당당히 오를 자들이다. 그런 자들이 곁에 있으면 사무령을 꿈꿀 만하다.
 '용인술이야.'
 사람은 그릇이다.
 둥근 그릇도 있고 네모난 그릇도 있다. 둥근 그릇을 네모난 곳에 끼워 맞추려 했다가는 낭패만 본다. 딱 알맞은 곳에 알맞은 사람을 쓸 줄 알아야 한다.
 삼이도를 다녀온 후 그녀는 확고하게 결심을 굳혔다.
 소고는 한 명에 일만 냥씩 사만 냥을 투자할 계획이었다.
 네 명이 그 돈으로 문파를 어떻게 창건하는가.
 그 모습을 보면 성격은 물론이고 무공, 지략, 야망 등등 한 인간에 대한 모든 것이 밝혀진다.
 수하를 부리려면 수하에 대해서 본인보다도 더 자세히 알고 있어야 한다. 그들의 능력을 최대한으로 활용하기 위해서는 속속들이 파악해 놔야 한다.
 모두 파악되었다.
 야이간의 성격, 능력, 적사의 모든 것, 소여은의 모든 것.
 그런데… 어찌 된 일인지 종리추만은 파악하기 힘들다. 오히려 종리추에게 자신이 읽힌 기분이다.
 삼이도에서만 해도 별로 큰 도움이 되지 못하리라 생각했는데.
 '역시 용이었어. 무공, 지략, 위엄, 하나도 나무랄 데가 없어. 휴우!'
 소고는 깊은 한숨을 내쉬었다.

종리추에게 여주(汝州)는 죽을 때까지 잊을 수 없는 곳이다.

그가 기억할 수 있는 나이가 되었을 때 제일 먼저 기억된 것이 여주의 거리였다.

형과 동냥 그릇을 놓고 낄낄거리던 모습이 태어나서 제일 먼저 머릿속에 틀어박힌 기억이다.

양부를 만난 곳도 여주다.

양부는 마음속에 있는 정을 겉으로 표시하는 분이 아니었다. 변검 수련을 게을리 하면 종아리에서 피가 나오도록 때려댔지만 따뜻한 말은 별로 들은 기억이 없다.

지금은 사람들의 성격이 가지각색이란 것을 알게 되었으니 양부를 이해할 수 있지만, 당시에는 이해하지 못했다. 주워온 자식이라 사소한 잘못도 크게 꾸지람받는 줄 알았다.

첫 살인을 한 곳도 여주다.

살인이 무엇인지도 몰랐다. 단지 형을 죽인 자는 죽여야 한다는 생각밖에 없었다.

그 여주로 다시 돌아왔다.

십 년 전에 살인을 하고 떠나면서 다시는 돌아오지 못할 곳이라고 생각했는데, 꼭 십 년 만에 다시 여주 땅을 밟았다.

십 년이면 강산이 변한다고들 한다.

하지만 여주는 그대로였다.

기억난다. 형이 점소이로 일하던 주루……. 그대로 있다. 살천문의 황정을 찔러 죽인 담벼락…….

'담은 없어졌고.'

담만 없어진 것이 아니라 허름한 저택 자체가 없어졌다. 그리고 큼지막한 장원이 들어섰다.

변한 것도 있고 변하지 않은 것도 있지만 종리추에게는 변한 게 없어 보였다.

종리추는 야산에 올랐다.

어렸을 적에 올랐던 야산이다. 이곳이 좋았던 것은 제사를 지내는 사당(祠堂)이 있어서였다. 사람들이 차려놓은 제사 음식은 어린 두 형제에게 좋은 식량이었다.

여주가 환히 내려다보였다.

그때는 왜 이런 광경을 보지 못했을까. 그저 먹는 데 바빠서…….

'여기서 다시 시작하는 거야… 여기서. 내 인생에 획을 그어놓은 이곳에서 새롭게 출발하는 거야. 죽음을 향해 가는 길이지만.'

종리추는 어두워질 때까지 여주를 바라봤다.

*　　　*　　　*

"뭣! 적사가!"

종리추가 떨궈놓은 사람들을 데리고 천의원으로 돌아온 소고는 집무실에 들어서자마자 깜짝 놀랄 소식을 들었다.

적사에게 살천문 본문에서 파견된 일급 살수 여덟 명이 붙었다.

야이간 쪽은 사정이 조금 낫다. 그는 장원에 틀어박혀 있는 관계로 지부장을 비롯해 많은 살수들이 죽었지만 아직 살천문에서는 그의 얼굴을 모른다.

그는 여차하면 은자 일만 냥을 포기하고 몸을 빼내면 무사하다.

하나 적사는 사정이 급박했다.

이제 적사에게 남은 사람은 적사 본인과 몽고에서 데려온 수하 다섯 명이 고작이다.

적사가 일당백의 기개로 살수 세 명을 상대해도 몽고인 수하들은 일대 일의 싸움을 벌여야 한다.

지부 일급 살수들은 몽고인 세 명과 목숨을 맞바꿨다.

본문 일급 살수들은 지부 살수들보다 훨씬 강한 자들이다. 적어도 네 명 내지 다섯 명은 있어야 살수 한 명을 상대할 수 있다.

"종리추는?"

"행방이 묘연해."

"뭐엇!"

살혼부가 소고에게 준 두 번째 힘, 그것은 정보였다.

막강한 자금력을 바탕으로 한 정보는 세상 곳곳을 고루 밝혀준다.

살혼부의 자금을 돌리고 있는 전포들의 수는 상상 이상으로 많다. 그들은 하는 일이 사람을 만나 이야기를 나누는 것, 때로는 개방이나 하오문에서 잡아내지 못한 정보까지도 주워듣는다.

본인들조차 모르고 있겠지만 하남성에 거주하는 상인들 대부분이 살혼부의 정보원이라 해도 과언이 아니다. 그들이 하는 말은 모두 귀에 들어오니까.

'그들의 정보는 신빙성있어. 적사는 위험에 처했고 종리추는 행방불명이야. 종리추의 지략이라면 빠져나오는 데 무리가 없다고 생각했는데……'

소고는 난감했다.

일급 살수 여덟 넝이 붙었다면 소고 자신이 기더라도 빠져나온다는 자신이 없다.

'무모한 사람……. 무모한 일을 저질렀어. 살천문에 살인 청부를 하다니. 아직 우리 존재가 발각되서는 안 되는데……. 숙적이던 살혼부가 재건을 꿈꾼다고 하면 가만있지 않을 거야. 지금보다 더 지독하게 달려들겠지.'

소고는 결단을 내려야 했다.

적사를 포기하든지, 살혼부가 꿈틀거리고 있다는 조짐을 보이게 하든지.

'적사의 무공은 패도적이야. 종리추도 뛰어나지만 무공에서는… 적사… 적사……'

"종리추의 수하들을 모이라고 해."

소고는 결단을 내렸다.

"당신들이 나서줘야겠어요."

유구, 유회, 역석은 들은 척도 하지 않았다.

"알아요, 종리추의 명만 받는다는 것을. 하지만 우린 이제 모두 한 식구예요. 다른 때 같으면 부탁도 하지 않겠지만 미안하게도 그대들의 주공인 종리추가 행방불명이네요."

"……."

세 사람은 역시 들은 척도 하지 않았다.

'철저한 믿음……. 종리추는 어떻게 이런 마음을 심어줬지? 사람을 이렇게 만들기는 쉽지 않은데… 이들은 진심으로 따르고 있어. 목숨을 내놓으라고 해도 기꺼이 내놓을 사람들이야.'

소고는 종리추가 부러웠지만 지금 그런 생각을 하고 있을 시간이 없었다.

"동생이 같이 갈 거예요. 이번 한 번만 도와주면 부탁하지 않죠."

"주공께서 말씀하셨소, 한 번이 두 번 된다고."

"휴우! 알았어요. 가서 쉬세요."

소고는 종리추의 수하마저 마음대로 할 수 없었다.

'할 수 없어. 내가 직접 움직여야지. 동생하고 둘이 가면……. 그래, 시험해 보는 거야. 적사, 나, 동생……. 진짜 싸움이군.'

소고는 가장 마지막으로 미뤄놨던 결정을 선택했다.

*   *   *

"우우우! 우우우우! 우우……!"

종리추는 쥐를 불렀다.

세상에 쥐가 없는 곳은 없다. 인간보다도 훨씬 많고, 지금 이 순간에도 끊임없이 번식하고 있다. 먹이만 충분하다면 일 년이 못 돼 세상은 쥐로 뒤덮이리라.

찌찍! 찌지직……!

쥐들이 한 마리 두 마리 모습을 드러냈다.

천음산에서처럼 우르르 몰려나와 도망치지는 않았다.

녹요평에서 동물들의 울음소리를 열심히 연구한 덕분에 쥐들의 습성, 신호도 한결 더 깊이 깨우치게 된 덕분이다.

"우우우! 우우! 우우우……!"

종리추는 한편으로는 괴성을 질러대고, 다른 한편으로는 손가락으로 장단을 맞추기 시작했다.

딱! 따닥! 딱딱딱……!

고양이 울음소리였다.

고양이 울음소리와 흡사하게 울려대는 손가락 장단에 구멍에서 모습을 드러낸 쥐들은 우왕좌왕했다.

'아직도 멀었군.'

종리추는 포기하지 않고 계속 쥐들을 움직여 나갔다.

한쪽에서는 불러내고, 다른 한쪽으로는 밀어내면서…….

"저, 저게 뭐야?"

"쥐 같은데? 억! 정말 쥐네. 무슨 놈의 쥐가 이렇게 많아?"

수문 무인들은 발 밑을 기어다니는 쥐 떼에 놀라 발을 떼어놓지도 못했다. 쥐들이 너무 많아 한 발이라도 잘못 떼어놓으면 꽉 밟을 것 같은 기분이 들었다.

"이게 무슨 조화야? 쥐들이……!"
"말세(末世)인가? 허! 거참!"
하찮게 보아왔던 쥐들이지만 무더기로 모여 있으니 은근히 겁이 났다. 저놈들이 한꺼번에 달려들기라도 한다면. 몇 마리 정도야 죽일 수 있겠지만 저 많은 놈들을 어떻게…….
수문 무인들은 제자리에 못 박힌 듯 꼼짝도 하지 못했다.

종리추는 담장을 넘어 장원 안으로 들어섰다.
다른 때 같으면 순시를 돌아도 서너 번은 돌았겠지만 난데없는 쥐 떼들 덕분에 꼼짝을 못하고 있다.
쥐 떼는 또 다른 공훈도 세웠다.
암중에 숨어 있던 자들.
그들은 목이며, 등이며… 마구 기어오르는 쥐 떼의 극성을 이기지 못하고 튀어나왔다.
종리추는 그런 무인들을 유유히 피해 안으로 깊숙이 파고들었다.

내원(內院) 역시 쥐 떼의 극성에 골머리를 앓고 있었다.
많은 사람들이 나왔다가는 소스라치게 놀라 다시 들어갔다.
'반 시진밖에 시간이 없어.'
종리추는 급하게 신형을 날렸다.
쥐 떼는 오래 있지 않는다. 지금은 난데없는 이끌림에 충동되어 굴을 빠져나왔지만, 워낙 겁 많은 놈들이라 곧 제 굴을 찾아 기어 들어갈 것이다.
종리추는 불이 켜져 있는 곳과 꺼져 있는 곳을 유심히 살폈다. 그리고 그중에 한곳을 골라 신형을 날렸다.

　나무에서 나무로, 나무에서 돌 석상 뒤로… 그의 신형은 어둠에 묻혀 보이지 않았다.

　"그만 일어나시죠."
　"……."
　"일어나시는 게 좋을 겁니다. 셋을 세죠. 셋을 셀 동안 일어나지 않으면 그대로 영원히 잠들 겁니다."
　머리가 하얗게 센 노인은 그 말이 떨어지기 무섭게 눈을 떴다.
　"웬 놈이냐!"
　"살혼부 살수입니다."
　"뭣!"
　노인은 더 이상 누워 있지 못하고 몸을 일으켰다.
　"대단한 놈이군. 대단한 배짱이야. 살혼부는 살아남은 사람이 하나도 없다더니 남아 있는 사람이 있었군. 누군가, 자네 사부는?"
　"적지인살이십니다."
　"그래? 청출어람(靑出於藍)이라더니, 놀랍군. 적지인살이 자네 같은 살수를 양성하다니. 그래, 적지인살이 살아났어. 십망을 벗어나서. 구파일방 이놈들, 또 거짓말을 했군. 적지인살은 무고한가?"
　"예, 무사하십니다."
　종리추는 더할 나위 없이 공손했다. 그가 살문을 창건한 후 누구에게 존대를 써본 것도 처음이리라.
　"여기는 무슨 볼일로?"
　"협상을 하러 왔습니다."

"협상?"

"네."

"말해 봐."

"살혼부가 재건할 수 있도록 틈을 내주십시오."

"자네는 뭘 주겠나?"

"문주님의 목숨입니다."

"……"

"……"

백발이 가득한 노인, 하지만 불그레한 혈색 탓에 그렇게 나이가 많아 보이지 않는 노인이었다. 그가 바로 살천문의 문주였다.

긴 침묵 끝에 살천문주가 입을 열었다.

"물어보지. 내 거처는 스무 군데가 넘어. 오늘 내가 여기서 자는 줄은 어떻게 알았는가?"

"문주님의 습관을 잘 알고 있습니다. 초저녁에 잠드셔서 축시정(丑時正:새벽 2시)에 일어나신다는 것까지. 취침을 방해드려서 죄송합니다."

"……"

"문주님께는 고벽(痼癖)이 있습니다."

"고벽이라…… 뭔가?"

"한 달 중 나흘은 바로 이곳에서 지내신다는 겁니다. 그 나흘은 조금씩 바뀌는데 이십칠 일 주기로 바뀝니다. 말씀드리기 죄송합니다만 아마도 넷째 마님의 역월(曆月)에 관계된 것이 아닌가 싶습니다."

"음……!"

살천문주는 신음했다.

죽이려는 상대가 어떤 습성을 지녔는지 파악하는 것은 살수의 기본이다. 하지만 눈앞의 청년처럼 소실의 역월까지 계산하기는 쉽지 않다. 그것이야말로 뛰어난 살수만이 지닐 수 있는 치밀함이다.
 "한 달 중 나흘을 한곳에 머무신다는 것만 해도 충분했습니다. 다음은 초저녁에 불이 꺼진 방만 파악하면……."
 "여기까지는 어떻게 들어왔나?"
 "쥐를 이용했습니다."
 "쥐?"
 "조잡스런 재주로 쥐를 조금 부릴 줄 압니다."
 '이놈은!'
 살천문주의 눈에 살광(殺光)이 떠올랐다.
 결정을 내려야 한다. 이 자리에서 죽이든지, 아니면 최대한의 아량을 베풀든지. 살려주기에는 너무 뛰어난 놈이고, 죽이려니 자신이 없다. 죽일 자신이 없으면 이렇듯 태연히 말을 하고 있지도 않으리라.
 이와 같은 놈이면 죽음도 두려워하지 않는다.
 죽음을 운운하며 협박하는 것은 치졸하다. 그때.
 "문주님, 무슨 일이십니까?"
 밖에서 호법의 음성이 들려왔다.
 아직 잠에서 깨어날 시간이 아니다. 그 습관은 삼십 년 동안 이어지고 있다. 그것 역시 고벽이지만 고칠 필요가 없을 만큼 그의 위치는 공고했다. 구파일방의 비위만 건드리지 않는다면.
 환하게 불이 밝혀져 있으니 궁금했을 것이다.
 '수하를 들이면 이놈은 죽는다. 이놈의 무공은 어느 정도인가. 과연 어느 정도…….'

"이놈들아! 쥐들이 찍찍거려서 잠을 잘 수가 있어야지! 어서 쥐들이나 치워!"

"아! 예……."

호법이 길게 대답하고 물러갔다.

결국 살천문주는 죽이기를 포기했다. 너무도 태연한 신색, 침착함과 무공을 동시에 갖추지 않았다면 사지에서 이렇게 태연할 수 없다.

"살혼부가 재기할 수 있도록 틈을 내달라고 했는가?"

"네. 동시에 저희에게 내린 살명(殺命)도 거둬주십시오."

"그리고 보니 아직 자네 이름도 모르고 있었군."

"종리추라 합니다."

"종리추? 못 들어봤는데?"

"살문 문주입니다."

"아!"

살천문주의 얼굴에 놀라움이 떠올랐다.

"자네가 그 유명한 살문 문주였군. 허허허! 감쪽같았어. 신속했고 빨랐어. 좋아, 살명을 거두지."

"감사합니다. 적사에 대한 살명도 거둬주십시오."

"적사? 여저부의 그자 이름이 적사인가?"

"네. 조금 우둔한 방법을 택했습니다만 이렇게 싸울 뜻은 없었던 것으로 압니다."

"자네와는 어떤 관계인가?"

"같이 일할 식솔입니다."

"음……!"

살천문주의 눈이 가늘어졌다.

'이놈은 단숨에 살혼부를 키울 놈이야. 금방 따라잡을 거야, 금방.'

"좋아, 원하는 대로 해주지. 당당하게 살문을 개파 선언해도 좋네. 하지만 내게 하나 더 줄 게 있어. 실질적으로 손에 잡히는 것이 있어야지."

"말씀 주십시오."

"자네의 목."

"……"

"나를 위해서 한 번만 자네의 목을 걸어주게."

"좋습니다. 언제든지 부르시면 목을 걸겠습니다. 살혼부에 위해를 가하는 일만 아니라면."

"살혼부에 위해를 가하는 일만 아니라면… 어떤 일이든."

"어떤 일이든."

"언제든."

"언제든지."

"좋아. 협상은 성립됐네."

종리추는 깊게 포권지례를 취했다.

들어갈 때는 숨어서 들어갔으나 나올 때는 당당히 걸어서 나왔다.

"살문 문주이시다. 정중히 영접해 드려라."

살천문주의 한마디는 종리추로 하여금 일파의 지존 위치까지 끌어올려 주었다.

갑자기 양부가 그리워졌다.

양부가 아니었다면 오늘과 같은 일은 벌어질 수 없었다.

살천문주는 기억하지 못하지만 종리추는 그를 본 적이 있었다. 바로 코앞에서, 살천문주의 코앞에서 변검을 시도한 적이 있었다. 귀엽다고 머리까지 쓰다듬었지만… 그는 기억해 내지 못했다.
'다행이야. 잘됐어.'
마음이 홀가분했다. 푸른 하늘만큼이나.

적사에 대한 추적이 중단되었다.
소고와 소여은은 싸울 필요도 없었다.
"살문 문주와 본 문 문주님이 협상을 맺었다. 우리는 당분간 서로 침범하지 않는다, 너희가 먼저 시비를 걸어오지 않는 한. 차후에는 이런 일이 없도록 하라."
살천문 일급 살수 여덟 명은 엄중히 경고했다.
'이리로 온 것이 아냐. 살천문… 본문을 직접 쳤어. 아무도 파악해 내지 못한 살천문주의 행적을 정확히 포착해 냈고…….'
소고, 적사, 소요은은 착잡했다.
소고는 사무령에 도전해야 되고, 종리추를 비롯한 네 명을 수하로 받아들여야 하나 자꾸만 뒤처지는 느낌이 든다. 언제나 종리추가 한 발 앞서 달리고 있다.
자신에게는 막대한 자금과 정보가 있지만 그는 홀홀 단신 맨몸으로.
적사는 더욱 비참했다.
몽고에서 데려온 수하가 단 한 명만 남았다.
하나같이 일당백의 용사들이었는데 한 명만 남고 열아홉 명이 낯선 이국 땅에 몸을 뉘었다.
그는 소고에 이어 두 번째로 패배의 쓴 잔을 마셨다.
소여은이 생각하는 답답함은 조금 달랐다.

중원에 들어설 때만 해도 다섯 명이 힘을 합쳐 문파를 이끌거나, 아니면 서로 죽고 죽이는 살육전 끝에 뿔뿔이 흩어질 것이라고 생각했다.
지금은 이것도 저것도 아니다.
그녀가 봐도 소고는 종리추에게 밀리고 있다, 무공은 뛰어나지만. 무공도 모른다. 종리추는 그들 앞에서 무공을 펼쳐 보인 적이 없다.
소고가 장악력을 잃어간다는 뜻이다.
적사는 패배에서 벗어나지 못하고, 야이간은 혼자만의 놀이 속에 파묻혀 있다.
갈 길은 먼데 해결해야 할 문제가 산적해 있다. 결코 쉽지 않은 문제들이.

종리추는 천의원으로 돌아온 소고 일행을 정중히 맞이했다.
"다녀오셨습니까?"
말투도 완전히 바뀌었다.
"무슨 도깨비 장난이지?"
"……."
"뭐얏!"
소고는 괜히 신경질이 났다.
종리추가 한참 만에야 입을 열었다.
"유회!"
"옛!"
소고의 말은 듣지도 않던 유회가 단숨에 달려왔다.
"매화표를 꺼내라."
유회가 살천문 개봉 지부 일급 살수인 청살신필을 죽인 매화표를 꺼냈다.
"넌 내가 모시는 주군을 모욕했다. 자상(自傷)하라!"
"옛!"
유회는 서슴없이 매화표로 복부를 찔렀다.
유회의 배에서 붉은 피가 울컥울컥 새어 나왔다.
"유구!"
"옛!"
"자상하라."
"옛!"
유구 역시 창날을 꺼내 복부에 찔러 넣었다.
역석이라고 예외는 아니었다. 역석은 유구의 복부에 박힌 창날을 끄집어내 자신의 복부에 찔러 넣었다.
종리추는 깊이 포권지례를 취했다.
"수하들의 잘못은 주인의 잘못, 앞으로는 절대 이런 일이 없도록 재삼재사 주의시키겠습니다."
말을 마친 종리추는 언제 꺼냈는지 비수를 꺼내 자신의 복부에 틀어박았다.
"다, 당신……."
종리추는 흘러내리는 핏물을 닦을 생각도 하지 않았다.
"삼이도에서 말씀드렸습니다, 주인으로 모시겠다고. 남아일언 중천금(男兒一言重千金)입니다. 실수일지라도."
"어서… 어서… 상처나 치료해요."
소고는 종리추를 의심할 수 없었다. 자상쯤이야 가식(假飾)으로 얼마든지 할 수 있지만, 마음만은 진실한 마음이 있어야 열린다.

'내 사람이야. 나를 받들고 있어.'

소고는 마음이 벅찼다. 이토록 뿌듯한 마음이 들기는 처음이었다.

'종리추… 재미있는 사람이군.'

소여은은 모든 걱정이 일시에 해소되었다. 종리추를 본 것은 두어 번에 불과하지만 이상하게도 종리추만 곁에 있으면 든든했다. 누구한테서도 느껴보지 못한 감정이었다.

'내가 천하제일이라 생각했는데… 후후후! 우물 안 개구리여!'

적사의 눈은 더욱 암울하게 젖어들었다.

그는 종리추에게서 몽고의 용사들이나 보여줄 수 있는 용기를 보았다. 자신을 숙일 수 있는 용기야말로 세상에서 가장 큰 용기이리라.

적사는 대도를 뽑아 팔목을 그었다.

붉은 피가 주르륵 흘러내렸다.

"소고… 종리추보다는 못하지만 나의 피도 붉소."

적사는 그 말만을 남긴 채 휘적휘적 걸어갔다.

『사신』제4권으로…

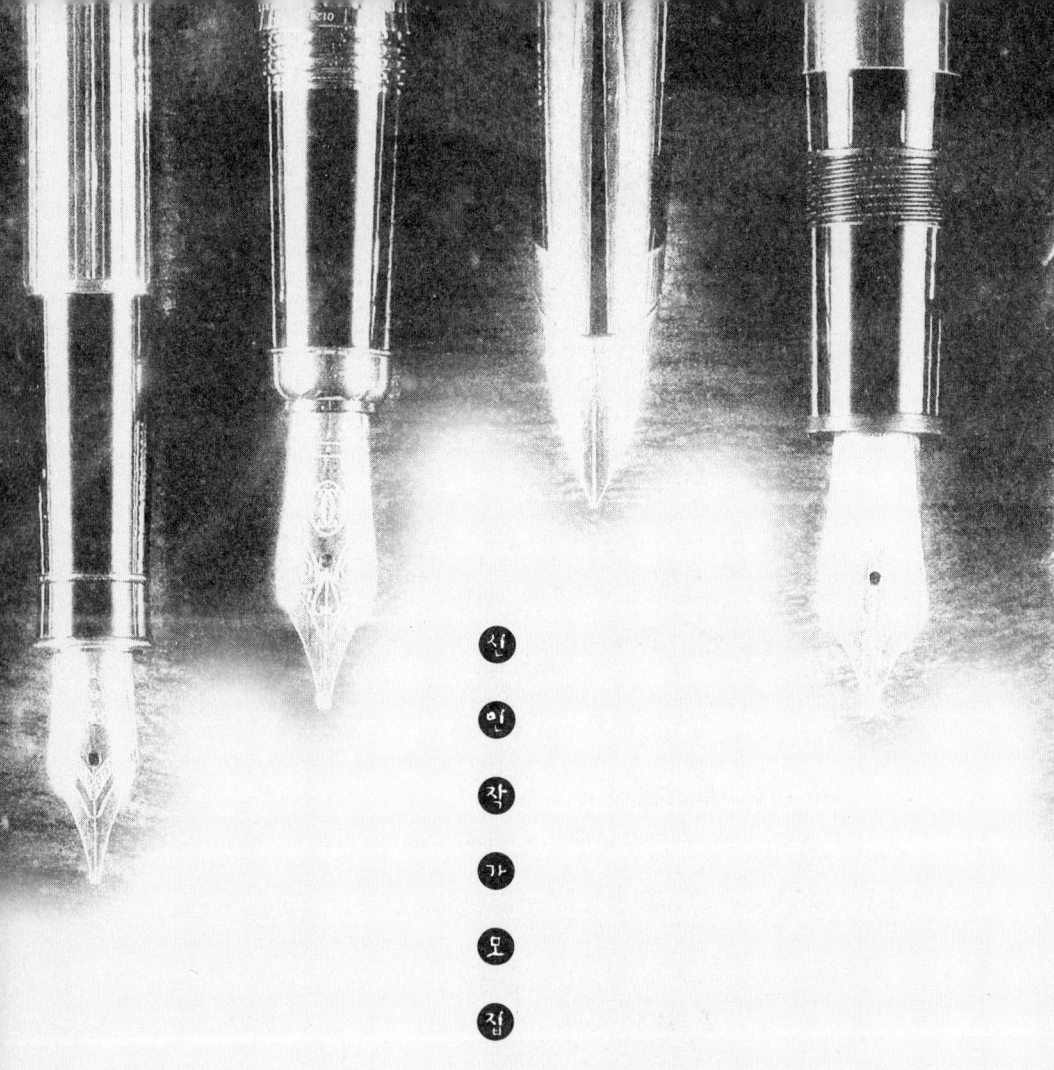